网开一面看文学

中国网络小说批评

马季 著

中国书籍出版社
China Book Press

图书在版编目（CIP）数据

网开一面看文学：中国网络小说批评/马季著. --北京：中国书籍出版社, 2020.12

ISBN 978-7-5068-8246-0

Ⅰ.①网… Ⅱ.①马… Ⅲ.①网络文学—小说研究—中国—文集 Ⅳ.① I207.42-53

中国版本图书馆 CIP 数据核字 (2020) 第 254348 号

网开一面看文学：中国网络小说批评

马 季 著

图书策划	成晓春　崔付建
责任编辑	武　斌
责任印制	孙马飞　马　芝
出版发行	中国书籍出版社
地　　址	北京市丰台区三路居路 97 号（邮编：100073）
电　　话	（010）52257143（总编室）　（010）52257140（发行部）
电子邮箱	eo@chinabp.com.cn
经　　销	全国新华书店
印　　刷	阳谷毕升印务有限公司
开　　本	650 毫米 ×940 毫米　1/16
字　　数	266 千字
印　　张	20.25
版　　次	2021 年 2 月第 1 版　2021 年 2 月第 1 次印刷
书　　号	ISBN 978-7-5068-8246-0
定　　价	58.00 元

版权所有　翻印必究

目 录

【源　头】

网络文学：中国当代文学第二次起航 / 002

网络时代的故事回归与文学想象 / 013

网络文学的渠道与内容关系解析 / 026

网络文学边缘性主体解析 / 041

网络文学的双重身份 / 057

网络文学审美特征考察 / 063

互联网文学平台发展史略 / 069

【大　势】

网络文艺与时代精神的塑造 / 086
网络新文艺形态的文化价值 / 092
网络文艺的主流化与新格局 / 107
IP 的实质：网络文学知识产权漫议 / 120
网络文学三个变量 / 144
穿越文学热潮背后的思考 / 152
网络文学对当代文学的积极意义 / 157
为何人气旺，却被斥为垃圾 / 163
从排行榜看网络文学流变 / 170
当网络文学遭遇泛娱乐 / 173

【趋　向】

网络作家：新生代的生力军 / 184
网络文学的传承与变革 / 189
网络文学主流化及其前景 / 200
读屏时代的文学可能性 / 207
网络文学现实情怀逐步增强 / 213

网络文学：一头是神话，一头是现实 / 218
网络文学接续古典"文脉" / 222
网络文学如何"升级" / 227
网络文学的成长及其时代意义 / 232
类型文学的几个特点 / 237

【文　本】

《芈月传》：网络文本与传统文本的同构 / 242
天下归元的匠心与痴心 / 248
从叙事之思到阅读之诱 / 254
一座现代文明的森林 / 259
宏观看故事　微观看文学 / 264
历史叙事与当代社会的共振 / 268

【对　话】

网络时代的文学话语变革 / 278
网络时代的文学与网络文学 / 287
网络文学，随着历史的潮流前进 / 291

期待网络文学出现大师级作品 / 296
网络文学现状之我见 / 300
中国的幻想大师何时出现？ / 304
网络写作：意义超越任何一次文学革命 / 309

源头

网开一面看文学

网络文学：中国当代文学第二次起航

  中国网络文学出现于20世纪90年代末期。其标志为：1996年网易开办个人主页，1997年"榕树下"文学网站正式成立，1998年国内主要媒体首次出现"网络文学"字样。因此学界习惯将1998年作为中国网络文学起始年。由于网络传播的快捷和阅读的便利，十多年来，文学在民众心目中的影响力迅猛上升，文学写作和阅读继20世纪80年代之后，再次形成全民关注的文化现象。根据最新统计，中国已拥有5亿网民，其中有2.7亿网民经常性浏览文学网站，文学网站日浏览总量达12亿人次，平均日更新1亿–2亿字节。文学网站签约作者达200万人，累计创作网络作品200多万篇（部），其中长篇小说60万部（含部分未完稿作品），按平均每部作品20万字计算，仅长篇小说一项总字数就达1200亿字。尽管网络版权保护尚未找到有效途径，包括在线付费阅读、手机付费阅读、电子阅读器销售、网络作品下线出版、影视改编、动漫、游戏改编等涉及网络文学的产业仍在快速发展。2012年，相关产业总量已近百亿元人民币。

  值得一提的是，网络打破了纸媒出版和发表的壁垒，营造了一个不同年龄、不同性别、不同文化诉求互相融合和交流的创作平台，使每一个写作者的能量得到尽情发挥。总体上说，网络文学作为一种文化现象，充分展现了中国社会正在崛起的民间群体力量。在国际文化领域，相对于产生影响的日本动漫、韩国游戏，网络文学作为中国式的表述方式，与深厚的民族文化土壤紧密相连，在未来必将培育出自己的优秀人才和作品。肯定地说，在数字阅读成为世界潮流的今天，借助网络媒介创作、传播和阅读文学作品，中国处在了世界前列。

世纪之交：中国文学迎来新生儿

新世纪以来中国文学的发展遇到了诸多难题，首先是思想性的问题，社会处在转型变革时期，旧有的伦理道德遭到了挑战，价值体系正在转换重建；其次是现代性的问题，如何阐释今天这样一个高速发展的社会，给文学增添了巨大难度；再次，还有艺术表现形式创新、代际交流障碍等问题，迫使当代文学的发展进入瓶颈期。正在中国文学求新求变、面临抉择的阵痛时刻，网络文学呱呱坠地，这个偶然的巧合或许正是历史的必然。

以创造"环球村"概念闻名于世的加拿大传播学学者马歇尔·麦克卢汉在《理解媒介》（商务印书馆2000年10月版）一书中提出"媒介是人类器官的延伸"，这一观点有助于我们研究和分析网络文学的发生、发展。也就是说媒介改变的不仅仅是形式，其对个人和社会的影响，将导致新的尺度产生。正如甲骨文只能"言简意赅"一样，网络媒体自然会出现"行云流水"。因此，我们理解网络文学应当基于它有别于传统媒体的媒介传播特性。这一特性在网络文学的发展过程中得到了验证。1995年北美中国留学生创办电子刊物，运用网络发表文学作品，产生了最初的华语网络文学，这股浪潮最先波及我国台湾，之后在中国大陆得到强势发展，并与日韩等国文化产生交互，快速掀起中国全民文学阅读热潮。不难发现，在媒体革命的推动下，网络文学自发展之初就实现了跨文化写作和越界传播，而文化大融合正是自20世纪80年代以来，世界文学的主流方向。帕斯、大江健三郎、奈保尔、库切、帕慕克、赫塔·穆勒、卡勒德·胡赛尼等重要作家，都是多样文化交融塑造的成功样板。

内容创新、形式创新始终是文学发展的原动力，网络文学爆炸式发展同样不能回避这个基本原理。事实上，网络创作文体涵盖并超越了传统创作文体，如网络接龙小说《网上跑过斑点狗》，BBS留言跟帖小说《风中玫瑰》，以及"多结局小说网络竞写"，《超情书》《危险》等超文本回环链接诗歌实验文本的探索，体现了网络文学的开放性和交互性的特征。显然，网络写作给中国文学吹来了一股新风。早期的网络文学以中短篇小说为主要文体，安妮宝贝、宁财神、李寻欢等人的作品明显带有传统作家的痕迹，到了慕容雪村、今何在、江南、燕垒生、雷立刚等人，则出现了网络话语特征，再到萧鼎、酒徒、金子、阿越、天下霸唱等人的作品，已经完全另辟新路，不同于传统文学。除了文本的变化，网络作家的出现，更重要的是开辟了当代作家新的成长模式。

网络诗歌（包括古体诗词）是另一种比较活跃的网络文体。写作人群分布最广、年龄差距最大，作者数量最多，每年产生约50万首作品。诗歌网站、论坛和博客群超过1万家，网络诗歌的正式出版物和各地民间出版物每年有近千种。网络诗歌写作和阅读的互动性强于其他文体，特别是2008年汶川大地震，引发网络诗歌写作热潮，读者的视线首次由小说转向诗歌；在国学热的推动下，网络古体诗词写作出现全新局面，超出了新中国建立以来的任何时期。网络诗歌的写作特点是大众化、即时性和非商业性。网络散文的写作人群和读者的丰富性并不亚于小说和诗歌，但除了杂文之外，其他作品的网络特征和社会关注程度明显弱于小说和诗歌，因此影响力相对较小。

自2004年网络文学收费阅读模式创建以来，长篇小说逐渐作为网络文学的主导文体。网络长篇小说创作内容、形式多种多样，学界统称为类型文学，大致可分为：架空穿越类（现代人通过时光交错进入特定的历史时期，运用自身经验改变历史进程）、玄幻科幻类（区别于西方魔幻小说的东方本土幻想小说）、都市青春类（反映现代都市生活、表现现代情绪的小说）、官场职场类（以官场博弈和职场奋斗为题材的小说）、游戏竞技类（根据网络游戏改编或具有网游特征的小说，一般采用晋级形式）、灵异惊悚类（以鬼怪或探险为题材的小说）、新军事类和新武侠类（区别于传统军事和武侠的小说，添加了幻想成分）等。

从事网络长篇小说创作的作者几乎没有传统作家，75%为40岁以下的青年，他们散布全国各地，有相当一部分人生活在边远地区，这为丰富全民文化生态发挥了积极作用。客观地说，网络类型文学的迅猛发展为中国文学在新世纪的成长创造了新的空间。从数量上看，网络长篇小说的产量大大超过传统写作，每年达3000部以上，在每年落地出版的两三千部长篇小说中，大约有一半来自网络。网络小说在版权输出中也占有相当份额。在商业收费模式的推动下，依靠网络写作生存的网络职业写作者队伍已经超过了各地作协的专业作家队伍。可以说，作为中国文学新世纪诞生的新生儿,网络文学在探索中迈出了自己勇敢的步伐。

网络文学的基本特征

创作主体的民间性。网络文学的民间性包含两个部分,其一是创作者的非体制化;其二是艺术审美的娱乐化。我国原有专业文学创作人员均系国家财政编制内人员,业余创作者绝大部分也都有自己的职业。而网络文学作者却属于"自由职业者"范畴,他们的出现恰逢我国体制变革时期,传统出版机构正由事业性质向企业性质过渡,民间文化创意产业蓬勃兴起。网络文学作者尝试在体制外写作的生存方式与国家文化发展战略不谋而合。艺术审美娱乐化是网络文学的一个重要特征,但娱乐化与低俗化有着明显的区分,将娱乐化与思想性相对立,过分强调作品的教化功能,就失去了与网络文学对话的前提。因此,是否具有"寓教于乐""乐中得益"的功能,是衡量网络文学作品优劣的重要标志。

创作过程的交互性。传统文学一旦创作完成,文本的结构也就被固定了下来。读者的欣赏和解读虽然可以对此"再创造",但这种再创造是在文本之外的,也就是说读者不可能改变原来的文本结构。网络文学的"文本"与此截然不同。在网上,第一文本的诞生并不意味着它的定格,他人完全可以不受第一文本的限制,进行加工和再创作。在这个过程中,也就没有了单纯的"作者"和"读者"。只要你参与到这个过程中,你既是读者,也同时可以成为作者。与网络文学的这种交互性特征相比较,传统文学再怎么具有开放性,也远不能及。

创作手法的立体化。如果说以纸媒为载体的传统文学是平面的话，那我们可以说，网络文学是立体的。这个说法包含着两种含义：一是指作者和读者的立体交融，他们互相感知，互相交流，甚至共同创作，使网络文学的表达更加透彻有力；二是指网络技术赋予了网络文学更加完善、强大的立体表达功能，使之强化、突出、延伸了电子文学的超文本特性。

网络文学的最新亮点

一、微博文学。微博，即微博客（MicroBlog）的简称，是一个基于用户关系的信息分享、传播以及获取平台，用户可以通过WEB、WAP以及各种客户端组件个人社区，以140字左右的文字更新信息，并实现即时分享。最早也是最著名的微博是美国的Twitter，2009年用户仅为5800万人，而一年后，在全球已经拥有近2亿的用户。2009年8月份中国最大的门户网站新浪网推出"新浪微博"内测版，成为第一家提供微博服务的网站，紧接着腾讯、网易、搜狐等门户网站也纷纷加入这一行列。

微博进入中文上网主流人群视野之后，由于其易于复制和传播，并具有明显的时代性，微博文学随之应运而生。而在此之前，手机阅读已经相当普及，这无疑为微博文学的迅猛发展奠定了坚实的基础。尽管短小，微博文学仍然属于网络文学创作的范畴，可以运用文学审美标准来衡量微博文学的优劣，分析它的创作特点。从受众方面看，由于都市人群日常生活的忙乱、芜杂，碎片化阅读逐渐成为主流阅读形态。从传播方面看，微博文学利用互联网和手机强大的转发、分享、推荐等功能获得推广，虽然暂时没有找到赢利模式，但并不影响它的信息传播价值。从创作主体方面看，在140字这个指定的框架里写作，对小说的整体性和逻辑性都有极高的要求。首部微博小说《围脖时期的爱情》自2010年1月29日在新浪微博连载，正式宣告微博体小说诞生。作者闻华舰在谈到自己的微博写作感受时认为，微博小说每节都要有包袱、有完整的叙事点；故事情节最好能够围绕微博发展，比如小说里有微博里正在热议的话题，其中的人物也在微博里真实存在；为了丰富小说还要充分利用微博功能，配上相关图片、视频、音乐等。很显然，这是典型的多媒体写作的最新形态，其最显著的特征是贴近真实生活、反映社会现实、体现时代精神。

二、网络女性写作。网络女性写作作为新兴的文学尝试，近年来异军突起。网络文学发展初期，网络女性写作题材单一，除了言情，就是穿越。2005年开始，网络女性写作悄悄发生了变化，其特点是在"言情"的基调中，出现了表现形式多元化的趋势，如随波逐流的架空历史小说《随波逐流之一代军师》、步非烟的新武侠小说《华音流韶》系列，知秋的网游小说《历史的尘埃》，王小柔的随笔集《把日子过成段子》，李可、崔曼莉的职场小说《杜拉拉升职记》《浮沉》，以及晴川的传奇小说《韦帅望的江湖》系列等，在网络上产生了重要影响，丰富了女性网络写作的类型。

2008年以来，网络上产生了更多杂糅性的女性文本，以《结爱·异客逢欢》（施定柔著）为代表的都市灵异小说，以《大悬疑》（王雁著）、《第三张脸》（上官午夜著）为代表的悬疑小说，以《傲风》（陶冶著）为代表的玄幻小说，以《一年天下》（煌瑛著）为代表的历史架空小说，以《仙侠奇缘之花千骨》（fresh果果著）为代表的仙侠小说，以《办公室风声》（携爱再漂流著）为代表的职场小说，以《肆爱》（米米七月著）为代表的情感小说，在网络掀起了一股新女性网络写作旋风。同时，女性言情小说也进入了一个全新的时期，如潇湘书院的原园、苹果儿，17K女频的水流云、鱼歌、孟婆和Baby魅舞，红袖添香的唐欣恬、白槿湖，榕树下文学网的刘小备，小说阅读网的安知晓、三月暮雪等。当下的网络女性写作最大特点，是表现出中国女性的主体意识，也就是中国女性对世界的看法，并通过作品把女性的想象力、创造力、激情以及对于生命的观照尽情展现出来。网络女性写作的独特价值正在引起理论评论界的关注。

三、手机阅读。手机阅读是中国移动通过多样化的阅读形式向用户提供各类电子书内容，以在线和下载为主要阅读方式的自有增值业务。2000年12月中国移动正式推出了移动互联网业务品牌——"移动梦网Monternet"就此开始了手机阅读的旅程。目前中国移动、中国电信、中国联通三大运营商均设立了手机阅读业务基地，来负责各自无线阅读业务的运营和推广。其中中国移动的手机阅读基地无论在用户数、收入、内容上均独占鳌头。中国移动手机阅读基地2010年正式商用，目前累积访问过阅读业务的移动用户为1.17亿，12月份以来日均PV 2亿左右。单月访问用户数已突破2500万，单月付费用户数已突破1800万。在阅读内容上，玄幻、都市、言情、仙侠、历史等类别最受手机用户喜爱。

从2009年开始，手机阅读成为互联网阅读的龙头，由于无线传播具有国家垄断特性，网络文学的盈利模式终于寻觅到了一处版权避风港。2010年是手机阅读增长最快的一年，最受读者欢迎的网络玄幻小说《斗破苍穹》单日信息费最高收入突破6万元；都市小说《很纯很暧昧》为最高点击量作品和最高收益作品；纪实小说《我是一朵飘零的花——东莞打工妹生存实录（一）》区域推广效果最佳，单日信息费最高收入突破 5 万元。

网络文学面临的几个主要问题

一、网络文学的主体性问题。这个问题直接关系到网络文学生存和发展的合理性，因而是网络文学理论研究的核心问题之一。我们必须看到，身份变化是网络写作区别于传统写作的一个重要特征，在"人人都可以成为艺术家"假设前提的主导下，创作者和受众之间似乎失去了的界限。黄鸣奋先生在《比特挑战缪斯》（厦门大学出版社 2000 年版）一书中把网络时代艺术主体的变化概括为"人与网络共生、主体角色漂移、我变故我在"三个方面，其主要观点是阐释网络对创作主体的分化和重组。在我看来，网络写作由于自身的特性，在客观上改变了以往"你写我读"的精英化书写方式，形成了读写之间认知交流、思想交流、情感交流、生活方式、话语方式以及人生经验交流的平民化书写方式。在此基础上，网络文学的平民化互动模式产生巨大能量，所表现出的集体力量远远超出了个体力量。这就使得创作主体受到了有史以来最严峻的挑战，这也是网络写作往往难以体现作家个人思想的重要原因之一。从内部条件看，作家的主体性首先建立在作家的独立思考与丰富的精神资源上，而网络作家在这方面的储备并不充裕。从外部条件看，一方面读者诉求与市场推动等对创作形成强大"干预"，另一方面过度追求创作速度和娱乐功能，也使作家的主体性受到了制约。这也是网络文学为何至今仍然无法获得理论独立性的主要原因。

二、文学想象与现实生活的关系问题。理论上讲,文学始终是社会生活的一部分,不管你写的是什么样的文学,都不会也不可能完全脱离社会生活。但大量网络小说过度演绎臆想,所谓"不问苍生问鬼神"也是事实。文学想象力本身是一个十分复杂的研究课题,而网络创作的低门槛的确为许多作品的失范提供了温床,网络文学"垃圾化"也就成为争议不休的话题。创作实践证明,没有丰厚的生活和艺术积累,想象力就无法为创造性的精神劳动提供支撑,而建立在一定审美标准上的想象力,是作家文学素养和精神深度的集中体现。总之,想象力不是空穴来风,更不是信马由缰、自说自话,它是构筑在牢固的现实大地上的思想腾飞,它是与读者的心灵对话。

三、网络作家存在精神资源缺失现象。大部分网络作家仅仅凭借自己的天资在写作,这或许能获取一时的成功,但难以取得长远的进步。文学需要文化含量的支撑,这已经是基本共识。除此而外,作家必须具备对大众的同情心、对社会的责任感、对人类历史发展的人文关怀;需要崇尚理性,崇尚价值,崇尚启蒙战斗的精神等等,要在自己的内心建立一个"乌托邦"。这些精神资源需要长期积累才能形成,由于作者缺少充分的创作准备,即没有足够的思想准备和艺术准备,导致网络创作上存在大量哗众取宠、迎合读者的现象。由于仓促上阵,部分涉及价值体系重建的作品,还会出现误导,架空历史小说《窃明》引发了阎崇年杭州耳光事件即是一个例证。

新世纪以来,和经济社会发展一样,中国文学也面临走向世界的问题,其核心是:如何提升中国文学价值,或者说如何让中国文学产生世界影响。美国哈佛大学教授戴维·戴姆拉什所著《什么是世界文学》提出了一个专注世界、文本和读者的三重定义：1. 世界文学是民族文学的简略折射；2. 世界文学是在翻译中有所获的作品；3. 世界文学并非一套固定的经典，而是一种阅读模式：是超然地去接触我们的时空之外的不同世界的一种模式。该书翻译者、上海交通大学教授王宁指出，"世界文学"最早由歌德提出，后来经过马克思和恩格斯的重新阐释，逐渐打上了文化全球化的烙印。经过100多年的历史演变和发展，世界文学已经从早先的"乌托邦"想象逐步演变发展成为一种审美现实。

网络文学作为21世纪中国文学新的探险者，难免会遇到险阻，甚至会陷入困境，但它绝不会停止脚步，它是否有可能建立新的创作和阅读模式，目前尚未可知，也可能要经历更长时间的摸索，但终究会迎来一个创新的时代，也许那时候它已经不再被叫着"网络文学"。我们现在能够看见的是，网络文学的崛起在某种程度上代表了中国社会整体向前发展的趋势。如果说中国文学在20世纪70年代末实现了第一次起航，那么，20世纪90年代末则实现了第二次起航，毫无疑问，这次将是一次"国际航行"，会走得更远。

发表于《人民日报》2011年4月19日

网络时代的故事回归与文学想象

网络文学与本土传统

互联网在20世纪90年代中期接入中国,不久,网络上便出现了网友们自娱自乐的在线写作,无处不在的文学借助网络匆匆登上了当代文学的舞台。那时候上网费用高、网速慢,但这些阻挡不住被称为"网虫"的一群现代青年,他们身上兼有两个特征:一是关注新生事物,二是热爱文学。最初的网络文学作品形式单一,题材狭窄,缺乏想象力与张力,基本是个人情感的书写,在质量上与传统媒体发表的文学作品存在一定差距。2000年之后,随着原创文学网站和书站风起云涌,更多作者加入网络写作大军,安妮宝贝、宁财神、李寻欢和邢育森等一批作者迅速蹿红,成为人气极高的网络作家。网络文学一时成为坊间热议的话题,作品内容也逐渐丰富起来,很快便出现了像《瘟疫》《佛裂》等表现未来社会的科幻类和灵异类小说,还有像《茶家庄》《花焚》《飞翔》等具有浓厚历史气息的小说,又有《大嘴、三刀、四眼神枪以及五娟》等内容糅杂的作品,以及《尘埃之上》《灰锡时代》等后现代主义色彩浓厚的小说、现实感强烈的《成都,今夜请将我遗忘》

和在传统文化基础上重塑现代意识的《悟空传》则将网络文学提升到了一个新的高度。

随着资本的介入，2004年网络文学出现了商业化的趋势，类型化小说得到迅猛发展，目前网络上的类型文学有二十多个大的类型，细分约有六十种左右。大致分为玄幻奇幻类、修真仙侠类、架空历史类、穿越类、科幻类、武侠类、网游类、异界类、都市言情类、灵异惊悚类、游戏竞技类、婚恋家庭类、职场官场类、校园青春类、新军事类、新武侠类、宫斗类、都市异能类、耽美类、同人漫画类等等，同时，类型之间的相互借鉴和混用已成为常态，也就是说类型文学在网络上形成了自己的小江湖，类似于文学流派的各种"流"与"文"（如洪荒流、无限流、科幻流、废材流、综漫流、黑道流、星际机甲流、官商流、凡人流，重生文、种田文、总裁文、中医文、美食文、暧昧文等等），都拥有自己的固定粉丝群，说明网络文学已经趋于独立成型。但也存在同质化的问题，大量跟风和模仿是网络文学发展、衍变过程中的主要弊端。

网络文学从中国古代故事里脱胎、演变形成了一套新的讲故事的方式，所运用的手法包括延伸、翻写、借境、重塑、重构、羽化等，这正好和网络作家的民间身份、草根意识高度吻合。俄国学者弗拉基米尔·雅可夫列维奇·普洛普在他的《故事形态学》[①]中指出，一切成熟的文学体裁都具有游戏的性质。我理解普洛普所讲的"游戏"实际上是指保留在某个民族内心的特定的"故事记忆"。在中国传统叙事文学中，如神话传说、寓言故事、志怪志人小说、传奇体小说、话本、神魔小说、人情小说、公案侠义

---

① 弗拉基米尔·雅可夫列维奇·普洛普：《故事形态学》，中华书局，2006。

小说和狭邪小说等经过长期的演变发展，已经形成了完整的叙事策略，其"故事记忆"无疑对网络文学产生了一定的影响，当然新文化运动之后的现当代文学，包括当代西方奇幻文学、科学幻想文学等，更是直接影响了网络文学，只不过在艺术表现形式上，网络文学更接近于中国古代小说传统。

网络文学早期代表作品今何在的《悟空传》直接取材于西游故事，结合现代文化视野重新塑造故事里的人物形象，贯穿以现代文明思想：我要这天，再遮不住我眼，要这地，再埋不了我心，要这众生，都明白我意，要那诸佛，都烟消云散！江南的《此间的少年》则是金庸武侠小说的当代校园版，用戏谑的笔法表现传统与现代的冲突，对校园的荒芜时光和美好的青春岁月极尽言表。萧鼎的《诛仙》以老子《道德经》语"天地不仁，以万物为刍狗"为主旨，书中反复探究的一个问题就是"何为正道"。忘语的《凡人修仙传》讲述一个普通的山村穷小子，虽然资质平庸，但依靠自身努力和合理算计修炼成仙的故事。烟雨江南的《尘缘》从一块青石偶然听得一巡界仙人诵读天书，得以脱却石体修成仙胎，故事独辟蹊径，讲述世俗意义上的青梅竹马和非世俗意义上的日久生情之间的较量，让人隐约看到作者将佛教文化与现世生活进行精神对比所产生的文化含义。

网络文学作为本土文学在互联网上的尝试，受到了普罗大众的积极鼓励，因此而不断产生创新力，它还开辟了一条与其他艺术样式具有高度兼容性的创作之路，为互联网时代的文化产业链奠定了基础。自2008年开始，网络文学由过去单纯依靠用户付费阅读的商业模式逐渐向"以IP为核心，全产业链、全媒体运营"转变，2015年达到了一个新的高峰。根据市场的不同需求，网络文学可分为线上付费阅读和线下纸质图书出版（包括期刊漫画连载），版权开发种类繁多，包括影视、游戏、网络电影、网络剧、动漫画、有声读物、舞台剧（包括话剧、戏曲等）、cosplay、衍生品等。仅以影视改编为例，自《蜗居》《杜拉拉升职记》《和空姐一起的日子》《搜索》《致我们终将逝去的青春》等被改编后，网络文学迅速成为文化市场聚焦的宠儿，其后的《遍地狼烟》《失恋33天》《裸婚时代》《甄嬛传》《步步惊心》《金太郎的幸福生活》《白蛇传说》《倾世皇妃》《千山暮雪》《帝锦》《别再叫我俘虏兵》《涩女日记》《刑名师爷》《浪漫满厨》《盛夏晚晴天》《第一最好不相见》《前妻来了》《小儿难养》《绣里藏针》《琅琊榜》《芈月传》《欢乐颂》《翻译官》等一批作品乘势而上，使网络文学影响力急剧扩大。网络文学在艺术形式上的色彩纷呈，既是其自身不断发展、走向成熟的表现，也是文化产业链等市场需求大力推动的结果。

网络文学的类型化特质

网络文学之所以选择走类型文学之路，源于"讲故事"的文化传统在中国人心目中根深蒂固。类型文学同样有自身的艺术规律，它的繁盛和发展需要一定的社会环境和文化氛围。网络文学的兴起恰逢其时，其主要表征显现如下：一是社会生活丰富多彩，人的精神诉求多向度，审美趣味多元化，受众有想象力渴求与参与创造的愿望；二是创作主体的知识结构和思维方式千差万别，各显其能。网络作家来自于草根社会，他们具备不同领域的专业知识，却较少接受写作专业训练，对文学的理解更为宽泛。这还暗含一个特征，就是文学的去精英化现象，即大众写作的反复尝试，以及读写之间的无缝对接催生新的文学类型，比如最初的鬼故事最终推出《鬼吹灯》和《盗墓笔记》、大量的古代言情文和宫斗文筛选出《甄嬛传》《琅琊榜》和《芈月传》、屌丝逆袭的心理补偿捧红穿越文《回到明朝当王爷》和《步步惊心》等等；三是写作的高度开放性。网络文学的写作过程几乎完全透明化，每天更新，现场互动，当场拍砖。网络文学一般具有较大的构架，需要较长的创作跨度，在线写作如果缺少粉丝的追捧，作者难以在没有人呼应的状态下写出几百万字，写作的开放性不仅给作者带来了信心，也为作者的生存与发展提供了养分；四是类型文学往往在文化更新、整合期相对繁荣，优秀作者具备完整的知识谱系或文化传承意识，读者有充分的阅读期待；五是商业文化相对发达。除了阅读价值外，作为网络文化产业链的开端，类型文学具有深度开发的商业价值，由此产生了一大批职业写作者。

类型文学在网络上迅速发展一定程度上丰富了当代文学谱系，为中国文学开辟新空间提供了可能性，由于其创作门槛相对较低，给广大写作爱好者提供了话语舞台，经过大浪淘沙，一批有实力的作者脱颖而出，为创作队伍提供了新生力量。当前各种类型的主要代表作家有：玄幻类作者猫腻、辰东、唐家三少、血红、跳舞、耳根、萧鼎、减肥专家、老猪、烟雨江南、天蚕土豆、我吃西红柿；仙侠武侠类作者梦入神机、萧潜、忘语、燕垒生、流浪的蛤蟆、树下野狐、徐公子胜治、沧月、晴川；历史类作者月关、酒徒、cuslaa(哥斯拉)、孑与、阿越、曹三公子、天使奥斯卡、阿菩、灰熊猫、随波逐流、蒋胜男；奇幻科幻类作者七十二编、玄雨、方想、爱潜水的乌贼；穿越类作者桐华、金子、寐语者、藤萍、祈祷君；古代言情作者流潋紫、天衣有风、海晏、天下归元、寂月皎皎、解语、妣锦、阿彩；游戏竞技类作者骷髅精灵、蝴蝶蓝、兰帝魅晨、林海听涛、失落叶；悬疑探险类作者南派三叔、天下霸唱、蔡骏、鬼古女；都市类作者张小花、骁骑校、三十、孔二狗、小桥老树、蘑菇、鱼人二代、施定柔；现代言情类作者辛夷坞、匪我思存、柳暗花溟、九夜茴、缪娟、丁墨；军事类作者刘猛、流浪的军刀、骠骑、卫悲回、昆金、菜刀姓李、丛林狼、金满等等。

　　类型文学发展到一定阶段，会出现明显的裂变，集大成者往往会背离原有的类型原则成为新类型的开创者，或跨越类型融入新的艺术创作领域，用脱胎换骨来形容这种裂变并不为过，从有形中来到无形中去，从商业中来到精神中去，是类型文学经典化的必然之路。在类型化相对发达的文化体系中这样的例子不胜枚举，如日本的村上春树、东野圭吾就是从类型文学出发，进而跻身经典作家行列的代表人物。

拓展都市文学的叙事空间

　　在我看来，网络文学发展近20年，虽然线路庞杂却有一条十分清晰，那就是都市文学，因为它与当代文学关系最近。最初的网络作家主力阵容由留学生和都市青年组成，其作品当然多以都市生活为背景，多以当代青年的生存境遇为对象。安妮宝贝的中短篇小说以描绘都市女青年"小资"生活而著称，在她的《告别薇安》《七月与安生》等系列作品中，那些有着海藻般长发的女子，喜欢穿纯白色棉布裙子，喜欢光脚穿球鞋，她们习惯了动荡不安的生活，沉湎于物欲，渴望被爱情击碎。与上一代女性不一样的是，她们的身上具有现代诗性，即孤独与开放并存。宁财神、李寻欢、邢育森和尚爱兰等人的中短篇小说也都在不同侧面聚焦都市青年的生存状态。稍后，慕容雪村的《成都，今夜请将我遗忘》以全然冷酷的态度看待生活、爱情和友情，甚至认为，所有感情都是被利益驱动的，人生的一切都必须在利益的刀刃上滚过。这虽然未免有点过激，却值得人深思。而江南以校园生活为背景的《此间的少年》则是另一个向度的都市生存经验。现在看来，以上应该算是网络都市文的第一次高潮，此后的10多年，作为网络文学的主干之一，网络都市文虽然经历风雨、步履蹒跚却未曾停止，一直在变革和发展中延续至今。

2003年之后，男频都市文开始分化，出现"小白文"和"官场文"两大门类，女频都市文明确以出版和影视改编为主要方向，"总裁文"和"腐女文"成为在线阅读的新宠。仔细分析就会发现，网络都市文虽然不再以清晰的面目出现，却杂糅在其他类型当中，大量奇幻文、架空历史文和穿越文，实际上都有都市文的背景，如《缥缈之旅》《极品公子》《医道官途》等。相对而言，女频都市文更注重"言情"这个内核，如顾漫的《何以笙箫默》（2003年），李可的《杜拉拉升职记》（2006年），辛夷坞的《致我们终将逝去的青春》（2007年），桐华的《被时光掩埋的秘密》（2008年），以及明晓溪的《泡沫之夏》，唐欣恬的《裸婚》，鲍晶晶的《失恋33天》等大量作品，保留了更多的"都市"元素。同时女频都市文也不乏创新力，如晴川的《韦帅望的江湖》（2006年），施定柔的《结爱·异客逢欢》（2009年）在开拓都市文的叙事空间方面均有所建树。

男频都市文的第二次高潮很快就出现了。三十的《与空姐同居的日子》（2006年）、张小花的《史上第一混乱》（2008年）和小桥老树的《侯卫东官场笔记》（2008年）是这个阶段网络都市文具有开创性的作品，拓展了都市文作为独立类型的表现视野，对后来的男频都市文影响极大。《与空姐同居的日子》采用的是最简单而有效的手法，全文强调一个"纯"字，以情动人恐怕是文学千年不变的法则，关键看你是否能够把握住时代的脉搏。《史上第一混乱》所用手法包括修真、穿越等，搞笑气氛浓烈，是一部混搭小说，但核心是现代都市生活。《侯卫东官场笔记》一改以往官场小说的做法，逐层讲透村、镇、县、市、省官场现状，细腻而准确、有趣地描绘了中国当代的社会生态。这三部风格迥异的作品饱受追捧，说明只要敢于求新求变，网络都市文一定能够找到它新的成长之路。

2010年5月，移动阅读基地正式商用，这是网络文学发展史上的一个标志性事件，由此引发包括网络都市文第三次高潮在内的一系列变革。在短短几年时间里，网络都市文承前启后，汇聚了由都市言情、都市修真、都市异能、都市职场、都市青春、都市热血、都市风云等不同形态组成的大合唱。移动阅读为读者提供的平台更加便捷，让《很纯很暧昧》《涩女日记》《护花高手在都市》等一批都市文迅速浮出水面，成为移动阅读的热点。

很显然，网络文学中的都市文与传统文学中的都市文学差异明显，从外表看网络文学更注重故事的娱乐性，从实质看网络文学所建立的虚拟性或许更切合网络时代的人文景观，在现代都市架构的描述上对当代文学是一种有效补充。早在1936年，本雅明就在《讲故事的人》①一文中对现代技术社会里交流我们自身经验的能力表示怀疑,在他看来随着现代技术的迅猛发展,经验的贬值、叙事能力的被剥夺,正在加剧并且不可逆转。在网络传播介质中,文学无论如何不可能保持原有的样子,本雅明的观点用来解释今天网络时代的文学变革仍然适用。换句话说,中国网络文学借助新媒体的传播实践,对高科技时代全球人文理念的变化、发展具有一定的探索价值。

IP商业值与文本文学值的融合

中国现当代文学在经历近百年西学淘洗之后,峰回路转,21世纪的新生文学——网络文学重回古老的讲故事现场,这确是一个值得研究的现象。实际上,西方在20世纪80年代以来也面临同样的境遇。英国文学批评家迈克尔·伍德在《沉默之子:论当代小说》②一书中说:小说正在面临危机,而故事开始得到解放。

网络文学的主要任务就是讲故事,这显然是回到古老传统的一次凤凰涅槃,"线上要IP值,线下要文学值"被认为是当下网文界的共识,只有一个能够打动读者、深入人心的好故事才能实现两个"值"的平衡。

网络文学自2004年进入商业开发渠道以来,最初四五年增长速度并不快,到了2008年才有了第一次飞跃式增长,2010年再次翻番式增长,引起了社会各界特别是资本的关注,网络文学

---

① 本雅明:《讲故事的人》,载《本雅明文选》,中国社会科学出版社,1999,第295页。
② 迈克尔·伍德:《沉默之子:论当代小说》,生活·读书·新知三联书店,2003,第1页。

知识产权的开发成了一个新的热门话题。最近两三年，可以说是网络文学商业开发的第一个黄金期，版权的售价，即所谓IP的价格平均翻了5倍以上。以月关的小说《锦衣夜行》改编为例，可以发现IP实现了交叉联动，华策在拍摄初期就引进游戏方，植入广告方、互动节目方，同步开发大电影，整个IP共配套一部页游、两部手游、三部电影，还设计了现代剧情的网剧作为番外篇，作为前置性同步开发产品，由此可见，IP开发模式是在市场的不断磨合中更新变化的。

猫腻新作《择天记》则是网络小说商业开发的新典范，这部作品由腾讯影业与阅文集团、柠萌影业、湖南卫视以及腾讯视频五家联手打造，计划在未来4年内，推出3季电视剧。《择天记》采取了文学与影视同步创作的方法。采取这一创作方式的主要理由，是依靠网络大数据对文学、动漫、游戏用户洞察的支持，从而为影视创作提供更加具体和现实的决策辅助。

不难发现，网络文学IP的制造过程与传统文学的创作模式大相径庭，但是这种难以被文学接受的模式，却有可能成为未来中国文艺发展的趋势，及所谓泛娱乐化产业联盟。显然，网络文学的IP值与文学值既有相辅相成之处，也有对立排斥的一面。奥尔德斯·赫胥黎[1]担心未来的文化有可能成为充满感官刺激、欲望和无规则游戏的庸俗文化。他曾经在《美丽新世界》一书中发出这样的感慨：我们将毁于我们热爱的东西。这对我们今天津津乐道的网络文学IP值仍然具有警示作用。

在此，通过对几部不同类型最新网络文学作品的分析，可以

---

[1] 奥尔德斯·赫胥黎，英国小说家、散文家、博物学家。1932年发表科幻小说《美丽新世界》，以讽刺笔法描写他心目中的未来世界。

发现网络作家们正在努力建造一套IP值与文学值的兼容体系，并以此展示网络文学的辽阔前景与巨大潜力。

穿越小说《木兰无长兄》[①]基于已有的花木兰的历史想象，让一位现代女法医穿越到这位古代女豪杰身上，重新塑造了这位超越性别的英雄形象。小说回避传统意义上花木兰的强大，以现代女性视角展现花木兰的孤独感：她已解甲归田，回归女儿身，却因无法生育、力大无穷、常年与男人同寝同食而获得污名，被群体放逐。花木兰不再是"朔气传金柝"的花将军，她回归了女性秩序，却发现自己已无处可归。作品对历史和古代文学素材运用得当，对人物处境的想象和演绎合情合理，融进了当代现实生活体验，令人回味无穷。

《回到过去变成猫》[②]是一部都市重生小说，主角灵魂重生，意外进入了一只黑猫的身体，在大学校区里与各色猫、狗、鹦鹉为伍，从而发现了动物的精神世界，建构起一个由主角"猫化"而带来的奇迹故事，构思奇特精巧，糅合创新了庄周梦蝶和变形记的古今小说叙述模式。作品借助猫的视角体察人，让猫行人事，颇有些"小鬼当家""喵星人传奇"的感觉。作者精细敏锐的感受力和飞扬的想象力得到了充分发挥。小说呈现幻想性的世界，又不乏对现实生活细节的描摹，在散淡从容的叙述中遍布分寸沉稳而又谐趣横生的讽喻意味，机锋迭现，为都市奇幻题材小说别开生面。

《从前有座灵剑山》[③]是一部仙侠类作品，讲述了因彗星陨

---

① 晋江文学城连载作品，作者祈祷君。
② 起点中文网连载作品，作者陈词懒调。
③ 创世中文网连载作品，作者国王陛下。

落末法大劫而降临的奇才、来自现代世界的穿越者王陆，怀着千年未有的空灵根，踏入灵剑派山门，走上了一条用智商成为强者之路的故事。作品采用东方仙侠的设定，故事构架较为宏阔繁复却又处理得非常细致，富有创意，一场升仙大会以游戏闯关模式徐徐展开，打破了传统仙侠固有的"拜入仙门"模式套路，令人眼前一亮。这部小说表现出当前网络文学二次元化、网游化的特征，以"吐槽"的方式在小说中广泛勾连社会生活和大众流行文化。

《此颜差矣》[①]讲述的是一个关于青春、爱情、守护以及创业的励志故事。主人公幼年悲惨的经历导致其性格上的缺陷，以及后来在情感关系中的内心挣扎，但总体来说，基调是积极向上的。主人公在经历爱情受挫、团队解散等一系列打击后，最终克服困难走向成功，小说中爱情故事的一波三折、事业发展的峰回路转，深入到了当代青年读者最为关注的两大领域，让读者在回味青春萌动的同时，感受互联网浪潮下的创业激情。

上述几部作品均已被认定为具有较高 IP 值的网络文学作品，它们虽然还不能称之为典范之作，却在一定程度上代表了网络文学的发展方向，展现出网络作家对现实生活的思考和在小说艺术方面的努力探求。我们期待有更多网络文学作品立足现实大地，尽情释放奇妙想象力，努力创造出网络时代的文学奇迹。

结　语

20 世纪末，在全球经济不振，文化普遍走弱的总体格局下，

[①] 晋江文学城连载作品，作者清枫语。

媒体的革命性变化必然会引发文化领域的变革，这也是文化自身发展的要求所致。在中国它以网络文学的形式登上了舞台，这是历史的必然选择。经过近20年的大浪淘沙，网络文学留下了一大批值得研究的文本和文学现象，其作为当代文学的一部分已是不争的事实。应当说，网络文学与传统文学之间的确存在差异，但不应人为设置壁垒，分析两者的得失和互补的可能性，才是当代文学研究的要务。据统计，我国目前约有7亿网民，其中网络文学阅读人群达到3亿，文学网页的浏览量为日均15亿次，日均更新量达1.5亿汉字，网络文学的存量已经超过一千万部。与各文学网站签约的网络作家保持在250万人左右，在这个群体当中，"80后""90后"群雄辈出，网络媒体已然成为新一代作家竞技和施展才华的主战场。

发表于《小说评论》2017年第1期

网络文学的渠道与内容关系解析

没有互联网这一渠道，就不可能产生网络文学这一样式，而网络文学的内容由最初的作者自发上传，发展到由文学网站根据受众阅读产生的数据划分等级，由此分门别类，进而引导和规约作者，形成独特的写作范式。2018年是一个非常重要的时间节点，网络文学走过了20年的历程，总结这段不平凡的网文发展史，我们可以清晰地看到，网络文学渠道与内容之间的关系直接影响到了网文的整体发展，两者关系经历了三个发展阶段：一是PC端时期渠道与内容的博弈，二是移动端阅读彰显渠道优势，三是IP时代内容重回王者地位。

网络文学是在数字化技术支持下产生的一种新型文学样式，由于传播渠道发生了重大变化，最先掌握互联网使用技术的一批年轻人成了它的第一代主人，恰逢世纪交替，中国当代文学大家庭里增添了一位新成员。20年后回望网络文学的成长与发展，基本可以得出这样的结论：无论是外在的写作方式、阅读方式、存续方式，还是内在的故事构成、审美习惯等，网络文学均具有强烈的民间性和娱乐性，与生俱来是一种面向大众的文化消费品。网络文学从创作、发表到用户信息反馈，交流管道十分畅通，可以说没有互联网这一渠道，就不可能产生网络文学这一样式，而网络文学的内容由最初的作者自发上传，发展到由文学网站根据受众阅读产生的数据划分等级，由此分门别类，进而引导和规约作者，形成独特的写作范式。

在不同的发展阶段，网络文学的渠道与内容一度各领风骚，但两者之间既有分也有合，如同一枚硬币的正反两面。互联网的渠道由若干终端组成，具有数据整合优势，而现代商业运作对于数据的依赖可以说深入骨髓，渠道的作用不言而喻。对于网络文学的内容评估至今仍无统一的标准，但起码有两个向度的考量，其一是受众热度和市场价值，其二是文学性和版权开发空间。后者牵涉诸多问题，已成为当代文学研究的重要课题。我们知道，小众化阅读的文本在传统文学领域并不鲜见，但在网络文学领域则意味着被众声淹没的生存危机。从这个意义上讲，重视网络文学整体发展格局，摸清其客观发展规律，是研究网络文学的基本出发点。强调精品化、精英化并不错，但忽略网络文学的生存之本、生存之道，实际上与唯点击率所犯的错误异曲同工，都将导致网络文学的空心化和扁平化。对于渠道与内容关系的研究，或许是摸索网络文学发展规律的路径之一。

PC 端时期：渠道与内容的博弈

20世纪90年代中期，中国留学生在美国创建了华人第一家汉语原创文学网站《橄榄树》，这家网站最初只是一本网络诗刊，后来逐步转向综合性文学网刊。当时，欧美国家已经广泛应用互联网，电子商务热潮开始涌动，网络股成为人们最为关注的话题，中国人在互联网上打出的第一张牌却是文学。1994年Internet正式接入中国大陆，短短几年时间，到1997年如"水木清华"等网上BBS的"圈子"行为，即在线创作与交流已经形成一定规模。1996年，网易开通了个人网页，以互联网作为媒介传播的文学作品第一次登上舞台，面向大众阅读。初期的网络文学平台是相对封闭的，而且上网费用较贵，网速很慢，普及率不高，并不具备渠道的显著特征，但由于其比纸媒传播便捷、快速，信息流量大，因此获得北上广等都市青年的青睐。

海归青年朱威廉作为中国大陆在网络文学领域第一个吃螃蟹的人，于1997年7月在上海创办个人主页《榕树下》，当时的概念仍然是电子刊，所以沿用了书名号。1999年8月，上海榕树下计算机有限公司成立，"榕树下"这次使用的是双引号，作为大陆首家独立域名的原创文学网站，告别了网刊时代，迎来了网站时代，开启了公司化运营的先河。早期的网络文学站点多数使用的是门户网站的免费空间，作者只有通过各站之间的友情链接联络读者，渠道仅限于为少数人（粉丝）提供服务，页面的浏览量十分有限。早期最有影响力的文学站点，如黄金书屋、碧海银沙、西祠胡同的月页面浏览数只有100万次左右，邮件订阅人数约为一万人。网络作为渠道的主要作用就是方便更多的人进入，听到读者更多的声音，形成有效的读写互动。20年前，一家文学站点的月浏览量过百万已经是天文数字，但在今天，仅晋江文学城一家网站日均页面浏览量就超过1个亿，日登录固定用户达220万人。

文学网站作为渠道一直在寻找发展空间，很快就获得了量级增长，资本的介入是其主要原因。率先进入角逐的是多来米中文网，他们以400万元人民币的价格收购了16家站点，黄金书屋、中国足球网、海阔天空下载、笑林广记等网易排名前20的个人网站被买走了80%。资本投入之后必然要将这些站点进行商业运作，以期获得适当的回报，因此而推动了网络文学渠道的商业化探索，同时互联网版权保护也成为一个社会关注的问题。文学作品的电子版权和网络原创文学的版权成为这一时期互联网文化产业的风口，具有华人背景的"博库"在美国横空出世，借助资本优势大肆收购作品电子版权，与国内多家出版社形成了战略合作。但是互联网说变脸就变脸，纳斯达克的互联网股在2000年3月崩盘，全球互联网行业迎来了它的第一个严冬，互联网概念一夜之间泡沫破碎，网络公司纷纷歇业，互联网"烧钱""圈钱"时代宣告落幕。"博库"投资商面临这一状况，以盈利模式无法确认为由拒绝按计划投资。2001年底，"博库"以渠道方式创建电子阅读收费模式的尝试宣告失败。

"博库"留下学费匆匆退出市场摸索，"榕树下"活得也很艰难，他们曾经计划实施"一元包月"的阅读计划，但这一商业模式未能获得读者接受，到2002年，"榕树下"也呈现出颓势。以天涯社区为代表的门户网站文学频道却在此时强势崛起，以BBS形式出现的"舞文弄墨""煮酒论史""莲蓬鬼话"等泛文学板块一时热闹非凡。天涯社区作为门户网站其"汽车频道""体育频道"等流量巨大，拥有一大批海外华人用户。天涯社区采取以商养文的方法，保持了天涯社区文学频道在相当长的时间里一直处在领先地位，并陆续推出了《明朝那些事儿》《鬼吹灯》《成都，今夜请将我遗忘》等一批重要作品。新浪网的金庸客栈创办较早，一度以热帖在圈内广泛流传，此时也成为网络文学热门频道，推出了《悟空传》等一批作品。随之龙的天空、幻剑书盟与起点中文网也以各自不同的形式加入渠道探索的阵营，这从侧面说明网络阅读逐渐成为中国人喜爱的文化交流方式。随着互联网技术的不断普及，渠道的建设和经营经过四到五年的摸索，建立文学站点已经不是什么难题，单说资金，花费一百万人民币就能搭建一个相当不错的平台，但是维护这个平台的成本却是个无底洞，如果无法确立盈利模式，渠道的关停并转只是时间问题。因此，在你方唱罢我登场的网络文学PC端时期，文学网站的竞争逐渐由渠道的唯一性转向渠道与内容并重，经营者们终于认识到了这个问题：光是热闹不顶用，一定要让读者离不开你。凭什么离不开你，只有内容的力量。进一步说，内容在先，没有好的内容自然不是好的平台，也就发挥不了渠道的作用。

值得一提的是，在大陆文学网站商业化体系建立之前，大陆有一批网络作家在台湾的繁体出版渠道风行一时，早期的作者有萧潜、庚新、骠骑、千幻冰云等，后期的作者有酒徒、骷髅精灵、高楼大厦、心在流浪等，他们都取得了相当的成绩。

在内容与渠道的博弈过程中，文学网站的发展出现了岔路口，两种不同的模式摆在了文学网站从业者的面前：一种是强调网站内容的质量和数量，为创建付费阅读模式打好基础，但这需要烧钱，风险不小，前景不明；另一种就是将网站完全当作一个渠道，为大量的网络原创作者提供版权代理，走线下实体书出版和影视推介的路线。严格来说，选择第二种方式也是不得已而为之，比如原本影响力最大的原创文学网站龙的天空，由于流量不断增大，这把双刃剑导致服务器资源亮起红灯，访问速度变成蜗牛。是继续烧钱，还是改弦易辙？可以说，龙的天空在两难选择中放弃了网络传播的竞争，直接进入出版市场。在手握一批原创作品版权，成立北京幻想文化公司之后，龙的天空告别了原创网络文学生产者的身份，从文学网站的主导者演变为网络文学资源的整合者，问题是，内容的产生是一个延续不断的过程，一旦中断则难以为继。此后，文学网站进入了以幻剑书盟与起点中文网为主，兼顾渠道与内容的发展阶段，《缥缈之旅》《小兵传奇》《诛仙》等一大批优质内容横空出世，为起点中文网建立付费阅读模式提供了强有力的支撑。

和文学网站一样同为新型传播方式的网络游戏和手机短信，在当时已经成功建立起自己的赢利模式。幻剑书盟与起点中文网等文学网站，也在摸索推行 VIP 的可行性。内容与渠道摩擦碰出的火花似乎给网络文学的发展带来了希望之火。从 2003 年下半年开始，网络文学进入了一个高速增长期，表现为新人不断加入，网络写作队伍迅速扩大，如唐家三少、跳舞、老猪、辰东、萧鼎、玄雨、树下野狐、烟雨江南、说不得大师、禹岩等一批写手表现不俗，推动了创作与阅读的繁荣。起点中文网成为网络文学第一波兴起的幸运儿，站内作品数量急剧增加，人气飞速上涨。由网络游戏走热所引发的这一现象，导致玄幻类网游小说一枝独秀，其他类型的作品基本无法冒头，因而整个生态显得比较单调。针对这一现象，业界人生普遍认为，文学网站虽然有了活力，但是内容生产出现了危机。

2004 年 10 月，盛大网络公司开始了漫长的收购经营活动，包括起点中文网、红袖添香、潇湘书院在内的八家网站被陆续纳入囊中，由此掀开了文学网站发展史上新的一页。随后，2006 年创建的中文在线 17K 小说网，2008 年创建的纵横中文网，均由较大资本的介入。至此,纯以文学特色、诸强并存"内容为王"的文学网站时代宣告结束,网络文学出现产业化苗头。

2007年3月,盛大向起点中文网追加投资1亿元,然后不久组建盛大文学集团,建立以创作、培养、销售为一体的电子出版机制,推动网络文学全版权运营模式。这一年,门户网站也开始尝试建立自己的网络文学生产经营方式。5月,腾讯网读书频道推出VIP会员制,成为首个涉足付费阅读业务的大型门户网站。8月底,新浪网读书频道也宣布推出付费阅读业务。之后,网易、搜狐、凤凰网等大型门户网站陆续进军网络付费阅读领域,网络文学PC端群雄并起,内容的竞争导致更多的网络文学类型出现,网络文学出现了第一次创作高峰。

这一阶段,网络文学产生了一大批优质内容,《紫川》《明朝那些事儿》《鬼吹灯》《盗墓笔记》《新宋》《尘缘》《诛仙》《家园》《窃明》《后宫甄嬛传》《琅琊榜》《梦回大清》《何以笙箫默》《步步惊心》《佛本是道》《最后一颗子弹留给我》《蜗居》《致我们终将逝去的青春》《回到明朝当王爷》《韦帅望的江湖》等作品红极一时,成为网络文学PC端时代一个个闪亮的星座。随着资本的深度介入,网络文学的内容量不断加大,渠道的宽度也在不断扩展,网络文学在经过十年艰难跋涉之后,迎来了高速全新发展期。

移动端阅读:渠道彰显优势

自2006年"全民阅读"活动开展以来,数字阅读被纳入重点扶持范围呈逐年增长态势,网络文学在其中占据了相当份额。

2010年5月中国移动阅读基地正式商用，宣告网络文学迈入移动阅读时代，使用手机和平板电脑浏览网页、阅读网络文学作品成为一种时尚。在国家软实力战略和移动互联变革力量的双重促进下，移动阅读的渠道优势异军突起，推助网络文学进入爆发式增长阶段，2011年文学网页平均日浏览量超过了8亿次，2017年则超过了15亿次，社会关注度大幅提升。

在此前后，网络文学经历了由PC端到移动端的三年整合期，2008年9月掌阅科技股份有限公司成立，借助移动互联网的创新手段和分发渠道，迅速成为国内广受欢迎的移动阅读APP。在移动端初试锋芒之际，另一个渠道电子书终端的开发计划也在盛大文学和汉王科技的战略酝酿中萌芽。2008年汉王科技推出电子书，并且不断在技术创新上一路猛进，但却没有自主内容，也就是说，汉王科技的电子书既不是内容也不是渠道，只是一个阅读器。盛大文学的基本理念与汉王科技有所不同，他们认为电子书不是硬件，而是非常重要的互联网产品，是渠道与内容的复合体。2010年盛大文学尝试推出电子书Bambook。但是，以苹果iPhone为代表的智能手机，以苹果iPad为代表的平板电脑飞速发展，包括以及以亚马逊Kindle为首的电子书也成功登陆中国大陆市场，这三者在用户体验上迅速取得了优势地位，对盛大文学和汉王科技的电子书战略形成巨大冲击。经过三年博弈，到2013年，盛大文学和汉王科技的电子书基本退出了网络文学市场。

移动阅读的步伐并未止步不前，2015年4月，中国移动手机阅读基地正式挂牌转型成为咪咕数字传媒有限公司，组建自己的原创队伍。与此同时，新成立的阅文集团旗下手机阅读APP"QQ阅读"推出5.0版，通过图书推荐优化用户阅读体验，以新的信息流整合实现从"人找书"到"书找人"的转变。

随着 4G 技术的广泛应用，移动阅读的便利性极大地满足了用户的阅读体验，它所独有的娱乐化、碎片化、多样性、交互性等特点更加符合当下网民阅读习惯。如今，在嘈杂的环境中（比如公交车上、地铁里），音频和视频的阅读已成为潮流。

近两年，资本市场及投资人对于移动阅读的认可度正在逐渐提高，移动阅读市场是互联网巨头都投入最大的资源在布局的一个重要的市场。根据 IT 桔子的统计，自 2015 年 1 月，移动阅读领域融资事件 50 余起，融资范围涵盖资讯类 App、垂直内容 App、网络文学以及微博、微信等社会化阅读平台。其中，资讯类 App 融资事件发生 25 起，占比 48.08%；其次为网络文学，融资事件 11 起，占比超过 20%。根据已公布的融资数据，移动阅读领域总的融资金额有 30 亿人民币左右，最大的两笔融资均来自网络文学领域，分别是：2016 年 7 月百度文学获得完美世界亿元级以上战略投资，以及掌阅科技获得 1 亿美元的 A 轮融资，用以支持掌阅在 IP 衍生内容方面的布局。

近两年，自媒体 (We Media) 平台的活跃度迅速上升，自媒体又称"公民媒体"或"个人媒体"，是指私人化、平民化、普泛化、自主化的传播者，以现代化、电子化的手段，向不特定的大多数或者特定的单个人传递规范性及非规范性信息的新媒体的总称。自媒体平台包括：博客、微博、微信、百度官方贴吧、论坛/BBS 等网络社区。网络文学企业及个人通过自媒体发布作品，或借助自媒体引流、销售实体书等已成为新的流行趋势。比较有影响的例子是著名网络作家南派三叔开通微博付费阅读渠道，与网友的互动更加直接频繁，读者可以直接通过"微博有书"服务通过微博购买南派三叔的实体书。对于尚未成名的网络作家，微博的快捷、便利也给了他们更多成长的空间与成名的机会，这一渠道打破了文学网站固有的作家培养和推送机制，使网络文学获得了更加自由的形式和广泛的受众群体。随着个人用户对互联网的深度使用，类似"阔地网络"的个人门户类网站将成为自媒体的新兴载体。由此可见，对网络文学渠道的研究和分析，应基于"媒介环境"的角度，来审视当下网络特性对用户生活的影响，并深入思考这些影响对用户行为模式的改变和形成。

据2017年底的统计数据显示，作为网络文学阅读的主要渠道，移动端的阅读时间比PC端多出近4倍，点击量则高出约3倍。阅读习惯的改变引发了创作形态的变化，网络长篇连载模式被推向了极致，尤其是玄幻、仙侠类作品，普遍在300万字以上，甚至出现了过千万字的作品。网络作家的电子收入也随着渠道的拓宽突飞猛进，2012年首次出现了年收入超过千万元的网络作家。渠道超强的变现能力促使网络文学企业纷纷向移动阅读靠拢，众多小规模网站和新生网站则将移动阅读作为自己的主要业务方向，大量同质化作品风起云涌挤入移动平台，从而导致2015年IP热产生后，移动阅读出现了明显的阻滞现象。这说明渠道并非万能的提款机，一旦极端化，势必会由波峰转向波谷。

在此期间，随着掌阅文学、阿里文学、爱奇艺文学和平治系列平台的陆续建立，网络文学一直在探索的第三方服务平台也逐渐形成气候。目前，阅文（QQ书城）、咪咕、掌阅等多家大型移动阅读平台，以及数量庞大的自媒体共同搭建起了立体化的移动阅读生态系统，这给网络文学创作带来了强大的动力。但同时，网络文学发展也面临内容创新带来的阵痛，这是渠道无法在根本上解决的问题。如今，随着互联网技术的不断拓展，移动阅读将向更广阔的天地迈进，优质内容作为内在驱动力，直接关乎 2.0 时代的网络文学能否实现腾飞。

IP 时代：内容重回王者地位

2015 年，IP 热浪掀起，正式宣告网络文学进入 2.0 时代。

2018 年 1 月 31 日，国家互联网络信息中心（CNNIC）发布《第 41 次中国互联网络发展状况统计报告》显示，截至 2017 年 12 月，网络文学用户规模达到 3.78 亿，较去年底增加 4455 万，占网民总体的 48.9%。手机网络文学用户规模为 3.44 亿，较去年底增加 3975 万，占手机网民的 45.6%。另据国家新闻出版广电总局数字出版司对当前市场规模较大、影响力较强的 45 家重点网站发展情况的统计，截至 2017 年 12 月，各网站原创作品总量高达 1646.7 万种，其中签约作品达 132.7 万种。2017 年新增原创作品 233.6 万种，新增签约作品 22 万种。据不完全统计，网络文学原创作品下线出版纸质图书 6942 部，改编电影 1195 部，改编电视剧 1232 部，改编游戏 605 部，改编动漫 712 部。艾瑞咨询最新发布的《2017 年中国现实类题材网络文学 IP 价值研究报告》显示：现实类题材网文 IP 商业化进程完善，已成功打通泛娱乐全产业链。从内容平台到影视、动漫、游戏及衍生，现实类题材网文 IP 优势逐渐凸显。

从现有趋势来看，未来网络文学市场的规模将继续往上攀升，且涨幅将更为惊人。在这一背景下，网络文学产业发展仍有许多不确定性，网络文学知识产权产业链还在不断延伸、扩展，呈现出实体图书出版、影视作品改编、有声读物发布、周边产品开发、文学与游戏、动漫互动等多种开发形态，实现出版业、电子商务、影视投资商、游戏厂家，以及内容经纪人、内容评估平台、电信运营商、第三方平台代理商、广告代理商、客户端产品制造商等众多环节，乃至网络文学组织与研究机构等等，形成一个全新的市场业态。另外，丰厚的市场回报也促使业内各巨头纷纷投入网络文学知识产权的开发，在其中获益巨大。

IP主要来源于有一定粉丝数量基础的原创网络小说、游戏、动漫、戏剧、音乐、综艺等多种文化产品，而IP开发特指具有长期生命力和商业价值的跨媒介商业运营。目前，网络文学IP开发主要涉及网络版权、影视剧改编、游戏改编、漫画话剧改编以及实体书出版等环节，其成果主要是以网络小说为题材创作改编而成的游戏、动漫、影视剧（电影、电视剧、网络剧）等。据调研反馈，72.9%的"95后"网民体验或观看过网络小说改编的作品。而就教育程度而言，中学教育程度的读者占绝对优势。

网络文学在IP概念中处于一个十分独特的位置，主要由于其本身凝聚了内容价值、粉丝价值和营销价值。也就是说网络文学内容和渠道形成的有效组合，正是培育和发掘IP的最佳途径。以数字付费阅读为基础，网络文学实现了最基本的自我循环，作家通过数字阅读收费得以生存，可以源源不断地向市场输送源头性产品。而网络文学也可以借助IP开发放大自身的价值，在原有的版权运作基础上实现跨门类发展。业界提出全新的泛娱乐IP开发策略，将以制作方、投资方、运营方三种或以上的多重形态、角色深度介入从"全版权"到"全产业"运作，形成"同一IP多入口，多产业渠道变现"的共振模式，实现IP的最大社会价值和商业价值。

但IP泡沫也由此产生，其根本原因是对渠道数据的过度依赖，对内容生产跟风现象的无视与纵容，对作品质量的轻视与忽略，更有甚者，将艺术生产过程当作简单的变现手段。随着影视游戏等多版权开发的竞争愈来愈激烈，IP开发者对内容质量本身提出了更高的要求。以影视改编为例，影视改编需要作品有一个相对完整的故事，情节紧凑、情感丰富，人物个性鲜明而且贯穿始终。在这方面，男频作品不论是都市还是玄幻，相对而言都要差了很多，动辄五六百甚至上千万字的长篇作品，充斥着升级打怪装蒜打脸的桥段，整体情节、人物和情感戏都非常松散，改编难度非常大，甚至根本无法改编。相对而言，女频小说的故事情节更具现实性和合理性，而且注重人物情感的抒发，较为适合影视改编，从早期的《甄嬛传》《步步惊心》，到近期的《花千骨》《芈月传》《楚乔传》等，都获得了巨大的成功。毋庸置疑，年轻一代更习惯于在虚拟世界中的紧张刺激和荣誉感，IP时代的内容建设应着力于帮助他们通过在虚拟世界的遨游，激发起重新回到现实世界怀抱的热望，或者建立起两者之间的主体价值认同。《欢乐颂》《战狼2》等一批作品的问世，说明网络文学的内容开发并没有一种固定的模式，不仅仅是幻想类作品，反映当代社会的丰富性和复杂性，同样是网络文学产生人气作品和经典作品的重要路径。

继IP概念形成后，影游联动这一网络文学眼神概念快速形成。作为打造IP的重要手段，影游联动的关键不在影游而在联动，而网络文学内容在其中扮演的则是影子推手的角色。《花千骨》影视大火，接着手游也呈现出火爆场面，让很多影视公司和游戏公司看到了两者联动带来的巨大利益，影游联动，从字面上来说，就是影视和游戏联动，利用影视剧播映带来的巨大人气推动手游，通过手游来实现盈利。这其中，最关键的一环就是选择一个具有IP价值的作品，精心制作一个优质的影视剧，同步开发游戏，并控制好电子、出版、影视、游戏各个环节的节点，联合发行，才能够实现真正的影游联动，做到口碑经济双丰收。由于IP开发得到了资本的高度关注，网络文学从内容生产到渠道推广，从作家培育到用户培养，已经形成了前所未有的整体互动形态，一部作品的创作从价值观到爽点设置，从故事框架到人物设定，可谓一发牵动全身。从网络文学发展的阶段性和必然性上，我们都有足够的理由重申渠道与内容的独特性和不可替代性，对两者关系的研究也是网络文学研究的重要课题之一。

结　语

在网络文学的20年发展过程中，渠道从弱小到强大，从形式单一到全网覆盖，内容从以幻想独大到多元丰富，从满足数字阅读到IP延伸，在不断的自我否定和自我更新中成长。由此可以看到，渠道与内容两者之间的此消彼长、你进我退是一个相辅相成、相互推进的自然过程，也是整个文学生态逐步建立完善的过程。网络文学与传统文学最大的差异在于传播方式的不同，渠道的作用当然不可忽视，没有优质的渠道，就不可能产生网络文学的读者黏性和粉丝群体。但从长远看，网络文学的转型升级主要还是在内容方面，渠道的作用是锦上添花，而内容的作用是生死存亡，两者之间博弈的积极意义在于相互挑刺、相互促进、相互砥砺。因此，这就需要文学网站耐住性子，登高望远，逐步树立精品意识，同时也需要资本方多一份人文情怀，多一份社会责任担当。可以说，网络文学大浪淘沙始见金的过程，正是渠道与内容相互依存、携手并进，共同走向繁荣的艰苦卓绝之旅。

发表于《中国文学批评》2018年第3期

网络文学边缘性主体解析

除了研读文本、分析类别、考察动态等常规的学术研究之外，开展网络文学研究还有一些特殊的功课要做，这是由网络文学自身发生、发展的特点而决定的。我们都知道，网络文学从一开始就存在转换写作方式、尝试商业运作，以及面临维权困境等问题。显而易见，网络文学与主流（纸媒）文学客观上存在较大差异，这一区域没有共享经验，因此有必要进行专题探讨，否则，对网络文学的研究就很难做到鞭辟入里，更无法把握其要领。换句话说，网络文学除了作品、作家研究之外，市场和媒体研究也不可忽视，因为正是由于两者之间的相互作用，才形成了当下的网络文学现场。

网络文学边缘性主体所包含的成分，一直存在变数，但大家共同关注的，对网络文学发展已经或正在产生影响的一些关键性因素，应该说已经浮出水面。本文试图从网络文学的产业化、网络文学的侵权现象和文学期刊与网络文学的关系等几个问题入手，以期解析网络文学边缘性主体的特征。

一、网络文学产业化进程

网络文学自诞生以来一直在寻找行之有效的产业化发展途径，经过文学网站经营者十多年的摸索和努力，借助并购融资等商业手段，目前已初步建立起包括付费阅读、版权运营、海外建站等商业模式。如今，网络文学的产业运营初步实现了自身的良性循环，正在积极寻求跨领域经营合作，并以此为杠杆推动网络文学的繁荣发展。在这一前提下，对网络文学产业化过程进行记录、分析和研究，或许可以帮助我们了解、掌握网络文学的流变与走向，从而有针对性地加强对文化创意产业链的开发与保护。文学网站的产业发展大致经历了付费阅读模式的确立、收购风潮和新盈利模式探索三个阶段。

最初得益于网络传媒和电子商务的启示，信息时代，互联网的上述两大功能被认为最具有商业价值。20世纪90年代中后期，网络股一度受到强烈追捧，大约有四五年一直处在上升之中，2001年网络股从很高的位置跌落，泡沫破碎。这虽然严重挫伤了互联网产业的发展，却也给文学网站留下了一点空间，给他们信心的是，大多数读者并没有因为互联网泡沫破灭而抛弃网络阅读。当网络资源不再廉价，单靠当时日益微薄的广告收入想要实现一个文学网站的自给自足，未免显得幼稚，更何况版权维护意识已经逐步渗透到网络。面对"免费午餐"退场的现实，很多立志做大的文学网站开始思考如何建立原创文学的产业链。

2001年之前，文学网站普遍没有版权拓展意识，大量作品在线发表之后，下线出版的实体书，与网站没有实际利益关系，网站—作者—出版，基本处于分散、自由组合的状态。从2002年开始，文学网站意识到版权运营不失为维持自身发展的一种方式，但必须保持一定的持久性才能获得稳定收益。到底什么样的"产品"才能够在网上获得商业价值呢？经过选择，很快锁定了一个新的文学类型——玄幻小说，因为它在线的人气十分火爆。

西方幻想小说《魔戒》《哈利·波特》的风靡对中国网络产生了一定的影响。台湾的鲜网、小说频道等网站最早意识到了玄幻文学的商业价值，于2001之后与西陆文学的一批网络玄幻小说作家签订了出版合同，并形成了比较稳定的"网络创作－实体出版"赢利模式。此后，大陆网站"龙的天空"也尝试网络玄幻小说的出版，出资买断了一批大陆网络玄幻小说作品，推出"龙的天空系列玄幻小说"实体书系，可惜销售量平平，不久就以失败告终。与此同时，"幻剑书盟""明杨品书网""晋江文学网""翠微居"等玄幻小说站点也勃然兴起，总的人气指数已经超越了以"榕树下"为代表的小资风格文学站点。

此时的文学网站管理者已经意识到，许多热门网络小说的实体化出版所带来的收益并不和它们在网络上超高的点击率和阅读量相匹配，并且，长篇网络小说的出版需要面临许多中间环节，同传统纸媒的合作并不能完全地发挥文学网站自身的优势，它们需要寻找一种全新的产业链来实现长篇网络小说的盈利。在当时，网络企业主要依靠吸引风险投资扩大规模，获取一定点击量以后，再靠广告收入维持运营，文学网站由于规模有限，几乎没有机会争取到风险投资。而获取广告收入，文学网站也没有任何优势可言，新浪、搜狐、网易等门户网站抢占了网络广告总投入的几成。仅靠少量书商、出版商，以及一些广告支出较少的中小企业的广告投入，显然改变不了文学网站的命运。文学网站如何做大做强，始终是一个难题，网络文学的产业化途径仍然在摸索之中。

最早尝试网上收费阅读的是玄幻文学网站"读写网"，在2002年2月试运行，9月正式运行的同时，网站就发布了"为推动原创小说的发展，本网计划向作者支付网络刊载的稿酬，欢迎原创作品加入"的声明。由于读写网建站的时机比较好，那时正是短信联盟最火的时候，通过短信代收费获得了大量的收入。但是，由于经验不足，方法不当，"读写网"的收费阅读规模一直没有发展起来。2002年底，中华杨和苏明璞等一批网络写手离开铁血，成立了"明杨·全球中文品书网"，首次提出了VIP的概念，网站通过《中华再起》等一批热门作品，吸引了大批会员。

2003年10月，起点中文网总结了收费阅读的经验教训，尝试建立了B2C平台，正式启动VIP会员计划。B2C平台是指提供企业对客户间电子商务活动的平台，即企业通过互联网为消费者提供一个新型的购物环境——网上商店，消费者通过网络在网上购物、在网上支付。令网站感到惊喜的是，实施付费阅读后的第一个月，竟收入5000元。网站把这部分钱用来支付作者的稿费，点击率最高的作者拿到了一千元。起点中文网开创的付费阅读模式带来了行业内的巨大变化。网络文学的产业化迈出了第一步。

几乎在同时，幻剑书盟从个人网站向商业化网站转型，对推动文学网站产业化发展起到了积极作用。幻剑书盟是最早整合网络文学版权资源的文学网站之一，他们同上海人民出版社、作家出版社、春风文艺出版社、朝华出版社、安徽文艺出版社、河南文艺出版社、科幻世界、贝塔斯曼亚洲出版公司、上海英特颂图书有限公司、台湾鲜鲜文化出版社、台湾信昌文化出版社等多家出版机构建立了良好的合作关系。2005年、2006年，幻剑书盟运作推出了《诛仙》《狂神》《新宋》《末日祭奠》《和空姐同居的日子》《搜神记》《她死在QQ上》《飘邈之旅》《手心是爱手背是痛》等一批网络文学佳作,这批作品的落地出版,为网络文学的版权运营提供了样板。

2004年6月1日,起点中文网世界ALEXA排名第100名,成为国内首家跻身于世界百强的原创文学门户网站。起点中文网和幻剑书盟的成功尝试,证明网络阅读的市场规模已经初步形成。网络阅读已经得到读者的广泛支持,从理论上说,网络文学的产业化条件也已基本成熟。

2006年以后,文学网站业内出现了激烈竞争的局面,主要是由于大量资金的流入,引发了团队出走,形成人才流动频繁的格局。"TOM在线"以2000万元注资幻剑书盟;中文在线推出互联网阅读平台"一起看文学网"(17K文学网);腾讯网读书频道率先推出VIP会员制,成为首个涉足付费阅读业务的大型门户网站;北京完美时空(PWRD)投资成立北京幻想纵横网络技术有限公司,创建大型中文原创阅读网站纵横中文网,深入贯穿线上阅读、线下出版、动漫改编、游戏改编、影视改编;盛大文学成立公司再度融资,陆续收购晋江原创网、红袖添香、榕树下、小说阅读网和潇湘书院等等,宣告网络文学的产业发展进入了新的时期。

2010年2月,亚洲最大的网上交易平台淘宝网突然推出了文学频道,其内容主要是由其他专业文学网站提供,并未推出网友原创制度以及付费阅读模式。据专业人士预测,淘宝网试图将成功的电子商务模式引入到网络文学营销中,未来或将采用合作分成的区域性B2B模式或C2C模式。在区域性B2B合作分成模式下,淘宝与文学网站合作，建立面向中间交易市场的平台，收费阅读并与内容提供商分成。C2C 模式是指淘宝仅充当平台，作者自行定价，不参与分成，以此吸引作家资源。在长期稳定之后，淘宝可以考虑签约作者，通过版权运营盈利。

文学网站的另一个成长空间，是在 2007 年迎来了新的资源整合机缘——无线阅读业务，几家重要新媒体公司立即将其作为关注的焦点。中文在线和盛大文学迅速成立了自己的无线公司，通过其无线阅读运营平台及与电信运营商、手机厂商的战略合作，向手持终端用户提供无线阅读服务。目前，中文在线已将主要精力转向无线阅读业务，在文学网站的运营上避开了与盛大文学的正面较量。盛大文学也在不断拓宽盈利模式，通过海外分站覆盖海外华文市场。而新组建的纵横中文网，却在文学网站的运营中与盛大文学旗下的起点中文网产生了比较激烈的竞争。

总体来看，网络文学产业已经有了一个良好的开端。据统计，截至 2010 年 10 月，全国网络小说作者约为 120 万人；累计创作网络小说 200 多万篇（部），其中长篇小说 60 万部（含部分未完稿作品），按平均每部作品 20 万字计算，仅长篇小说一项总字数就达 1200 亿字；2007 年以来，由于手机微支付盛行，网站累计注册用户已超过 8000 万人，付费用户达 600 万人，平均每月有 30 万用户在消费。除上述粗略统计之外，网络文学的产业发展速度可以通过一组数据对比得到印证：1. 文学网站整体收入（人民币）：2007 年 5000 万元；2008 年 1 亿元；2009 年 1.5 亿元；2010 年预计 2.5 亿元。2. 商业文学网站从业人员：2007 年 200 余人；2008 年 400 人；2009 年 600 人；2010 年 1000 人。3. 文学网站日 PV 总量（最高值）：2007 年 2 亿人次；2008 年 4 亿人次；

由于无线流量激增，2009年达8亿人次；2010年将达到12亿人次。但是，网络文学的产业发展也存在很多实际问题，至少目前仍然处于摸索阶段。首先，作为一个迅速崛起的新型文化产业，它还没有获得相应的价值认同；其次，人们对它的能量评估与前景判断存在较大的盲区；第三，行业内部竞争的无序状态仍在持续；第四，盗版登峰造极，严重伤害产业健康发展。

二、网络文学侵权现象分析

对于正在形成的网络文学产业，人们寄予了美好的憧憬，但它是否真的能够如人所愿，成为盛开于创意产业花园中的一朵奇葩？现在远没有到下结论的时候。当前网络文学面临严重盗版的困扰，无数双黑手正在伸向这个稚嫩的生命。或许大家都还记得，国内音乐产业因为反盗版不力而一蹶不振，市场基本拱手让给欧美和港台音乐；电影产业资金丰厚，背景深远，得力于知识产权保护力度的加大，近年来逐渐呈现出复苏迹象，喘息之后甚至可以发力介入国际竞争。那么，网络文学呢？它似乎没有外来"干扰"，这个行业也就中国独大，别无分店，如果我们做大做强，向海外渗透并非没有可能，这和国家强调的加强软实力建设和文化输出的理念十分切合。应该说，打破网络文学发展的"版权困境"，建立一个透明长效的知识产权保护体系，已经是迫在眉睫的任务。

目前，手机下载软件、手机网站、电子书等多种渠道和方式百花齐放，随着有线互联网、无线互联网以及客户端等多渠道的迅猛发展，盗版也呈现出多渠道发展的态势。为了更好地研究问题，寻找解决问题的方法和途径，还是有必要对网络文学盗版现象进行总结归纳。目前，网络文学盗版主要呈现出以下几个特点：

1. 网络文学盗版网站正朝着规模化、快速化的方向发展，具有很高的隐蔽性，以及高扩散性。盗版已经形成产业化，并以广告联盟为利益纽带，形成盗版产业链。

2. 网络文学的盗版相对于纸质盗版来说，减少了中间环节，比纸质盗版要快捷很多，具有无成本、传播快等特点。

3. 随着技术的不断进步，传播手段不断丰富，网络盗版所采用的技术也更为多样。主要方式有：网络爬虫、图片下载、拍照、截屏和手打等。

4. 网络盗版给原创网站和网络文学的发展带来很大冲击，网络文学遭到大面积盗版，网站的VIP作品几乎全部被盗。每年盗版市场规模达60亿元，而同期正版市场的规模仅为2亿元。

5. 打击盗版在取证上非常困难，因此造成诉讼和执法盲点。大型盗版网站一般采取在境外注册站点的方法逃避检查，中小型盗版网站则采用不断更换域名的策略隐身。这就使得文学网站在维权上无从下手，力不从心。

6. 部分搜索引擎钻法律空子公开盗版，并有联手盗版网站共同谋取利益的嫌疑，但由于没有适用的法律依据，无法追求其盗版责任。

7. 规避版权，变相侵权的方法层出不穷，比如在一部书产生影响之后，立即跟风续写，在其他网站发布；书名故意"撞车"的现象也时有发生。

8. 相对于盗版网站来说，网络文学作者是弱势群体，不仅盗版方难以查找，而且维权门槛很高，作者自己很难实现有效维权。

不言而喻，网络文学盗版的结果，直接导致正版网站大量付费读者和潜在付费读者流失。正版网站由于遭受流量巨大损失，被迫扩大其他渠道的收入。这一现状严重阻碍了网络文学的产业发展。可以预见的是，如果没有盗版的话，付费用户的规模将至少翻倍，盗版不仅直接损害了作者的利益，而且使整个行业都蒙受了打击。如果盗版减低一个百分点，那么行业增长远远超过1个百分点。对于盗版网站给正版网站带来的经济损失，可以以两种方式进行估算：假设有1万家盗版网站，每家平均盗版200部作品，如果以单本作品损失2000元计算（目前正版网站通过民事诉讼方式打击盗版所获得的赔偿标准约为每部5000至10000元），那么直接损失就是盗版网站、盗版作品数、单本作品损失三者的乘数，即40亿元；如果以盗版网站每部作品盗版10万字，每部作品浏览量1万次，其中可能付费比例10%，按每千字3分计算，网络文学产业的直接损失就达到60亿元。

根据艾瑞咨询最新推出的网民行为监测系统iUserTracker的数据显示，连续数年，中国网络文学类服务的覆盖人数呈稳定增长趋势，网络小说的覆盖人数增长率超过了热门网络应用。监测还显示，自2002年以来，网络文学站点无论是在广告投放规模总数，还是在投放广告主数量，抑或单个广告主投放的广告额度都呈现了非常高的增长率。统计数据也显示，文学网站在人均月度有效浏览时间和人均单日有效浏览时间指标方面，要远高于其他网络服务网站，月度有效浏览时间上仅次于博客，并由2008年初的1.1亿小时提升至当年10月的1.8亿小时，这也吸引相关广告主的投放，而随着投放监测的反馈，又进一步加强了广告主投放的信息，形成了良性循环，使其媒体价值逐步被认可和释放。

艾瑞咨询并预测，文学网站或将成为未来网络广告投放的主要新媒体之一。

文学网站得到广告主的青睐，这对网络文学产业发展本身是件好事，但艾瑞咨询没有义务去判断网站的真伪，系统得出的数据自然也就包含所谓的盗版网站，换句话说，艾瑞咨询所指的那些广告收入，极有可能相当一部分流进了盗版网站的荷包。盗版网站在盗取作品后实行免费阅读，借此获得极高的人气，成为广告主的投放对象。在现有的网络文学市场中，盗版网站所占据的份额几乎是正版的30倍之多。保守估计，目前大型盗版网站数量在1万至10万家；中小型盗版网站几乎无法确切统计。每个盗版网站盗版的数量少则几十部，多则几百部、数千部，甚至还有数量不少的盗版网站几乎和正版网站保持同步更新；一些当红作品更是每家盗版站都有转帖。不明真相的读者，或许会被文学网站的"繁荣"景象所迷惑。业界人士对这个现象痛心疾首，在深思熟虑之后，抛弃成见，提出了一个具有可操作性的不失为万全之策的方案。这个方案鼓励正版网站和盗版网站坐而论道，寻找共同盈利的途径，即鼓励盗版网站在不采用盗版手段的前提下，采用分利的办法，与正版网站合作，携手共赢。但这一折中方案仍需在有关机构的主持下才有可能得到有效实施。盗版网站全面沈白，是大家都希望看到的局面，但目前这只是个美好的愿望。

随着网络技术的不断进步，传播手段不断丰富，网络文学盗版不仅手段多样，而且技术支持也相当雄厚。正如20年前无法预见BT这样的P2P技术可以用于网络下载一样，今天我们也无法预见到底还会有什么样新的技术出现。只要有较大的获利空间，就会有大量的不法人员滥用这些技术从事盗版活动。而且，令人担忧的是，和正版网站相比，盗版网站在网络技术上始终占有明显的优势。因此，除了运用法律和行政手段展开维权活动，正版网站对盗版网站几乎无计可施，只能眼睁睁看着作品被盗。如起点中文网发布的《斗破苍穹》一书，在1550万多条搜索结果中，竟有1400万多条为盗版链接。纵横文学网发布的《天才医生》一书，在580万条搜索结果里，有差不多400万为盗版链接，还有150万条为仿冒的同名小说链接。

《2009年中国知识产权保护状况》白皮书显示，互联网已成盗版的重灾区。网络盗版行为的猖獗，引起了相关部门的重视。据统计，2009年我国各级版权部门对网络影视、网络文学、网络游戏等领域的盗版行为进行了严厉打击，各地查办网络侵权案件541件，关闭非法网站362个，罚款128万余元，没收服务器154台，向司法机关移送24起涉嫌构成刑事犯罪的重大案件。全国法院年新收著作权案15302件，比上年增长39.73%，而网络侵权诉讼占整个法院受理的版权纠纷的一半以上。当然，除了网络原创文学作品，传统文学作品上线后遭遇侵权的案件也占有一定的比重。

三、文学期刊与网络文学的发展

对于传统媒体来说，互联网的出现是一次传播方式的革命，我们经常说起文化全球化这个概念，网络在其中起了决定性的作用。20世纪末互联网在中国登陆，似乎偶然却又是历史的必然，可以这样说，处在转型期和变革期的中国社会，实在是太需要一样东西来打破原有的生活形态了。生活节奏变化了，消费方式变化了，情感方式也变化了，最关键的还是价值观念的变化。人们在表达自己的思想情感时，有时候连自己都感到吃惊。但在公众场合，人们的表达还是受传统习惯限制的。网络的介入恰逢其时。它是一个开放的平台，一个可以和陌生人说话的地方，一个蒙面交心的场所。因此可以说，文化全球化，以及中国人空前的精神能量的释放，是网络文学产生的时代背景。

1997年，还是中国大陆文学期刊接入国际互联网络的开端，江苏的《雨花》杂志是第一家上网的文学期刊，《文艺报》《文学报》《中国邮电报》等媒体，同时刊发了"国内首家文学期刊进入互联网"的新闻消息。网络上终于有了纯文学的身影。

《天涯》杂志的网络论坛"天涯纵横"自2000年下半年先后请来李陀、吴洪森担任版主，并依托期刊，迅速吸引来大量以往不上网的新老作者。由于"天涯纵横"在技术维护上依托海南在线公司的"天涯虚拟社区"，2000年年底，大量《天涯》杂志的读者和作者群开始在"天涯虚拟社区"注册登录，其中包括前《花城》美术编辑、后旅居美国的杨小彦，80年代初伤痕文学及寻根文学代表作家之一易大旗（网名），广东作家钟健夫，江苏法学家刘大生，以及新人王怡、雷立刚、谢宗玉等。2001年年初，"天涯纵横"达到其最高潮，被公认为思想论坛之首，并有大量优秀小说、诗歌作者出没。但是，天下没有不散的筵席，2001年4月，"天涯纵横"被封，其熟客分化。一部分喜评时政的人聚集到"天涯虚拟社区"的"关天茶社"论坛，主要有王怡、易大旗等人。他们的到来使一度萧条的"关天茶社"恢复人气并最终超出了北大青年教师老冷创办"关天茶社"时的兴旺程度，其中王怡担任"关天茶社"版主期间贡献甚大。另一部分则分流到"天涯虚拟社区"的"舞文弄墨"论坛。

80年代非非诗人群创立的"橡皮"网络论坛和"下半身"诗歌团体创立的"诗江湖"网络论坛也在这一年达到其兴盛期,他们与1999年改版后萧元主编的《芙蓉》杂志声气相通,许多作者通过在"橡皮""诗江湖"的发帖和回帖展露了才华并发展了人际关系,网络在此时第一次显示了社会交际和作家圈聚散的功能。当时韩东负责《芙蓉》杂志的小说编发,"橡皮""诗江湖"连接了写手们与韩东的距离,给他们提供了与韩东在网络上认识交流,以期发表作品的机会。一些确有才气的年轻人在这里得到了关注,比如"橡皮"里的竖与乌青,"诗江湖"里的李红旗、尹丽川、李师江、巫昂、沈浩波、子弹、南人等。

2000年9月,在贵阳举行的"联网四重奏"第六届年会决定:在2001年挑选6位有潜力、有影响的网络作家,由他们为四家刊物离线写作一万字左右的短篇小说,并请作家、评论家对其作品作精彩点评,分别在四家刊物同期推出;与一家网站达成协议,将四家刊物推出的作品再返送网上发表;年终举办一次评奖活动,分设专家奖和网络奖。专家奖由四家刊物共同颁发,网络奖由相关网站筹资颁发;该年度"联网四重奏"所发作品及相关点评,结集后由云南人民出版社出版。由《作家》《大家》《钟山》《山花》四家著名文学期刊联手举办的"联网四重奏",原本是为打造新锐作家搭建的平台,其效果是显著的。1997年的"联网四重奏"文学奖使晚生代小说家李冯在文坛初步确立了地位,就是最好的范例。可惜"纸媒与网络联网"这个颇具创意的互动只坚持了两年,但不管怎么说,作为传统文学期刊对网络文学的尝试性的整体介入,仍然很有积极意义。

自1997年开始,武汉文联主办的《芳草》杂志开始关注网络文学，该刊在当时开设了"网上文学"专栏，每期发一篇网文。2005年，以网络文学为主体的网络版《芳草》小说月刊诞生，每期发表12万字网络小说。围绕网络文学的发展状况，2006年以来，每年还定期举办一次"网络文学论坛"主题活动。

《中国校园文学》杂志是家非常关心网络文学发展的青少年文学期刊，他们充分利用网络资源，实行更方便的网上订阅、网上评刊。把刊物的网站建成一个开放的平台、互动的平台，开拓有足够人气的栏目，将没能在杂志上发表的优秀来稿在网上强势推出。他们在2007年初成功举办了首届中国网络文学节，同时将联合有关部门共同举办"中国校园文学网络读书月""网络读书有奖征文"等相关活动。

在2005、2006、2007年成功编辑出版"网络诗歌精品"之后，《绿风》诗刊于2008年第4期再次推出"网络诗歌精品专号"，集中编辑力量精心打造、倾情奉献、全方位、大容量展示各路诗家最新的优秀作品。尤其注重诗歌的原创性、新锐性，力求兼收并蓄，推出各种风格的精美之作。

2008年10月28日，在中国作协指导下，《长篇小说选刊》与中文在线旗下的17K文学网联手举办的"网络文学十年盘点活动"拉开文学期刊与网络文学最大规模的亲密接触。包括《人民文学》《中国作家》《收获》《当代》《十月》在内的20余家传统文学期刊，共同选派业务骨干参加本次网络文学的审读活动。活动以网络为平台，通过网民海选投票的方式，对十年来的网络文学作品进行广泛提名，遴选出100部佳作，交由审读组进行审读、点评。与此同时还开展了写作心得交流、历史回顾、专家学者访问、网络作家访问、投票选举最具人气作品等一系列活动，由此引发的传统文学与网络文学的全面对话与交流，具有深刻的历史意义。

目前大部分有影响的文学期刊都有自己的"网络版"，所谓网络版就是将纸质杂志中的作品复制到网络上，也有很多文学期刊尝试推出网络版，就是有别于纸质杂志的另一个版本，但这个尝试并未取得太大的进展。一方面是由于人力物力的客观原因，最主要的还是主观上对"网络版"的办刊思路不明确，如果"网络版"仅仅是纸质杂志的陪衬，没有创新意识，是不可能办好的。目前，《人民文学》《中国作家》《小说选刊》《钟山》《作家》等文学期刊都开办了自己的"网络版"。

网络的普及在一定程度上改变了"网络文学"的结构，多元化的网络阅读，给读者提供了选择的便利，也让文学进一步走进了广大读者的视野。新浪读书频道曾经发表过这样一篇文章：《红袖添香：文学网站告别网络文学》，大意是说，文学网站已经有越来越多的传统作家携作品加入，在红袖添香开办的长篇栏目里，已有多位传统文学作家、作协会员慕名而来，发表自己的作品，其中有些作品已经在传统媒体出版或发表过。同时还出现这个现象，红袖添香的部分优秀作者既是网络这一载体上的中坚力量，又得到传统媒体认可，在期刊发表作品，甚至结集出版。此外，有百余家期刊编辑长期驻站选发稿件，其中包括纯文学期刊。由此可见，所谓"网络文学"同传统文学的界限正在模糊并逐渐消弭，事实上，传统文学作家和文学创作群体希望通过网络这一载体扩大自己作品的受众和阅读层面，而为数众多的文学爱好者也渴望通过网络接触到当代文学风格各异的作品。文学网站的存在，无疑为双方愿望的达成搭建了一个宽广的平台，同时也为文学出版带来了更多的挑战和机遇。

在谈到传统作家与网络的关系时，始终关注网络文学的作家陈村认为，网络文学的发展前景很乐观，以后几乎所有的文学都会是网络文学，因为在网上发表。现在不是已经有很多作家在博客上贴自己的文章吗？这只是一步之遥，如果网站和作者之间的利益分配问题得以合理解决，那作家大可以在网上首发作品。

发表于《南方文坛》2011年第2期

网络文学的双重身份

20世纪末以来，以互联网为传播媒介的信息革命，不仅改变了人们的阅读方式，而且逐渐改变了人们的生活习惯和思维方式。新世纪文学由此产生的空前变量，从表面看似乎源自网络文学的蓬勃兴起，本质上却是信息革命引发的文化价值系统的转型和重组。在这次变革中，网络文学的潜在商业价值成为资本关注的目标，在其追踪下，经过20年的发展，网络文学逐步形成了自己的文化范式，确立了文学性与商业性双重身份的有机结合。这一范式主要包含以下三方面的内容：一是建立在传播方式基础上的大众性；二是建立在文化消费基础上的娱乐性；三是建立在文化产业基础上的跨界性。上述三者，分别是网络文学产生与发展过程中的外在表现形式、内在驱动力和深层次文化需求。

网络文学的特质

关于网络文学的属性，曾有过若干观点不一的争论，在我看来，网络文学的本质依然是文学，但在发展过程中增加了新的特质。文学网站从1998年开始，花了五六年时间磨合，终于在

2004年，由起点中文网确立了在线付费阅读模式。这一模式令热衷于开发"电子商务"的美国商界都感到新奇，国内学界却对其比较漠然，原因是它的"商业"烙印不大符合文学的高雅身份。但我们必须承认，网络文学自诞生之日起就是互联网文化产业的一部分，其商业性与生俱来，其消费特征不言而喻。

我们必须看到，大众性是网络文学在传播过程中产生的特质，即大众共同参与写作与阅读，这与传统的纸媒写作有明显的不同。在日更新将近2亿汉字文学作品的网络中，不具备大众性的文本，根本无法存活。也就是说，为大众所喜爱是网络文学的前提条件，一部人气不足的作品，在急速更新的网络上会迅速被淹没、被遗忘，即便有一定的文学价值，也只能遭遇中途夭折的命运。网络文学的这一特质本身就具备一定的商业价值，是吸引资本进入这一领域的"硬件"。于是，网络文学的大众性和资本之间相互吸引、相互作用，加速了网络文学发展的速度。这就不难解释，网络文学与传统文学之间为什么存在差异，网络文学为什么在赢得读者的同时却遭到诟病。因此，真正需要分析和讨论的是，具有文化产业大众性特质的网络文学，其从属于文学的那一部分，是否有具有经典化的可能，如何才能出现精品。

新世纪以来，中国文化产业进入快速发展的轨道，互联网文化作为整个产业链中的一匹黑马，其增长速度之快，消化能力之强，包容性之大，完全切合了时代需求，已成为国家文化发展战略的重要组成部分。事实上，大众对新兴文化产品需求的强度与广度超出了我们的想象，网络文学的蓬勃兴起正好是对这一需求的呼应。同时，由于我国文化产业起步较晚，立足不稳，对资本的依赖程度较高，文化产品的商业特征势必就比较明显，艺术特征则相对较弱。研究网络文学自然不能回避这些重要因素，但直面它并不等于简单认同它，只有对它有了全面的了解和认识，我们才能对其做出相对客观的评判。

网络文学的存续方式

每日更新是网络文学最显著的特征。每一章约为3000字，一般情况网络作家每天更新两到三章。在更新过程中，网络作家与读者之间即时互动，形成了新型读写关系。这一关系是网络文学生产机制的核心，直接决定了网络文学的存续方式和审美范式。打个不恰当的比方，传统作家如同在录音棚里制作音乐，可以反复推敲、打磨；网络作家则是在现场即兴表演，与观众的互动即是表演的一部分。

网络文学的生产、消费过程处在同一条平行线上，之间几乎没有空隙。表面上看，一方是生产者，另一方是消费者，但他们除了"供求"关系，还存在"共生"关系。他们与作品中的人物、情节形成对应的三角关系，所达成的是创作者、阅读者和虚构事实之间的相互妥协和平衡，消费过程完成于这一动态系统当中。

当下社会，由于工作、生活压力不断增大，生活在都市里的青年男女，尤其是漂一族和打工族，在忙碌一天之后，渴望在虚拟环境中获得精神放松，娱乐自然成为他们网络阅读的首要目的。网络文学读者一般会采用订阅、点击、留言，甚至是打赏等方式表达他们对一部作品的态度。无论你是不是知名作家，创作哪种类型的作品，在读写关系的塑造过程中，都必须遵循网络文学的"游戏规则"：让你的读者开心。

网络超长篇小说也是在这个基础上产生的。在中国移动阅读基地的调研中，我得到了这样的答案，拿天蚕土豆的《斗破苍穹》为例，这部长期位列移动阅读基地畅销榜榜首的作品，长达530多万字，读者之所以钟爱这部小说，就是因为它的故事吸引人，能够把读者的碎片时间有效串联起来。也就是说，在日常工作之外，网络小说成了众多读者业余生活的主线，在这样强大的时间消费中，阅读已经不仅仅是文学欣赏，更多的是心理需求。一位网络作家很直白地告诉我，吸引读者眼球，满足大众心理，乃至生理需求是网络文学最基本的功能，做不到这一点，就别去写网络小说。

有人指出网络文学过度娱乐化的危害性，针对作家而言，最主要的是创作主体性的丧失，这当然是值得网络作家引起重视的问题。每个希望保有长期写作能量的作家都不能忽视这一点，然而，如果具备清醒的意识和足够的警惕，网络作家或将由此得到一种历练，你的作品除了能够娱乐读者，是否还能引导读者？是否能经受时间的检验？对于网络作家来说，这是个很有挑战性的课题。就此，我曾经跟网络作家子与2做过交流，他是2013年起点中文网历史类小说新人王。他告诉我，在动笔创作历史长篇小说《唐砖》时，曾经花费大量时间和精力研究历史资料，结果发现唐太宗李世民的一生光辉而痛苦，几乎尝遍了人生中所有的悲剧。于是，被历史感染的子与2决定把自己带入到那个时代，和读者一起经历和感悟波澜壮阔的贞观之治。子与2的这种创作手法在网络十分流行，它既保留了作者本人对世界的认知，也对应了读者的情感和娱乐需求。

网络文学的发展方向

近年来，随着无线阅读风生水起，网络文学的蛋糕越做越大，腾讯、百度、亚马逊等IT业龙头企业，也纷纷将目光投向这片众声喧哗的领域。目前，网络文学已经进入内容细分时代，无论作者还是读者，无论作品本身还是营销渠道，都进行了区域划分，确立了自己的坐标。总体上可以归纳为：作品类型化、读者分众化（男频与女频）、运营区间化（在线与无线）、平台共享化、版权集约化和产业规模化，由此可见，网络文学所涉及的范畴已经不能用既有的文学概念来概括，它还是一种文化现象，一种商业模式。当然，网络文学并未停止在文学上的探索，如猫腻、江南、酒徒、燕垒生、阿越、方想等一批作家，正在努力向经典化方向迈出了自己的步伐，但数字化阅读是一个全新的时代，对文学经典化的认知和解释，也将有所变化，其实我们对当代西方文学已经确立了新的判断和评价体系，将《指环王》《哈利波特》《暮光之城》等作品归入了经典行列。

网络文学对文学疆域的拓展，还体现在它的跨界性上，这是其他艺术种类难以企及的。一位知名网络作家告诉我，圈内衡量网络作家的影响力，主要看他的作品版权覆盖状况，包括电影、电视剧、舞台剧、各类游戏、动画、漫画、简体书、繁体书、在线阅读、无线阅读和有声读物等在内，单部作品有效出售五种版权以上的网络作家，才称得上大神。上述前六种均属于文学的跨界区域，由此可见，在资本的推动下，网络文学正朝向文化产业所期望的跨界性方向发展。一部优秀的网络文学作品将会吸引大量资金投入，衍生出多种艺术产品。

2013年岁末,盛大文学与唐家三少在北京宣布,双方合作成立唐家三少工作室"唐studio",不久后,盛大文学专门为唐家三少举办了一场隆重的"唐门盛宴"。很显然,盛大文学对唐家三少采用了一系列明星化的包装策略,试图把唐家三少塑造成网络作家的偶像式人物。但同时,有更多的网络作家对自己的写作前景感到困惑,他们挣扎在文学和商业的拔河绳两端,之所以无法做出选择,是因为他们不想放弃文学,一缕文学的神光依旧在他们的头顶闪耀。

同样的问题,不只针对网络文学,而是针对整个中国当代文学。今天,我们究竟应该如何面对文学的商业性?改革开放30余年,当代文学释放了丰富多元的能量,唯独商业能量未能得到有效释放,文学和商业之间似乎存在一堵无形的墙。比如我们对金庸的评价前后就有很大的差异,至今对畅销书的评价也不具有建设性。网络文学的出现,提供了大量可供研究的文本和现象,使文学的商业性话题直接推到了眼前,面对这样的现实我们岂能无动于衷。随着中国社会市场化程度日益深化,在时间节点上,网络文学获得了最大的成长红利,同时,现代科技也为网络文学的成本最低化提供了几乎是免费的午餐。或许,当代文学可以就此发现一种新的可能,一种新的成长模式:文学性与商业性相互制约、共存共生。商业性不再是单一的经济指标,而是市场、消费和阅读趣味等元素的综合性指标,以促使文化产业生态系统丰富而健康,网络文学创作焕发新的能量。

发表于《人民日报》2014年5月13日

网络文学审美特征考察

审美是打开文学艺术之门的钥匙，网络文学当然不能例外。从网络文学的创作实际出发，明晰其审美旨归，归纳其审美特征，已是当代文学理论批评的一项迫切工程。经过15年的发展，可供研究的网络文学文本样式与作家群体，其规模和丰富性，完全达到了深度理论勘察的条件。然而，正是由于网络作品存量浩如烟海、创作形态多种多样，此项工作具有极大的难度和挑战性。我个人认为，考察网络文学的审美特征应该基于这样四个方面：一是以中国现当代文学形成的美学标准为基础；二是充分考虑中国社会经济、文化转型，以及中外文化交流产生巨大能量后的审美变量；三是仔细分析传媒革命性变化和文化公共空间开放性的影响和作用；四是网络作家自身需求与市场需求相互平衡形成的新的文化特点。简单地讲，就是从文学自身的发展规律、文学的当代性、社会性和传播特性来考察网络文学的审美特征，以期为其进行美学定位。必须强调的是，对于网络文学这一时代新生事物，上述四者并非独立存在，而是相互依存，它实际上为网络文学描绘出传承、创新、融合与不确定性的美学特征。

网络文学给人的印象是天马行空、不拘一格、我行我素，但细究其中的优秀之作,多与传统文化血脉相连。相对而言,中国古代文化与西方现代文化的杂糅,体现在网络文学身上,超出了"五四"新文化传统的影响。网络作家们普遍对中国古代文化更为认同,尽管他们受教于"五四"新文化传统,却试图从那里辟出另一条路;他们没有接踵当代文学,一方面是受新世纪之初"国学热"的影响,另一方面是他们的确从中国古代文化中找到了自我,找到了延续这一文化传统的乐趣。

15年来,网络上产生了一批有重要影响的作品,如今何在的《悟空传》,江南的《此间的少年》,萧鼎的《诛仙》,燕垒生的《天行健》,以及猫腻的《庆余年》,梦入神机的《佛本是道》等,它们都有明显脱胎于中国古典文学的痕迹。《悟空传》直接取材于《西游记》,《此间的少年》则是金庸小说的青春校园版。奇幻小说《诛仙》和《天行健》运用西方奇幻手法描述异类空间和冷兵器时代的战争,同样结合了大量东方神话元素。穿越小说《庆余年》显示出作者对古代白话小说、诗词歌赋的浓厚兴趣,甚至将《石头记》的全文搬到了虚拟空间的某一点。仙侠神话小说《佛本是道》受到《封神演义》影响,糅合了中国古代大量的神怪故事,描绘出一个独特、完整的庞大的仙佛世界系统。可以说,绝大多数网络文学的精神内核是东方化的、中国式的,显然,网络作家们试图在古老的文化传承中找到自己的精神源头。

当然,网络文学的表现手法和价值观是多元化的,一定程度上超出了传统审美习惯,显示出追求另类、奇异、怪诞的当代文化特征,以及某些逆传统的特性。由于网络浩瀚如海洋,网络作家们希望自己的作品免于被淹没的命运,于是选择求新求异之路,逐步形成了网络文学创新求变的新传统。这并不让人觉得奇怪,所有新的文化样式在其诞生之初,都会有一段排他期,要允许新事物成长、变化和发展,要用长远的眼光来对待网络文学。总而言之,网络文学的审美标准是在承袭古老文化传统的基础上,紧密贴合受众文化心理与审美趣味,经过读者筛选与自我评价逐渐形成的一种价值体系。

在科技创新与新的文化机制推动下,网络文学蓬勃发展,美学范畴得到自然扩展。网络文学是中国当代文学最大的变量,也是文学扩容最直接、具体的体现,而文学扩容的实质是精神扩容。近30年中国经济保持持续增长,对外经济、文化交流空前繁荣,人的精神世界随之发生了翻天覆地的变化。在商品经济时代,社会能量的发挥必然要符合一定的商业规律。在这样的社会环境下,民间性和消费市场亟须新的推手启动文化扩容模式,网络文学显然是市场的最佳选择,因为只有它能够带动影视、动漫、网游、数字阅读等一系列文化产业的发展,从而产生新的文化产业链。因此,网络文学虽然呈现的是文学样式,实际上却扮演了多重角色,它在审美上必然要超出传统文学固有的范畴,尤其在大众性、娱乐性方面发挥着文化整合作用,也只有在这方面出色的网络文学作品才能够获得更大的社会空间。如改编成电视剧的《甄嬛传》,改编成网游的《诛仙》,改编成电影的《失恋33天》等等。

网络文学的出现,还引发文学作品生产模式和消费模式的变化。即时更新互动、读者直接参与写作,使网络文学在创作原点上使用的助推"燃料"与传统文学有明显不同。"为读者而写作"是网络文学的生命线,一旦脱离了读者,失去了人气,即使曾经辉煌很快就会被后来者替代,网络文学以读者取舍为标准的更新模式甚至可以说是残酷的。"你要让读者追随你,你就必须先让读者听得懂你说的话。"网络作家陈风笑的观点具有一定的代表性，"我们创作的目的不在于让作品永垂不朽，而在于拥有读者，拥有很多读者，拥有越来越多的读者！"《山海经密码》作家阿菩的观点相对理性，他认为，网络文学的写作是一个为读者造梦的过程。网络作者们并不要求在旧有的文学框架中，去寻求文艺理论标准下的文学性，他们所追求的是与目标读者进行顺畅的沟通，而这种顺畅沟通，也正是他们得以征服读者的最大秘密。《扶摇皇后》作者天下归元对此同样深有体会，她说，在很多时候，网文作者其实比传统作家更为下笔谨慎，因为他们直面读者，直线沟通。信息的即时反馈和大量读者的审视压力，让网文作者在涉及是非的问题上如履薄冰。

  想象力成为网络作家展示自身才华的重要标志。在新闻即时获取的今天，纵使是异国他乡的曲直故事，也只是茶余饭后的碎片"点心"，人们早就饱了，吃不吃这一口都无所谓。一个优秀的网络作家必须考虑到他（她）所面对的读者是个庞大的人群，他们的生活阅历、兴趣爱好千差万别，如何为超量的读者群服务，如何让他们能够接受你虚构故事？网络作家不断挑战自己的想象力，通过虚构建立一个个有异于现实的庞大的精神王国，为读者提供新的审美视域。玄幻、仙侠、穿越、架空历史、盗墓、探险和网游等典型的网络文学类型在网上最受读者欢迎，这是为什么？因为这些作品普遍超越了人们的生活经验，即使你是一个生活经验非常丰富的人，这一片文学世界对你来说也是极其陌生的。唐家三少的《斗罗大陆》，天下霸唱的《鬼吹灯》，猫腻的《间客》，骷髅精灵的《机动风暴》，我吃西红柿的《盘龙》，天蚕土豆的《斗破苍穹》等等一大批网络文学作品，无疑为读者创造了无数丰富的、光怪陆离的想象世界，这在中国当代文学中极其罕见。

但现实与想象之间仍然迢迢，我们必须加倍警惕。从理论上说，数字化时代，人有可能变身为阅读机器的零部件，一些网络小说里的人物升级模式，以及在不同章节里刻意而无谓地重复人物的行为和动作，极大的损伤了艺术审美趣味，与文学叙事所追求的表现人物的复杂性、精神高度等旨趣背道而驰。

网络文学创作过程中存在很多不确定性的因素，在相当时间里，这也是它的审美特性之一。首先是介质的不断变换、升级。从在线阅读到手机、平板电脑阅读，传媒革命仍在继续上演中，大部分人3G手机还没有使用熟练，4G时代已经呼啸而至。速度更快，功能更强大，阅读更便捷，互联网技术的高速发展与纸媒的"千年一变"，形成了鲜明的对比。其次是受众人群的流动性。网络文学奉行"眼球有价，点击成金"的原则，一个作家是否受欢迎，不是根据评论家的态度，也不是看媒体的脸色，而是取决于读者，读者的点击在极短的时间内，就会决定了一个作者的生死存亡。再次是作品的同质化倾向被忽略。人人取而用之的手法，受众耳熟能详的语言与结构，无法产生具有独特性的作品，更罔论风格的形成。碎片化阅读模式容忍了浅阅读的滋生和存在，实在是无可奈何的现实，也是网络文学变革中不确定性的重要因素。

早在1936年，本雅明就在《讲故事的人》一文中对现代技术社会里交流我们自身经验的能力表示怀疑，在他看来随着现代技术的迅猛发展，经验的贬值、叙事能力的被剥夺，正在加剧并且不可逆转。在网络传播介质中，文学无论如何不可能保持原有的样子，本雅明的观点用来解释今天网络时代的文学变革仍然适用。换句话说，中国网络文学借助新媒体的传播实践，对21世纪全球文学的变化、发展是具有探索价值的。网络文学的不确定性因素，其实包含有利与不利的变数。

网络作家自身需求与市场需求相互平衡形成了新的审美特点。在创作过程中，网络作家既有宣泄、释放自己内心的需求，也有在安全的虚拟社会中求得公众认同的一面。在创作实践中，为了强化故事的未知性、符合超长连载的需求，很多作品的故事情节有明显编造的痕迹，实际上是作者对故事发展失控的表现。另外，由于电子商务强大的、无孔不入的覆盖力，直接影响创作主体的心理，使得创作主体的审美需求倾向于满足浅层次的倾诉和认同。

综合来看，网络文学审美特征的产生是一个复杂的过程，其中自然有不少非文学因素存在。对此，在理论批评常态的前提下，更多的应当是理解和包容，允许网络文学有一个自我调节的过程。网络文学尽管存在标新立异、哗众取宠、迎合受众的成分，但无论是在题材选择、艺术语言，还是在表现手法、文化视野，以及价值体系等方面，的确产生了大量具有时代特征的新的文学元素，特别是以网络"80后"为主体的一代人，他们的话语体系已经关涉如何鉴别文学价值的题旨，未来很可能带来文学美学标准的改变，并由此直接影响中国文学的未来发展。同时，还应该充分考虑到，网络文学20年爆发式增长所积聚的能量，在汇入中国社会变革的洪流之后，产生了超出文学范畴的美学意义。

发表于《光明日报》2013年10月29日

互联网文学平台发展史略

　　世纪之交，在中国民众自发涌起的互联网文化的潮声中，文学网站是最绚烂的乐章，它最终定格在新世纪世界文化主潮的节拍上——电子阅读，这一次中国抢在了时间前面，在全民互联网覆盖率上超出了世界平均水平一大截，相比欧美等发达国家毫不逊色。试想，如果没有数万家文学网站先后长达十多年坚持不懈的努力，没有步步深入人心，如今已经习以为常的在线阅读、浏览，我们有可能成为世界上最大规模使用互联网的国家吗？有可能如此迅疾地普及电子阅读吗？在早期，一家文学网站通常只有两三个创办人，投入资金不过一两万元，但读者有可能是几百万人甚至更多，它的影响力可想而知，也就是说，它花费了极少的人力物力，满足了极大的社会需求，培育了符合时代潮流的阅读习惯。进一步说，主观上推动网络文学创作的文学网站，在客观上践行着深刻的全民文化结构改造与更新。回望20年的历程，我们可以清晰地看见，文学网站从最初的涓涓细流，到如今的奔腾大潮，产生十多家上市公司及其子公司，正是中国社会繁荣发展的缩影。

　　文学网站的成长并非一帆风顺，它经历了很多曲折与迂回，终于迎来了相对稳定的发展时期，正所谓"衣带渐宽终不悔"，"咬住青山不放松"。今天，回顾和整理文学网站发展历程的时机已经成熟，我想，为了迎接明天的回顾，一定能够帮助我们在它的发展轨迹上获得更多的启示。

一、初创与个人站点时期

20世纪90年代初期，互联网在欧美国家得到广泛应用，中国留学生顺理成章成为华人中最早接触新媒体的人群。当第一波电子商务热潮在欧美国家沸沸扬扬，网络股开始堆积泡沫之际，中国人却用文学撩开了互联网的面纱。1995年创建于美国的《橄榄树》被公认为是第一个汉语原创文学网站，由诗阳、鲁鸣等人创办，最初只是一本网络诗刊，后来由马兰与祥子负责，改为综合性文学网刊。更早一些的中文网络刊物《华夏文摘》（1991年）、《枫华园》（1993年）、《新语丝》（1994年）还不能称之为文学网站。中国大陆于1993年接入Internet，但大规模的在线创作与交流到1997年以后才逐渐形成，早期的网络写作只是局域网上BBS的"圈子"行为，比如"水木清华"。1996年网易开通个人网页，网络上的文学作品第一次面向中国大众阅读。1996年1月，《花招》由网络知名女性写手鸣鸿与红墙在美国创办，作为揭开女性网络写作序幕的网刊，《花招》后来取得美国国家图书馆杂志编号，成为北美第一家具有自己专有域名，并获得法律认可的网站。中国改革开放后的留学生，基本参与或经历了新时期文学黄金时代，他们把文学理想带到海外，即使在新媒体上，仍习惯以刊物的形式推介文学作品，也就不足为怪。

中国大陆的情形有一点和海外相似，最初的创业者是一批酷爱文学的年轻人，他们希望借助新媒体建立一个全新的文学世界。所不同的是，他们更加年轻，在文学形式上没有传统思维。如果说，从美国回来的传奇人物朱威廉，1997年7月在创办《榕树下》时还沿用书名号的话，之后出现的网站基本习惯使用双引号，这难道不是一种暗示吗？它似乎预示：网刊时代即将过去，网站时代正在到来。早期的网络文学站点多数为个人所建，没有足够的资金支撑，实力薄弱。实际上，在2002年以前，网络阅读一直以门户为主要通道，包括小说类网站在内的文学站点，都是通过雅虎等门户网站进入免费空间，各站间的友情链接几乎是文学网站联络读者和作者的唯一路径，未列入友情链接的新网站，读者查找起来非常困难。比如，早期最有影响力的文学站点"黄金书屋"，创办于1998年5月，即是在湛江"碧海银沙"网站申请了免费空间，后来改在网易建立的个人网站，由站长youth将收集整理的书籍发送到网上。在这种大环境下，"黄金书屋"掌握了主动，领风气之先，不失为明智之举。随着网络阅读需求的变化，"黄金书屋"注意到"网上原创作品的比重还不够，在书评的重视度上也不够"的问题，办起了"网人原创"专栏，开始了对网络原创队伍的培养。当时"黄金书屋"几乎处在垄断地位，形成了一家独大的局面。与"黄金书屋"同时盛行于网络的文学站点，还有1998年3月问世的"文学城"和1998年7月创办的"书路"，开办不久，这两个站点的月页面浏览人数均超过100万人次，邮件订阅人数达到1万人次。

二、扩容与壮大时期

1999年8月，朱威廉成立了上海榕树下计算机有限公司，中国大陆独立的文学网站由此开始起步。当时，雄心勃勃的"榕树下"网站特别邀请陈村、安妮宝贝、李寻欢、宁财神等传统作家和网络作家加盟，试图在网络上创建一片新的文学天地。

不久，一件和网络相关的"文学事件"轰动一时，王蒙、刘震云、张抗抗、毕淑敏、张洁和张承志6位著名作家，为保障自身的权益集体起诉世纪互联通讯技术公司。状告被告没有经过允许，将他们的作品制作到网站里，侵犯了他们的著作权。1999年9月18日，北京海淀法院一审判决世纪互联通讯技术公司败诉，从即日起停止侵权，向几名原告公开致歉，同时赔偿数额不等的经济损失。这一事件宣告，如果没有获得作家授权，网站不得擅自转贴作品。文学网站面对的"残酷"现实是，免费资源在一夕之间消失殆尽。

1999年12月，多来米中文网投入400万元人民币，将网易个人网站排行榜中前20位的16家收购。包括黄金书屋、中国足球网、海阔天空下载、笑林广记等国内著名个人网站。资金对文学网站发展方向施加的影响力初步显现出来。黄金书屋被收购后，担心引发版权纠纷，很多无授权的作品被迫下架，以往直接转贴作品的做法也无法继续使用，在原创文学尚未很好开发的情况下，黄金书屋不得不眼睁睁看着读者群逐渐流失，主动让出了网络书站的霸主地位。就在"黄金书屋"等站点被收购的同时，"博库"在美国硅谷成立，并在北京进行大规模招聘，给网络和出版界造成不小的震动。前有国内资深书业人士坐镇，后有美国产业资本支持,"博库"与众多出版社联手合作,大量收购作品电子版权,但这些资源无法得到有效转换。2000年3月纳斯达克崩盘,对互联网行业造成严重冲击,网络公司纷纷歇业,互联网"烧钱"时代一去不返,盈利势在必行。"博库"投资商面临这一状况,以盈利模式不现实为由拒绝追加投资。2001年底,"博库"难以继续运转,国内第一次尝试电子阅读收费模式宣告失败。

独树一帜的"榕树下"文学网以原创文学为主,它发起的原创文学作品大赛引发了第一次网络文学的大潮,由于切合当时更多读者的需求,"榕树下"得到迅猛发展。朱威廉的梦想是将"榕树下"办成拥有最强大网络作品资源的文学网站,做网络上的《收获》杂志。"榕树下"在举办原创文学大奖赛之后,推出陆佑青的《死亡日记》造成巨大轰动,此后进入全盛时期,占据网络文学的半壁江山。在艰难运行一段时间后,"榕树下"感到经济压力很大,难以为继,于是向读者试探性提出"一元包月"的阅读计划,但此建议遭到大多数读者激烈反对,未能实施。在经历了1999—2001年三届原创文学大赛之后,"榕树下"中文网络原创基地的魅力渐渐失去,而成为中学生作文的集中营。随着陈村离开"躺着读书",论坛萧条,投稿量剧减,一些有水准的熟客,诸如云也退、象罔与罔象、大花乱坠等转移到天涯"闲闲书话"论坛和"舞文弄墨"论坛,老N等也不见了踪迹。"榕树"风光不再,开始落叶。随后,天涯虚拟社区"舞文弄墨""乐趣园"的"小说之家""新小说"论坛,接过了"榕树下"的大旗,引发了新一轮的网络写作高潮。2001年的天涯"舞文弄墨"盛况空前,写手如林,先后有过三次造星运动。第一次是上半年西门大官人的出现,他以长篇连载《你说你哪儿都敏感》成为天涯新星;

第二次是原"天涯纵横"文青兼愤青雷立刚在2001年5月担任"舞文弄墨"客座版主，逐渐融入天涯网络写手群体，并依靠大量小说和散文迅速崛起；第三次是下半年心乱贴出其长篇小说《新欢》的头两部，这部小说过于故事化，就初次阅读的印象来看不如他的中篇《拒绝》，但在当时创造了天涯点击的奇迹，心乱也因《新欢》达到他在网络影响上的最高点。

"西陆网"也是早期个人文学站点的代表之一。1999年6月，邹子挺（网名：连天）、孙立文（网名：西域浪子）两人在西安创办了"西陆网"，1999年7月4日正式上线运营时，全部资产只有一台PC机。2000年初，"西陆网"获得三九集团融资，成立北京西陆信息技术有限公司。2001年冬天，"西陆咖啡屋"上线，当时正值网络文学迅猛发展，立即吸引了众多网络作者的加盟。西陆网后来成为最受网民喜欢的"网络论坛"之一，虽然在网络文学领域一直没有创立自己的品牌，但仍然不失为最早的网络文学平台之一。2001年1月，"自娱自乐""一意孤行"和"红尘阁"等四个文学论坛宣布退出西陆，加盟2000年8月创办的"龙的天空"，成立"龙的天空"原创联盟网站。"龙的天空"离开西陆以后，百战、天鹰等BBS逐渐崛起，爬爬、翠微居等新兴的网站也各领风骚一段时间。这里必须提及的是，一度以西陆为基地，并于2001年11月创建玄幻小说协会的吴文辉、宝剑锋（林庭锋）等玄幻文学爱好者，2002年5月独立建站，并改名为原创小说协会——起点中文网，简称"起点中文网"。文学网站由此进入了一个全新阶段——商业化转型期。

三、商业化试水时期

文学网站商业化有两个发展方向：一个是不断扩大网站资源占有量，以期待创建付费阅读模式，这一做法风险很大；另一个就是放弃网站的发展，为作者提供版权代理，走实体书出版路线。"龙的天空"原创联盟网站很快就面临上述选择，因为随着流量的增大，服务器资源亮起红灯，访问速度越来越慢。是继续投资扩建网站规模，还是另辟蹊径？"龙的天空"选择了放弃网络进入出版市场。随后成立了北京幻想文化公司，签走当时网络上最好的原创作品，买断了网站上的大批作品，放弃网上更新，进行出版运作。从那个时候开始，"龙的天空"从文学网站的主导者逐渐变成了旁观者。

2000年10月，由书情小筑、石头书城、小书亭、凝风天下等个人网站组建的"幻剑书盟"，开始一直为寻找稳定的空间而奔波，从全球互联到myrice，再到温州联通。2002年1月，"幻剑书盟"稳定下来并逐渐产生影响。在"龙的天空"退位之后，文学网站进入了以"幻剑书盟"与"起点中文网"为主要代表的阶段。

和文学网站一样同为新型传播方式的网络游戏和手机短信，在当时已经成功建立起自己的赢利模式。"幻剑书盟"与"起点中文网"等文学网站，也在摸索推行VIP的可行性。根据网站占有的资源和读者能够接受的收费尺度，计算出来付给作者的稿费远低于纸媒出版，这种运营模式能否长久，依然是个问题。

最初，"幻剑书盟"的商业运营并不顺利，头几年总共才赚了不足1000元，以这个标准宣称建立VIP制度近乎纸上谈兵。

2003年6月，北京幻剑书盟科技发展有限公司成立，幻剑书盟正式步入商业化道路。2004年7月，幻剑书盟商业运作初见成效，收入主要来自会员费和广告，网站的运营成本每月在3—5万元之间，收入在5—10万元之间，盈余部分开出人员工资、稿酬和服务器成本，收支基本平衡。

从2003年9月起，大量新人加入网络写作行列，推动了创作与阅读的繁荣。赶上风头的"起点中文网"这时出现利好势头，原创文学作品的数量急剧增加，流量飞速上涨。但这一现象主要是由于网络游戏所引发，因此作品多为网游玄幻类，其他类型的作品基本无法冒头，显得比较单调。针对这一现象，业界人士普遍认为，文学网站虽然有了活力，但是作品档次降下来了。呼之欲出VIP付费阅读模式在经过"读写网"和"明杨·全球中文品书网"的试水以后，于2003年10月份由"起点中文网"正式运行，然后在各大网站迅速传播。

打个不恰当的比方，VIP似乎与网络盗版是一对连体兄弟，他们前后脚来到这个世界，只不过盗版是寄生胎而已。盗版网站的肆虐，严重滞后了网站的发展，同时给网络写手带来了极大的经济损失。但是盗版网站的技术和隐身法令原创文学网站一筹莫展。一直到今天，这个问题仍然像是迷雾，解不开也驱不散。

四、资源整合与产业化时期

2004年10月，盛大网络公司对"起点中文网"的收购，掀开了文学网站发展史上新的一页，宣告了纯以文学特色、诸强并存的文学网站时代结束。此后，一系列收购、兼并、合作、资源整合等行动纷纷出台，资金大面积进入文学网站，网络文学产业花的苗头出现。

2004年，"幻剑书盟"也有很大动作，先与腾讯建立起初步合作关系，再与知名门户网站搜狐开了幻剑作品专区，继而又组织新浪"绝对现场"栏目对作者进行专访，与《电脑商情报·游戏天地》共同举办"九城杯"全国游戏文学大赛，还与易趣网联合举办了两场手机拍卖活动。

2004年，"天鹰文学网"再度雄起，并与爬爬、逐浪结成三站联盟，VIP作品质量有大幅提高，作为中国文学网站大三角的一端而崛起。

网络文学与传统文学的合作也在这时出现。2004年8月，著名文学网站"红袖添香"，在北京举办成立五周年庆典，电脑报、新华社、香港义汇报等多家媒体参与了这次活动。国内知名作家、文学评论家、高校教授、学子、红袖作者等也汇聚一堂。

2005年，"幻剑书盟"还出资收购了明杨品书网，接收了明杨残留的VIP作品及会员。

2006年3月13日，"TOM在线"以2000万元注资"幻剑书盟"，随后在4月15日召开"网络文学发展与出版峰会"，继续强化拓展网络文学下线出版业务。

2006年4月，"欢乐传媒"集团以4000万元，买下"榕树下"。

2006年5月，以数字阅读为主业的中文在线推出全新的互联网阅读平台"一起看文学网"（17K文学网），采取了与起点中文网同样的付费阅读模式，很快成为业界的代表网站之一。

同年，第一起原创网络侵权官司以原起点中文网职业作家云天空的胜诉以及起点赔偿12万人民币的判决而结束。网络文学的著作权第一次被正视。

2007年，天逸文学的关站，被视为个人网站时代的终结，而各大商业网站之间仍然战火纷飞，硝烟四起。

2007年3月，盛大向起点中文网追加投资1亿元，逐步建立完善了以创作、培养、销售为一体的电子出版机制，并且与国内多家权威出版机构合作，成为国内规模最大的网络文学作品版权运作中心。

2007年5月，腾讯网读书频道率先推出VIP会员制，成为首个涉足付费阅读业务的大型门户网站。随后，新浪也宣布8月底推出付费阅读业务。大型门户网站推出付费阅读不仅在网友中引起巨大反响，在出版业内也引发了一次小地震。日前，腾讯网读书频道拥有10万VIP会员，采取"10元包月"付费阅读模式，这一方式相对简单，与专业文学网站之间没有太多的利益竞争。一般来说，读书频道的收益，相对于大型门户网站的整体收益来说只是个零头。

2007年11月和2008年3月，盛大文学再度融资，将业内两家影响很大的女性文学网站"晋江原创网"（百分之五十）和"红袖添香"纳入旗下。

2008年6月，北京完美时空（PWRD）投资成立北京幻想纵横网络技术有限公司，9月，创建大型中文原创阅读网站纵横中文网，在强大资金的支撑下，迅速成为文学网站中引人注目的亮点。北京幻想纵横网络技术有限公司主要承担完美时空文化战略方向的业务，拥有"纵横中文""纵横动漫"等诸多优秀品牌与资源，深入贯穿线上阅读、线下出版、动漫改编、游戏改编、影视改编等整条文化产业链。

2008年7月,上海盛大网络发展有限公司成立了盛大文学有限公司——实际名称为"盛霆信息技术(上海)有限公司"。公司专注于运营文学版权,为电子付费阅读、线下出版、电影、游戏、动画等提供有版权的内容。

盛大文学在收购重要文学网站的同时,还十分注意与传统文学领域的融通,先后与《文艺报》《文学报》,以及作协组织等合作举行了征文活动和创作研讨活动,在网络文学界率先获得了更多的社会支持。

2009年12月25日,盛大文学与"欢乐传媒"联手重新打造的新版"榕树下"上线。

2010年2月,成立于2004年5月的"小说阅读网"被盛大文学收购,3月31日盛大文学又成功收购了另一家文学网站"潇湘书院",以及新锐网站"言情小说吧"。至此,盛大旗下已经拥有7家大型文学网站,在网络文学产业中占据了绝对领先的位置。

2010年8月,盛大文学首次涉足有声读物市场,8月25日宣布收购"天方听书网"。该网专注于有声读物的研发和市场运作,为广大听友提供最时尚最前沿的听书资讯和听书内容。网站内容涉及经济管理、中外文学、古典文学、现代文学、儿童文学、探案悬疑、科幻文学、百科知识等。

2010年9月,盛大文学宣布收购"悦读网"。该网是专业的数字期刊阅读网站,与超过800家期刊社、出版机构正规签约上线,在富媒体(影音文字结合的媒体载体)方面具有自主知识产权,涵盖财经、管理、时事、时尚、汽车、家居、体育、数码等领域。

五、移动阅读强势出击

2009年1月7日，工业和信息化部为中国移动、中国电信和中国联通发放3张3G牌照，中国正式进入3G时代。经过一年多的筹备，2010年5月，中国移动阅读基地在杭州正式投入商用，这次互联网技术革命对于网络文学来说可以用改天换地来形容。短短8个月时间，到2010年底，网络文学用户迅速成长了一倍以上，网络文学年产值首次超过10亿人民币。刚开始的时候，很多人对3G的高额运营费表示担心，认为3G在中国的普及有相当的难度，运营方承担着巨大的投资风险。出人预料的是，从3G基站的建立到普及使用在中国只用了不到两年的时间，应该说手机阅读在其中扮演了强烈推手的角色，发挥了"无形之手"的作用。几乎谁也没想到，3G技术在三年之后就"落伍"了，随着民众的需求，2013年12月4日工信部正式向中国移动、中国电信和中国联通三大运营商发布4G牌照，一个崭新的阅读时空出现了。我国的3G牌照发放时间比国际领先水准晚了至少5、6年，4G晚了3年，5G时代基本达到同步。"由于受到终端产品成熟度的制约，业内普遍预计，5G牌照发放时间在2019年底至2020年初左右。"

事实证明网络文学更适合碎片化阅读，哪怕是一部500万字的作品，年轻读者仍然喜欢使用智能手机阅读，尤其是南方打工族和院校学生，几乎不用台式电脑上网阅读，手机阅读在全社会一时成为时尚。

网络文学的蓬勃发展和网络游戏之间有着千丝万缕的联系，比如当年盛大游戏收购起点中文网，主要是考虑与游戏业务的产业链，完美世界收购纵横中文网也是同样的道理。而百度多酷的

CEO也是前休闲游戏网站7K7K总裁孙祖德,新浪最初成立的网络文学公司也属于游戏范围。

网络文学为何会和网络游戏紧密相关?因为网络文学可以为网络游戏提供很好的内容和题材,很多网游都来自于网络文学的内容。这一方面是因为网络文学的读者和网游玩家重合度较高,另一方面是因为网络游戏也可以借助原著的火热进行宣传获得更多用户关注。

但是文学和游戏的紧密关联也凸显出网络文学本身的尴尬,那就是,网络文学本身并不是一个很大的市场。而且由于网络游戏的发展已经进入成熟期,导致网络文学市场也很难有突破性的大发展。

移动互联网的普及运用使这一状况发生了变化,阅读的便利性显而易见,网络文学用户群迅速产生,年产值有了成倍增长,网络文学的独立价值被凸显出来。随着智能手机的迅速发展以及4G网络的普及,手机读者数量增长迅速。由于手机端的付费更便捷,用户付费意愿大幅提高。根据艾瑞咨询《2018年中国移动阅读白皮书》显示,中国移动阅读用户规模和市场规模仍处在平稳上升期,并预测在未来一段时间将出现用户规模和市场规模放缓现象,但由于基数很大,绝对数依然很大。网络文学在进入IP时代之后,实际上对文本创新提出了更高的要求,内容品质的竞争将更趋激烈。

截至2017年末,中国移动阅读市场规模已达到132.2亿元。基于目前商业模式稳定、产业发展相对成熟的发展情况可以推测,未来行业收入增速将保持匀速增长。预计2019年,移动阅读市场将接近 200 亿元。

在移动阅读领域，一方面随着 IP 价值的爆发，优质 IP 已成为各方争夺的焦点，未来 IP 产业链收入将成为市场规模增长推动的有利因素；另一方面，行业厂商正逐步布局硬件产品和海外市场，此方面收入将成为未来收入增长的支撑点。

2014 年以来，网络文学 PC 端平台进入了一轮新的发展期，不同特色的文学网站风起云涌，最有影响力的要算掌阅创办的系列原创文学网站，如掌阅小说、红薯、趣阅和魔情等，阿里文学、火星小说和爱奇艺文学的亮相，使得网文的泛娱乐特征进一步加强。平治系列网站、磨铁系列网站、吾里文化系列网站等各显神通，在次元文化、网文 IP 化、数字阅读等不同向度上开辟新路，展现了网络文学多元化的发展趋势和广阔的发展空间。

2015 年 3 月，由腾讯文学与原盛大文学整合而成的阅文集团正式宣告成立。阅文集团将内容分发渠道扩展至 50 余家，覆盖 PC 端、移动端、音频及电纸书等，囊括 QQ 阅读、起点中文网等业界品牌。其中，QQ 阅读作为中国最大的阅读类应用，年增幅超过 100%。此外，移动风潮还覆盖了网文创作领域，手机写作在"作家助手"等阅文技术平台的助推下呈现增长态势，每年有近 70 万人在"作家助手"上更新作品，网文创作已突破时间、空间的限制。

近几年，中国网络文学在海外的发展也呈现出全新的格局，目前主要以翻译平台、数字出版和实体书出版的形式在海外 20 多个国家和地区传播，颇受海外读者欢迎。在商业模式上，中国网络文学的盈利模式尚未成熟，刊登中国网文的平台主要通过刊登广告的形式盈利，网文译者可接受读者的打赏与众筹捐款。翻译、版权问题和商业模式等将成为中国网文产业在海外继续发展的主要障碍。

2017年5月15日，阅文集团旗下的起点国际（域名webnovel.）正式上线，一年来，起点国际已上线150余部英文翻译作品，620余部原创英文作品，累计访问用户超1000万，海外注册作者已达1000多位，来自全球的200余位译者和译者组参与网站作品的翻译。

起点国际率先实现了网文作品以中英文双语版海内外同时发布、同步连载，以《我是至尊》《飞剑问道》等作品为代表，持续缩短中外读者的"阅读时差"。在海外合作方面，起点国际与知名中国网文英文翻译网站Gravity Tales等优质海外平台达成合作，共同推进全球化布局。

起点国际还为海外读者量身打造了适用于当地本土化的付费阅读模式。其中既包括国内已非常成熟的按章节付费模式，也有通过观看广告解锁付费阅读章节模式，以及Wait or Pay模式，即在更新后第一时间观看则需付费。

这一年，起点国际在网文商业模式输出、海外原创作家培育等领域的全面发力，推动了中国文化的输出和文化自信的建立。

结　语

回顾文学网站的发展历程，自然会引起我们对整个文学生态的思考。网络文学的影响力日渐增强，虽然不会取代纸质出版，但因为用户群阅读习惯的转变而逐渐拥有愈来愈重要的社会价值，在这一前提下，网络文学能否与传统审美方式接轨，是一个问题。另外一个由此而生发的问题是，传统文学是否具备互联网传播并盈利的价值。早几年，收购文学网站的多数是传媒企业，而不是风险投资基金（VC），他们收购的目的只是为了补充企业原有业务的不足或欠缺，而非文学网站的独立运作，作为产业，文学网站的独立性仍然不够强大。因此，在创作题材，创作形式上都出现了一些问题，比如注水现象，这个现象在资本进入之前几乎是不存在的。目前网文领域产生了阅文集团、掌阅文化和中文在线这样的上市公司，情况似乎有所好转，但离整个行业的健康、稳定发展还有一定的距离。我们期待文学网站能够在下一轮调整时，获得足够强大的动力，能够真正起飞，为中国当代文学，乃至中华民族的文化复兴做出自己应有的贡献。

发表于《网络文学评论》2018 年第 4 期

大势

网开一面看文学

网络文艺与时代精神的塑造

新世纪以来，互联网给中国带来的变化在文艺领域尤为突出，网络文艺创作风起云涌，网络文学一马当先，网络游戏、影视、音乐、动漫等泛艺术门类，引人注目的作品不断出现，新的文艺现象令人目不暇接。截止到 2018 年 6 月底，中国网络用户约 8.02 亿人，其中网络文学用户 4.06 亿人，网络游戏用户 4.86 亿人，网络音乐用户 5.55 亿，网络视频用户 6.09 亿，粗略估计网络文艺综合用户高达 7 亿人。可见网络文艺在民众当中的巨大影响。文艺事业能否长期繁荣发展，有一个不容回避的问题，就是如何定位创作方向与时代发展的关系，通俗地说，文艺作品如何通过展现时代精神风貌，发挥文化软实力在国家发展战略中的作用。网络文艺同样面临这一问题。当前，网络文艺的内容、形式以及表现方式仍处在摸索阶段，在高速发展的同时，面临变革与创新多重压力。因此，网络文艺在明确方向、厘清路径、去伪存真等方面的任务显得尤为迫切。

网络文艺的宏观与局部定位

从创作体系来看，主流化价值取向是网络文艺创作的必由之路，但这个提法毕竟过于笼统，对于复杂的网络环境而言缺乏针对性、建设性与可操作性。我们必须对多元化、多样化、高速流变的网络文艺生态条分缕析深入研究，建立更为具体可行的价值评估体系，更恰切地诠释这一全新的文艺形态。从创作主体来看，网络文艺实现了创作者与受众的零距离交互，实现了多种艺术形式的相互影响与流动，这一民族文化的自然动力弥足珍贵，但同时，政策监管与理论批评却与创作主体相对隔空，而导致不同身份的人对网络文艺现状产生认知错位。这是网络文艺生态面临的深层次问题，需要有耐心、分步骤，循序渐进地在创作实践中探寻规律，趋利避害，包容并举，逐步建立创作规范与评价标准。任何一种新的文艺形态都有自己的历史使命，网络文艺必将在大繁荣大发展的基础上承担起塑造时代精神的重任。

有一点毋庸置疑，包括网络文艺在内的文艺创作方向宏观定位是"以人民为中心"，这是由我国国情和时代发展的需求决定的。那么相对而言，网络文艺作品的点击率、流量、IP效应等等，显然是其局部定位。网络文艺从业人员和研究者一定要认清这一点，站在时代高度去创新突破，努力提升网络文艺的社会价值，这才是网络文艺的长远发展之计。

网络文艺与传统文艺有分有合，总体来说差异大于类似，主要涵盖了原创网络文学、网络自制剧、网络游戏、网络动画、网络音乐、网络有声读物，以及依托网络文学版权改编的电影、电视剧、舞台剧等多种文化娱乐形态。网络文艺内容丰富、题材广泛，表现形式多姿多彩，但也存在粗制滥造、跟风雷同、涸泽而渔等不良现象。

连续数年，国家在互联网行业开展清网行动、剑网行动等专项活动，无非是对宏观定位的确认和目标实施的巩固，实际上，这也为网络文艺的局部定位确立了行为规范、扫清了认识障碍，对网络文艺的健康发展起到了保驾护航的作用。一个清朗的网络空间对优秀文艺作品的创造与传播，对行业内部的良性有序竞争更为有利，这也是成熟网络文艺生产机构普遍持有的态度。政策管理部门与企业分工不同，目标一致，才有可能开创网络文艺的新天地，实现网络文艺塑造时代精神的历史使命。

网络文艺生态系统的特质

网络文艺生态系统有一个突出的特点，即不同艺术形式之间借助网络便捷的互动模式，逐步形成了一个相互依存的整体，由最初的版权转让到如今的共同开发、互惠互利，进而催生出一个超大规模的网络文艺生态系统。

网络文艺生态系统能否良性循环，网络文学的作用至关重要。以影视改编为例，自《步步惊心》《杜拉拉升职记》《失恋33天》《裸婚时代》等被搬上荧屏和银幕，文化市场迅速聚焦网络文学。其后，《致我们终将逝去的青春》《甄嬛传》《琅琊榜》《花千骨》《芈月传》等现象级作品不断产生，所覆盖的受众群体之广，所产生的社会影响之大，远远超出了文艺范畴。2016年的《欢乐颂》《亲爱的翻译官》《微微一笑很倾城》，2017的《风筝》《风起长林》《三生三世十里桃花》《楚乔传》，2018的《扶摇》《如懿传》《延禧攻略》《天盛长歌》等多部热播电视剧，均由网络小说改编而成，这些作品的网络同步播映也获得了巨大的流量。

网络文学之所以能够快速发展，一方面是数字阅读具有传播便捷的优势，另一方面也是潜移默化，大量吸收消化其他文艺样式有效养分的结果。网络文艺生态的开放性与聚合作用，网络文艺平台的互动性，使得一部网络文学作品的产生不再是一个孤立的创作过程，而是一个复合的、多元的相互渗透的文本律构。专业领域称这一形态为孵化过程，其实就是不同艺术样式的及时交互，其释放的能量不只是简单的叠加，而是倍数的增长。

网络游戏与网络文学的互动程度丝毫不亚于影视，大量热销的游戏均改编自网络文学，或是根据游戏设定反向定制网络文学。网络游戏与网络小说如同一对孪生兄弟，你中有我，我中有你，近期的一些作品实现了文学、影视和游戏的同期开发，影游互动。

网络动漫的发展速度同样是惊人的，2017年中国动漫核心用户将超过8000万，被称为"二次元"人群总数将超过3亿，97%以上是"90后"和"00后"。2017年国内动漫行业总产值预计将增长至1500亿元。

网络剧后来居上，成为近两年热门的网络文艺新锐，从单部播放量来看，2017年有25部网络剧播放量超过10亿次，其中11部播放量超过20亿次，以此来看，20亿的播放量已经成了热门网络剧的最新门槛。网络剧不仅为视频网站带来点击量，会员付费观看模式也为网站吸纳了相当数量的会员。随着"一剧两星"的推动，电视剧要以更高质量来获取有限的市场份额，网络剧趁势而上延展了相对紧缩的电视剧市场，给观众带来了多元的文化选择。

由此可见，网络文艺生态系统一旦形成良好的机制，将逐步显示出新兴文化互补性、自律性的优势，从而展现优秀文艺作品的表现力，提升民族文化、本土文化的创新性和文化张力，最终形成新的文化范式。这正是我们所期待的网络文艺大发展大繁荣不可或缺的前奏曲。纵观当下网络文艺走向，我们所看到的是不断的系统整合、跨领域重组与借力，以及大数据"一夫当关"之下勇敢的挑战，不畏艰难，百折不挠，用来形容网络文艺生态系统在阵痛过程积累的经验、创造的模式，一点也不夸张。

网络文艺的民间性与国家化

互联网的广泛使用恰逢中国社会进入转型期和变革期，人们生活节奏在变化，消费方式在变化，情感方式和价值观念也在变化。这些变化所孕育的巨大能量，正好借助互联网这一新型传播方式得到了释放。在全球文化互动频繁的今天，网络文艺作为一种文化现象展现了中国社会正在崛起的民间力量，民众广泛参与艺术创造，成为中国在全球文化交融中显著的特色。

在政策引领护航下，近两年网络文艺发展进入了黄金期，这使作为网络文艺端口的网络文学发挥出巨大能量。据调查，目前全国共有650万网络作家，签约作家约占其中十分之一，日均更新2亿汉字。网络文学从中国古代传说、故事里汲取大量养分，其精神内核是东方化的、中国式的，这为中国特色的网络文艺生态系统提供了充足的资源与发展纵深。

当前网络文艺的民间性和国家化已初步形成"合奏"，在一定程度上解决了中国当代文艺向何处去的忧虑。网络文艺不断丰富的思想内容和表现手法，如何融入世界文学艺术的洪流，并参与全球文化新格局的建构，则是一个值得深入研究的新课题。可以预见，网络文艺蓬勃兴盛所展现的时代精神，将作为国家"软实力"，在国际社会塑造和展示新的中国形象。目前，东南亚与北美的10多个国家和地区，已经有一批出版机构和专业网站将目光投向了这片领域，网络文学有望成为中国文化输出的重要窗口。

网络文艺是后现代文化背景下的产物，必然会带有"后工业"文化的特征。资本的大举进入，使得文化生产与工商业联姻，形成所谓"文化工业"。网络文艺在这方面最突出的标志就是轻思想积淀、重娱乐消遣，颠覆和搞笑成为通行的手段，价值消解成为时尚……如何继承传统，探索新型文艺样式的"中国化"之路？如何有效吸收西方传播学的合理成分，创造并总结出全新的中国本土经验？上述问题已在不同层面上浮出水面，直接影响着中国网络文艺的走向与审美判断。在波涛汹涌般的互联网文化现场，态度决定了方向，文化自律、文化自信与文化自觉不再是一句口号，而是迫切需要建立、完善的一整套价值系统。

发表于《网络文学评论》2018年第5期

网络新文艺形态的文化价值

回顾文学艺术发展的历史，我们会发现，每当它揭开新的篇章，总是伴随着媒体的进步，也就是说，文学艺术的变革总是和传播方式的革新密不可分。众所周知，最新的一次媒体进步当属互联网的出现，它的普及给艺术创造带来新的契机，同时也带来巨大挑战，进而深入影响到文艺生产机制，引发受众审美趣味变化。

1994年，互联网正式接入中国大陆，20多年来信息化作为一项国策，早已深入人心，今天的中国网民人数已近7亿，其中约有5亿多网民经常性观赏与阅读网络文艺作品，涉及网络文学、网络电影、网络美术、网络音乐、网络动漫、网络影像等。在这一全新领域里，网络不仅作为传播介质，而且作为创作手段，对文艺在新世纪的转型、发展与扩容，发挥了强大的催化作用。网络文艺创作的最大特点是平民化与互动性，因此作品往往具有鲜明的时代特色，接地气，充满活力与朝气。同时，由于网络的开放性打破了创作与发表的壁垒，实现了"人人都能成为艺术家"的梦想，并由全体网民共建艺术评价体系，使得大众文化视野变得更加开阔，极大地丰富了民众的文化生活，开创了全新的文艺创造时代。

网络文艺的文化价值

机缘巧合，互联网的广泛使用恰逢中国社会进入转型期和变革期，人们生活节奏在变化，消费方式在变化，情感方式也在变化，尤其是价值观念在变化。这些变化所孕育的巨大能量，正好借助互联网这一新型传播方式得到了释放。在全球文化互动频繁的今天，网络文艺作为一种文化现象展现了中国社会正在崛起的民间力量，民众广泛参与艺术创造，成为中国在全球文化交融中最显著的特色。

现代人的生活节奏今非昔比。网络时代的到来，迫使我们对速度有了前所未有的感知和要求。高速和爆炸的信息是网络时代的特征，是现代人的需求，从这个层面上来说网络文艺是应当自豪的，它的高速生产和流通使它成为时代的宠儿。然而，不可忽略的一点是，节奏快并不等于质量差，这个时代的检验标准是双重的，是严格的，甚至是不近"人情"的，它既要求网络文艺超速度，又要求它高质量，否则就要对它有所蔑视，这恐怕是网络文艺创新发展面临的挑战。

网络文艺以开放化的网络为载体，这就决定了它是借助现代科技面向大众的一种样式；而它的艺术内涵，决定了它是一种精神产物。可以说，网络是一座巨大的民间讲堂，网络文艺则是大众化的精神产物。这里所说的"大众化"具体说来有两层意思：一是以满足大众的心理需求、文化需求、娱乐需求为旨归；二是创作主体真正地属于大众。它与中国当代文艺新时期之前的"大众化"是有区别的。中国当代文艺新时期之前所提及和倡导的"大众化"，是那些拥有意识形态话语权的知识分子自上而下地以文化启蒙的方式"走向民众"，即利用通俗形式来传播启蒙新知识，具有比较浓厚的意识形态性。网络文艺所呈现的大众化对民众来说亲近得多。它面向民间，表现大众，并成为大众和民间生活的一部分，它是当代社会意识和时代背景的一种生动反映，也是改变未来社会文化图景的一种尝试和努力。对于网络文艺各种艺术形态的风靡，正如杰姆逊所说："十九世纪，文化还被理解为只是听高雅的音乐、欣赏绘画或是看歌剧，文化仍然是逃避现实的一种方法。而到了后现代主义阶段，文化已经完全大众化了，高雅文化与通俗文化，纯文学与通俗文学的距离正在消失。"

然而，由于网络文艺是后现代文化背景下的产物，必然会留有"后工业"文化的特征。资本的大举进入，使得文化生产与工商业联姻，形成所谓"文化工业"。网络文艺在这方面最突出的标志就是泛娱乐化，颠覆和搞笑成为通行的手段，价值消解成为时尚……如何继承传统，探索新型文艺样式的"中国化"之路？如何有效吸收西方传播学的合理成分，创造并总结出全新的中国本土经验？上述问题已在不同层面上浮出水面，直接影响着当代文艺的走向与审美判断。在波涛汹涌般的互联网文化现场，态度决定了方向，文化自律、文化自信与文化自觉不再是一句口号，而是迫切需要建立、完善的一整套价值系统。

网络文艺的审美特性

在泛审美意义上，网络是人类继广播和影视之后最具大众性的文化媒体，也是"读图时代"最具影响力的文化感官。麦克卢汉说过，"媒介即信息"，任何媒介都是"人的延伸"。那么，网络为我们"延伸"了些什么呢？很明显，网络对传统审美意义的解构，主要在于对所有艺术壁垒的摧毁，让艺术话语权回归民间，实现了艺术的返璞归真；网络的"赛博空间"（Cyberspace）和"虚拟现实"（VirtualReality）使交往与对话跨越了物理空间的屏障，让大众文化狂欢得以用虚拟的"无我"的方式，表现最"真我"的存在。

由于技术的介入，工具被纳入了网络文艺审美的视野。不论创作工具还是阅读工具，都具有了自己的审美特性。技术含量的高低，无疑已经成为评价作品的尺度之一。对于传统文艺的观赏和阅读者来说，这是个不得不面对的新课题。相对于传统文艺，网络文艺不仅实现了审美立场的突破，而且还实现了审美方式的转换。传统的审美是精英化的审美，即以极少数人的审美代替大多数人的审美，以极少数人对生活的感受、体验、经验替代所有人对生活的感受、体验、经验。而网络文艺创作更注重自己对生活的感受，无须求证他人，创作过程本身就是审美过程。

在传统文艺作品中，文本是读者判断与欣赏一部作品的唯一途径。而在网络文艺的世界里，人们更多关心的是作品的个体风格，除了艺术语言之外，还有网页的设计、音乐的安排、视觉的变换等等，而不仅仅是作品叙事或抒情风格。网络信息的极大丰富甚至超载过剩，逼迫人们习惯于观赏和阅读言简意赅、节奏明快、冲击力强、生活气息浓厚的作品，而排斥那些拖沓迟缓、冗长艰涩、琐碎描述、婉转抒情的作品。网络观赏和阅读作为一种精神消遣和时间消费，更注重作品与自我的关联程度，更注重观赏和阅读之后的快感获得或能量释放，而很少将其作为一种思想教化或审美沉醉。由此，网络文艺的审美由想象性的体验快感变为了享受性的经验快感，由纯粹精神性的美感变为了器官感觉的舒张。这说明随着网络文艺的高速发展，现代受众的审美趣味和审美习惯正在悄然发生变化。

艺术的综合性也是网络文艺审美的重要内容,网络文艺可以充分运用不同艺术形式之间的相互关联,文艺与其他学科之间的关联,提升文艺作品的内涵,丰富文艺作品的形式。网络文艺推动各种艺术走向融合,相互作用,在此基础上,它还实现了艺术和技术的有机结合。可以说,网络的出现改变了艺术的创作方式、欣赏方式、传播方式,甚至影响到艺术创作的思想观念,势必会引发美学观念的转变。

文艺创新的一片沃土

不同民族、不同地区、不同人群的文化心理、审美趣味必定会存在一定的差异性,尤其处在大变革时代,短时期里甚至会出现差异大于认同的现象。如果差异双方的话语地位悬殊,自然就会形成主流与边缘的关系。目前,网络文艺仍然只是相对于传统文艺而存在的概念,在创作形态与艺术审美上与传统文艺存在的明显差异并未引起足够的重视。

经过 20 世纪 90 年代商业大潮之后,中国至今没有出现过新的"文艺思潮"。当前,中国人受惠于网络,纠结于网络,甚至狂喜于网络,悲愤于网络,其震荡与感怀、超拔与包容所唤醒与昭示的生命自觉,既可以用理论进行阐释,当然也可以用文艺作品去表现。看不见的网络能够被触摸有血肉、有温度、有脉动的一面——它寄予了人类对灵魂归属的探寻。这或许已经超越了我们对文艺思潮的一般性理解。回到现实当中,无论在思想观念层面,还是在媒体技术层面,网络愈来愈清晰地指向一个目标:创造一片全新的文艺创作沃土。各种艺术形式在网络这个辽阔的舞台上大放异彩，极大地丰富、满足了民众的文化生活和精神需求。

从创作人群来看，网络文艺具有以下几个特点。首先，70%为40岁以下的年轻人，"85后"是主力军，"90后"是后备军，这说明网络文艺培育了自己的继承者，没有出现断代。其次，创作者分布广泛、遍及全国，其主体生活在二三线城市，这和其他领域人才的分布状况显然很不一样，它将是中国文学艺术在未来保持旺盛发展的动力和基础。再次，网络文艺作品具有明显的跨界特征，很有可能开辟中国文艺走向世界新的路径。最后，作者知识结构的多元化将为文艺创作产生新的造血功能。更重要的是，网络文艺的主流创作人群是国家体制改革走向纵深的产物，是思想多元化的产物，是文艺回归民间的产物，他们以经济独立、人格独立、思想独立，展现了新一代艺术家群体的形象。

早在2000年，北京音像网曾经策划了我国第一部互动式网络电影《天使的翅膀》，网站先将故事情节在网上公布，动员网友参与从修改剧本到影片创作的每个环节，网友可以自荐当演员，影片边拍摄边播放，互联网使观众成了编剧、导演和演员。还有在成都拍摄的网络原创电视剧《幸福女孩》，也采用了同样的网民参与和角色表演的方式。这种把编、导、演的主动权交给网民的做法，体现的不仅是网络活性审美艺术范式，更有后现代文化权力的变迁。

2013年6月17日，土豆网在上海举行了文艺电影频道上线仪式。这是继土豆网娱乐、音乐、动漫、综艺、电视剧、纪录片等多个频道改版后，又一大胆尝试。此前，土豆网已在北京举办了"土豆映像节颁奖盛典"，在盛典中，"85后"青年导演大放异彩。这说明青年一代艺术家，已将网络作为自己的用武之地，知名导演贾樟柯表示:"土豆网正成为'中国年轻人最喜欢的视频网站之一'。之后土豆又推出'播客分成计划',将部分广告收入反馈原创作者,我们欣喜地看到,土豆网已然成为国内文艺从业者的培养土壤,让他们有机会在这里生根、成长,为中国的电影业崛起,输送源源不断的新鲜能量。"土豆网每月覆盖3亿以上的人群,其"文艺电影频道"还将与豆瓣网合作,为用户提供"线上观影、在线互动、快捷购票、线下活动"等跨平台、一站式服务。而散落在各个视频网站、社区的微电影则犹如雨后春笋数以十万计,内容丰富,题材十分广泛。

在当今工业化的文化变迁中,当代网络音乐和网络歌曲从其社会存在特征来看,更多的是从个体出发,满足个体的情感要求,体现的是非主流社会意识形态,它以个人的感觉作为评判标准,竭力缩短审美心理距离,追求即兴冲动、同步反应和本能共鸣,并以多种多样的形态和风格深受大众喜爱。网络音乐中FLASH音乐、MIDI音乐、电子贺卡音乐、网络游戏音乐、网络广告音乐、网站背景音乐、网络MP3音乐、视频音乐、彩铃音乐等丰富多彩;在音乐形式上,它囊括所有了音乐类型,包括古典音乐、民族音乐、现代音乐、舞蹈音乐、器乐曲、声乐曲、通俗音乐等。网络歌曲则分为三大类,即网友的原创、翻唱、改唱。当前,网络歌曲越来越受到社会的关注,成为流行乐坛的一大特点,甚至是一大亮点。虽然社会各界对网络歌曲的看法和评价不尽相同,但应该肯定的是,互联网的普及和发展为音乐的发展创造了新的条件,网络歌曲以其崭新的面貌为流行音乐注入了新的活力。2005年1月,网络歌曲掀起第一波高潮,三首由平民歌手创作演唱的歌曲红遍网络,从此打开了网络歌曲的大门,具有革命性的意义。它们是杨臣刚的《老鼠爱大米》，庞龙的《两只蝴蝶》和唐磊的《丁香花》。后来的旭日阳刚、西单女孩，也都是借助网络的传播产生了社会影响，网络传播的草根性获得了自己的一方天地。差不多十年后，筷子兄弟的《小苹果》一炮走红，2014年11月斩获全美音乐大奖（AMA）"年度国际最佳流行音乐奖"，12月又获得Mnet亚洲音乐大奖(MAMA)"中国最受欢迎歌曲奖"，中国原创网络歌曲达到了一个高峰。网络歌曲成为人众喜闻乐见的流行形态，并通过KTV被迅速传唱。这几年产生影响的歌曲有《归》《生锈的吉他》《放弃太难》《伤心的歌》《爱情主演》《啦啦爱》《不爱又何必纠缠》《颓废》《蝴蝶泉边》《爱情伤悲》《内蒙古黑怕》《只愿一生陪着你》《超速度》等。

网络动漫、网络游戏作为新型的大众文艺样式，同样借助网络传播获得了惊人的增长。中国动漫产业长期以来依赖于电视动画，由于质量普遍低下难以被消费者，尤其是年轻一代的消费者所认可，在政策调控和市场杠杆的双重引导下，2014年全国制作完成的国产电视动画片共138579分钟（折合约2310小时），同比下降32.31%，由数量增长转向质量提升的趋势十分明显。新世纪以来，网络动漫开始起步，逐渐改变了我国原创动漫的生态系统。2006年初，中国动漫网站只有1.5万个，动漫网页数约为5.7万个，2013年中国动漫网站已经超过10万个，网页数量增加到5亿个。手机动漫的发展速度同样惊人，以运营商为主导的手机动漫市场规模复合增长率超过40%，中国移动动漫基地于2010年4月26日落户厦门，2011年8月用户已达650万人，2013年8月用户超过1600万人，2015年，我国动漫产业内容生产实力进一步提升，总产值超过1000亿元，与此同时我国核心二次元用户规模达到

4984万人，而泛二次元用户规模达到1亿人，未来随着动漫IP化运营日益显著，动画电影不断渗透，动漫用户的规模将不断增大。近5年来，中国原创动漫迎来了自己的大发展，一批深受观众喜爱的作品在网络上形成了传播热潮，如《倒不了的塔》《尸兄》《古剑奇谭》《拜见女王陛下》《十万个冷笑话》《江影沉浮》《弦月梦影》《熊出没》《苍狼之决战野狐岭》《阿狸系列》《侠岚》《魁拔》《藏獒多吉》《罗小黑战记》《德玛西亚》等。

　　网络游戏的发展速度同样是惊人的，截至2015年12月，网民中网络游戏用户规模达到3.91亿，较2014年底增长了2562万，占整体网民的56.9%，其中手机网络游戏用户规模为2.79亿，较2014年底增长了3105万，占手机网民的45.1%。网络游戏已经全面进入3D时代，很多网络游戏都是由当前流行的网络小说改编而成，如《鬼吹灯》《星辰变》《佣兵天下》《诛仙2》《恶魔法则》《天元》《神墓》《兽血沸腾》《大主宰》等，网络小说成为国产网游最主要的上游产品。由此可见，互联网领域各艺术门类的互动远大于传统艺术领域。其他产生影响的网络游戏，如《傲世》《碧雪情天》《哗哗曼》《超级舞者》《混乱冒险》《新海盗王女神传说》《江湖》等，也都有深厚的文化背景。从网络游戏盈利模式来看，网络游戏的媒体化使广告成为网游新的利润增长点，另外，从网络游戏收费模式来看，中国网络游戏将出现以"游戏玩家相互交换道具，网络游戏运营商获得分成"等新的收费模式，来创新盈利模式同时增加用户黏性。

　　但网络文艺的发展也遇到了不少难题，如原创能力不足、作品盗版严重、内容不健康等现象，迫切需要一个国家层面的网络文艺标准体系进行行业规范，逐步形成一个具有前瞻性、适用性、科学性、系统性和与国际接轨的标准体系，使这片沃土更加有利于网络文艺持续、快速、健康的发展。

网络实现平民文学梦想

由于受众人群的广泛，在网络文艺的各种艺术类别中，最令人瞩目的当属网络文学。15年来，网络上产生了一批有重要影响的作品，如今何在的《悟空传》，江南的《此间的少年》，萧鼎的《诛仙》，燕垒生的《天行健》，以及猫腻的《庆余年》，梦入神机的《佛本是道》，唐家三少的《斗罗大陆》，辰东的《神墓》，天蚕土豆的《斗破苍穹》，我吃西红柿的《盘龙》等，它们明显脱胎于东西方古典文学的痕迹。《悟空传》直接取材于《西游记》，《此间的少年》则是金庸小说的青春校园版。奇幻小说《诛仙》和《天行健》运用西方奇幻手法描述异类空间和冷兵器时代的战争，同样结合了大量东方神话元素。穿越小说《庆余年》显示出作者对古代白话小说、诗词歌赋的浓厚兴趣，甚至将《石头记》的全义搬到了虚拟空间的某一点。仙侠神话小说《佛本是道》受到《封神演义》影响，糅合了中国古代大量的神怪故事，描绘出一个独特、完整的庞大的仙佛世界系统。可以说，绝大多数网络文学的精神内核是东方化的、中国式的，显然，网络作家们试图在古老的文化传承中找到自己的精神源头。西方奇幻文学也成为网络作家们的写作资源。

当然，网络文学的表现手法和价值观是多元化的，一定程度上超出了传统审美习惯，显示出追求另类、奇异、怪诞的当代文化特征，以及某些逆传统的特性。由于网络浩瀚如海洋，网络作家们希望自己的作品免于被淹没的命运，于是选择求新求异之路，逐步形成了网络文学创新求变的新传统。这并不让人觉得奇怪，所有新的文化样式在其诞生之初，都会有一段排他期，要允许新事物成长、变化和发展，要用长远的眼光来对待网络文学。总而言之，网络文学的审美标准是在承袭古老文化传统的基础上，紧密贴合受众文化心理与审美趣味，经过读者筛选与自我评价逐渐形成的一种价值体系。

网络文学的发展与创新不仅仅表现在内容、艺术表现力与体裁上，其艺术形式也是极其重要的一部分。关于艺术形式，人们往往将之视为区别网络写手与传统作家的一种标志：网上写作很自由，对形式持宽容的态度；传统作家比较严谨，更注重整体结构。两者在表现形式上存在很多不同之处。然而，伴随着网络文学的发展，其在题材和创作手法上也逐渐呈现多元化的趋势；两者之间出现了相互融合和互补的可能。

回顾一下不难发现，20世纪90年代末的网络文学，形式单一，题材狭隘，缺乏想象力与张力，大多是个人情感的书写，在质量上与传统媒体发表的作品有一定距离。2000年之后，出现了像《瘟疫》《佛裂》这种表现未来社会的科幻类和灵异类小说，还有像《茶家庄》《花焚》《飞翔》等具有浓厚历史气息的小说，又有《大嘴、三刀、四眼神枪以及五娟》等内容糅杂的作品，以及《尘埃之上》《灰锡时代》等后现代主义色彩浓厚的小说，以及现实感强烈的《成都，今夜请将我遗忘》等现实主义小说。由于资本的介入，2004年网络文学出现了商业化的趋势，类型化小说得到迅猛发展，很快形成了历史架空类、玄幻科幻类、都市青春类、官场职场类、游戏竞技类、灵异惊悚类、新军事类和新武侠类等三十多种类型，说明网络文学已经趋于独立成型。应该说，网络文学在艺术形式上的色彩纷呈既是其不断发展、走向成熟的表现，同时也是网络文学前进过程中的外部要求。作为隶属于文学范畴的网络文学，艺术形式的多元化是创作主体日益成熟的表现；同时，与创作主体日益成熟相对应的是，接受群体需求的日益丰富，即接受主体对客体审美价值的需求大大提高。

由于网络写作者的身份千差万别，因而实现了真正的多样化。特别值得关注的是，网络写作与以往的体制外写作，在书写方式和人群结构上发生了重大变化。首先，依靠网络写作生存的网络职业写作者队伍已经超过了各地作协的专业作家队伍。网络写作的速度和数量是惊人的，写作者依靠文学网站的运作，获得不菲的收入，无论怎么讲，这都是时代进步的结果。百万业余写作者不断耕耘、相互切磋，在传播文化和推进时代精神的过程中发挥了巨大能量。

网络文学受到普遍关注的另一个原因，是因为它是其他艺术样式的源头性作品。近年来，影视、动漫、网络游戏、纸质出版，甚至高雅的舞台剧，都纷纷在网络文学中"淘金"。就拿影视作品来说，自《蜗居》《杜拉拉升职记》《和空姐一起的日子》《搜索》《致我们终将逝去的青春》等被改编后，网络文学迅速成为聚焦的宠儿，其后的《遍地狼烟》《失恋33天》《裸婚时代》《甄嬛传》《步步惊心》《金太郎的幸福生活》《白蛇传说》《倾世皇妃》《千山暮雪》《帝锦》《别再叫我俘虏兵》《涩女日记》《刑名师爷》《浪漫满厨》《盛夏晚晴天》《第一最好不相见》《前妻来了》《小儿难养》《绣里藏针》等一批作品乘势而上，使网络文学影响力急剧扩大。

2015 年，网络文学"IP 热"成为文化产业最具社会影响力的热点。对于线上要 IP 值，线下要义学值，这是网络文学界需要形成广泛共识的一个努力方向，更是网络文学界需要不断践行的一个重大课题。这一现象可以说是喜忧参半。

一方面，它的确给网文作者带来了较之从前成倍增长的利益，也为文学网站开辟出了一条崭新的前景光明的道路。由《鬼吹灯》改编的两部大电影《九层妖塔》《寻龙诀》和校园青春剧《何以笙箫默》先后搬上银幕，电视剧《琅琊榜》《花千骨》《芈月传》《华胥引》相继掀起收视高潮，网络剧《盗墓笔记》《执念师》《无心法师》《他来了，请闭眼》《灵魂摆渡 2》《暗黑者 2》等后来居上，创造了天文数字的点击量。

另一方面，随热跟风现象集中爆发，则给网文行业带来了潜在的危机。如果网络文学从业人员一味沉溺于好光景，那么离走下坡路也就不远了。实际上，网络文学"IP"当下虽热，但优质的有价值的"IP"却是供不应求，销售速度远远超过生产速度，无疑将催生 IP 泡沫，一旦泡沫破灭，结果可想而知。除了优质"IP"遭遇哄抢，一些影响力相对较小，但具备一定开发价值的"IP"也被企业抢购并囤积起来，自己不开发，也不给别人开发的机会，造成恶性的浪费。

文艺新格局面临的问题

在传统艺术领域，我们常常被那些蕴含深刻的文化积淀，展现丰富的思想情感、民族风俗，渗透崇高的审美情趣、人生境界的作品所打动，进而产生心灵的共鸣。而网络文艺是在现代科技和商业文化的基础上发展起来的，在艺术审美上还有很多欠缺，最主要的是人文精神的匮乏，有的作品过度追求故事的猎奇性，使人产生在文化遗传上的陌生和疏远。

从理论上说，数字化时代，人有可能变身为阅读机器的零部件，一些网络文艺作品里的人物塑造采用了简单的升级模式，大量刻意而无谓的人物行为和动作的重复，以及在艺术结构上的简陋，在细节处理上的随意性，极大地损伤了艺术审美趣味，与文艺作品所追求的表现人物的复杂性、精神高度等旨趣背道而驰。人人取而用之的手法，受众耳熟能详的语言与结构，无法产生具有独特性的作品，更罔论风格的形成。碎片化阅读模式容忍了浅阅读的滋生和存在，势必构成对新一代读者审美趣味的损伤。

特别需要引起警惕的是，在网络文艺创作过程中，作为创造主体的艺术家，其主体性受到了有史以来最严峻的挑战，这也是网络文艺创作往往难以体现艺术家个人思想的重要原因之一。从内部条件看，艺术家的主体性首先建立在其独立思考与丰富的精神资源上，而网络文学艺术家在这方面的储备并不充裕。从外部条件看，一方面受众诉求与市场推动等对创作者形成了强大的"干扰"，另一方面过度追求创作速度和娱乐功能，也使创作者的主体性受到了制约。上述矛盾还有可能进一步产生冲突、裂变并进行整合，网络文艺的发展也会因此而出现高潮和低谷。

那么，我们应当如何应对网络文艺新格局？新世纪以来，网络文艺处在不断扩容的动态之中，理论批评却相对处于静态，并未产生相对应的变化，客观上与创作之间产生了一定的落差。因此，建构网络文艺理论批评体系，推动网络文艺产生符合时代精神的佳作，不仅仅是学术上的与时俱进，实际上也是应对新世纪文化战略课题的必然选择。网络文艺自身必须在创作实践中不断吸收不同文化的养分，逐步克服虚拟创作环境带来的过度自由主义；充分运用各学科领域的相互补充、借鉴，结合民族的优秀文化传统和艺术形式，丰富网络文艺创作的思想内涵与表现形式，才能使网络文艺作品具有饱满的艺术性和强大的生命力，从而在根本上解决网络文艺面临的问题。

结　语

由于中国社会内部仍然在不断积聚和释放巨大能量，因此，以表现社会生活和时代风貌，展现人的精神诉求为己任的文艺作品，必然再次走到国家话语的前台。科技进步为传播提供了新路径，信息传播介质变化推动的文化融合共振效应，撬动了话语秩序和审美范式的杠杆，为网络文艺创作提供了前所未有、无限宽阔的空间。就文艺创作本身而言，中国本土迅速成长的网络文艺，及其不断丰富的思想内容和表现手法，如何融入世界文学艺术的洪流，并参与全球文化新格局的建构，是一个值得深入研究的课题。作为一个民族的"软实力"，它无疑是中国在国际社会塑造和展示自身形象最重要的契机。

发表于《长江文艺评论》2016年第5期

网络文艺的主流化与新格局

严格意义上说，网络文艺发展至今，正好经历了规模化发展的整整十年时间。自2005年网络文学网成功推行VIP收费阅读模式，并由此产生第一批网络职业写作者以来，数百万网络写作者笔耕不辍，艰难跋涉，推动了网络文艺的发展。以网络文学为例，据最新统计报告显示，截至2016年3月，网络文学在线用户约为3亿人，手机阅读用户增长迅速，已达2.6亿人，收入规模首次超过70亿元人民币（若非存在大量盗版，测算的规模应该达到300亿）。网络文学的作家队伍也是大浪淘沙，目前签约作家的人数依然在200万左右，每年创作大约十万部网络小说，但其中不能完结的作品也占了一定比重。网络文学每年有3000部左右的作品下线出版，有300至500部作品转化到其他艺术门类。面对日新月异的主流化趋势，网络文学的发展格局正在酝酿新变，数字阅读作为基础模式，对网络文学的质量要求也进入了一个全新的阶段。换句话说，受众、文学网站，以及作者对网络文学的理解和认知，都在不同程度发生剧烈变化，网络文学的门槛提高了。

推动网络文艺发展的六大因素

当前,我们可以通过六大积极因素分析网络文艺现状、展望其未来发展趋势。

其一,网络文艺的"人民性"决定了它的发展方向。2015年11月,《中共中央关于繁荣发展社会主义文艺的意见》出台,明确指出"大力发展网络文艺",这既为网络文艺正名,也指明了发展方向。网络文艺的"人民性"决定了它的艺术内涵和时代特色,也是其得以长足发展的精神资源。网络文艺以开放化的网络为载体,这就决定了它是借助现代科技面向大众的一种样式,而它的艺术内涵决定了它是一种精神产物。这里所说的"人民性"具体说来有两层意思:一是以满足大众的心理需求、文化需求、娱乐需求为旨归;二是创作主体真正地属于大众。网络文艺所呈现的大众化,对民众来说更熟悉、更亲近、更贴心,而不是高谈阔论,凌空蹈虚。它面向民间,表现大众,并成为大众和民间生活的一部分,它是当代社会意识和时代背景的一种生动反映,也是改变未来社会文化图景的一种尝试和努力。网络文艺立足于大众,为大众表达心声,娱乐大众,为大众提供新的想象空间,从而在根本上实现"人民性",并以"人民性"作为它发展的动力和源泉。

其二,政府引导、民间发力,网络文艺领域形成共识,努力向主流化方向发展。政府发声明确将网络文艺纳入文化发展战略格局之中,社会各界表达了对网络文艺的期待与关注,资本则集中力量通过网络文学IP,打造新型文化产业链。这三者形成的合力,为网络文艺黄金时代的到来奠定了基础。中宣部定期对网络文艺动态进行调研和普查,国家新闻出版广电总局开展了"年度优秀网络文学原创作品推介活动",中国作家协会设立了网络文学排行榜评审机制,这些方法对引导广大读者阅读优秀网络文学作品发挥了积极作用。互联网"扫黄打非"专项行动持续深入开展。国家互联网信息办公室在推动全网信息优质化、严厉打击网络非法活动等方面,采取了一系列积极有效的措施,对创建网络绿色环境提供了政策保障。对传播劣质作品的网站予以打击,有利于网络文学的健康发展,有利于正规文学网站的良性竞争。各地由作家协会牵头,陆续成立了网络作家协会、网络文学委员会等相关组织机构,为网络创作保驾护航。由此可见,网络文学主流化进程已是大势所趋。

其三,资本市场推动网络文艺整合,形成新的文化产业形态。随着政府对新兴文艺事业的高度关注,网络文艺的开放性和可塑性吸引了资本的目光,行业内部进行了结构性调整和资产重组,进一步做大做强,并与市场进行深层次对接。这为网络文艺"量与质"同步协调发展,真正成为文化产业孵化基地提供了保障。网络动漫、网络游戏作为新型的大众文艺样式,同样借助网络传播获得了惊人的增长。中国动漫产业长期以来依赖于电视动画,由于质量普遍低下,难以被消费者,尤其是年轻一代的消费者所认可,在政策调控和市场杠杆的双重引导下,由数量增长转向质量提升的趋势十分明显。新世纪以来,网络动漫开始起步,逐渐改变了我国原创动漫的生态系统。2006年初,中国动漫网站只有1.5万个,动漫网页数约为5.7万个,2013年中国动漫网站已经超过10万个,网页数量增加到5亿个。手机动漫的发展速度同样惊人,以运营商为主导的手机动漫市场规模复合增长率超过40%,中国移动动漫基地于2010年4月26日落户厦门,2011年

8月用户已达650万人，2013年8月用户超过1600万人，2015年，我国动漫产业生产实力进一步提升，总产值超过1000亿元。与此同时，我国核心二次元用户规模达到4984万人，而泛二次元用户规模达到1亿人，未来随着动漫IP化运营日益显著，动画电影不断渗透，动漫用户的规模将不断增大。近五年来，中国原创动漫迎来了自己的大发展，一批深受观众喜爱的作品在网络上形成了传播热潮，如《倒不了的塔》《尸兄》《古剑奇谭》《拜见女王陛下》《十万个冷笑话》《江影沉浮》《弦月梦影》《熊出没》《苍狼之决战野狐岭》《阿狸系列》《侠岚》《魁拔》《藏獒多吉》《罗小黑战记》《德玛西亚》等。

其四，网络文学理论研究和评价体系的建立初见成效。网络文学经过近20年的发展，积累了大量文本，创作水准若想有大的提升，必须在理论研究和评价体系上有所突破。不可否认，当前网络文学的创作实践与理论研究分而治之，两者之间存在很大落差。中国作协和《人民日报》《光明日报》等主流媒体在2014年和2015年分别举办了"网络文学再认识""首届全国网络文学论坛"两次大型学术研讨活动，推出了一批研究成果，在网络文学领域产生了重要影响。在学术研究方面，中南大学网络文学研究中心与北京大学网络文学研究团队、山东师范大学网络文学研究中心形成南北中呼应，取得了可观的研究成果。前不久，中国作协和湖南省作协、中南大学联合组建全国首家网络文学研究基地，计划组织全国相关学者、评论家推出系列学术研究成果。

其五，网络文学IP走俏，网络文艺内部互动整合形成共识。在网络文艺领域，网络文学先行一步，以IP孵化主导新一轮文化产业创新升级。《后宫甄嬛传》《鬼吹灯》《盗墓笔记》在改编成电视剧、电影和网络剧之后，掀起了新一轮网络文学IP热潮，《匆匆那年》《何以笙箫默》先后搬上银幕。《琅琊榜》《花千骨》《芈月传》《华胥引》在电视荧屏上创造收视高潮，《执念师》《心理罪》《无心法师》《他来了，请闭眼》《灵魂摆渡2》《暗黑者2》以天文数字的点击量，开辟了网络剧的大市场，甚至有观点认为，未来几年网络剧将逐步取代电视剧，成为最流行的大众文艺形式。网络游戏全面进入3D时代，很多网络游戏都是由当前流行的网络小说改编而成，如《鬼吹灯》《星辰变》《佣兵天下》《诛仙2》《恶魔法则》《天元》《神墓》《兽血沸腾》《大主宰》等，网络小说成为国产网游最主要的上游产品。由此可见，互联网领域各艺术门类的互动远大于传统艺术领域。其他产生影响的网络游戏，如《傲世》《碧雪情天》《哔哔曼》《超级舞者》《混乱冒险》《新海盗王女神传说》《江湖》等，也都有深厚的文化背景。

其六，网络文艺具有旺盛的生命力和巨大发展潜力。在竞争日趋激烈的环境下，网络文艺生态向多元化、个性化方向发展。文学网站新老并举，除起点中文网、17K小说网、纵横中文网等占据网文主流渠道之外，近年来涌现出一批新型文学网站，他们避开所谓"主流"渠道，另辟蹊径，如掌阅文学、阿里文学先后推出原创平台，看书网以网络文学形式关注国家重大战略；晋江文学城致力于东南亚周边国家的网络文学推广与传播；创别书城、"不可能的世界"小说网、安卓读书、云阅文学网、浩阅文学网，以及一批文学站点则专攻某些类型。文艺网站也是风起云涌，各占先机，如爱奇艺、优酷、土豆、乐视、搜狐视频、腾讯视频等，在文艺作品的视频传播上创造了天文级的用户流量。喜马拉雅、乾坤听书网、话匣子听书、中文听书网、万图听书网、520听书网等一批听书网深受读者欢迎。这些做法开拓了网络文艺的生存空间，也推动网文创作向多元化和个性化方向发展。

网络文学成为新文艺领域的探路者

网络文学的规模发展，为网络文艺的普及与提高创造了良好环境。根据对各文学网站的统计调查，在网络作家入行原因调查中，受限于"传统文学难度大"和"专业文学知识不足"分别居于最后两位。由此可见，多数网络作家并非是在传统文学领域发展困难后才转向网络文学创作的，这说明两个文学创作领域不存在明显的竞争和冲突。

目前在各大文学网站较为活跃的作者中，有67.9%的网络作家从事网络文学创作已经超过三年，创作时间超过五年的网络作家占总体的26.8%，创作时间超过八年的网络作家仅占总体的6.9%。在作家访问中，多数作家也表示，由于网络小说的写作常常以日更3000字为基本标准，因此网络文学创作除了需要进行大量的脑力活动之外，对体力也有一定的要求，自己一旦超过一定的年龄阶段，就不会再考虑从事网络文学创作。

目前97.7%的网络作家选择以原创作品为主，仅有2.3%的网络作家以同人（翻写他人作品）创作为主。另外，有89.4%的网络作家以小说创作为主。其中，都市言情类的小说是网络作家作品题材类型的首选，占比约为38.6%，玄幻（33.8%）、穿越（33.6%）、仙侠（18%）等也是较为常见的题材选择。

现在的网络作品具有越来越幻想化的发展趋势。从网络作家的题材选择来看，除都市言情之外，其他排名前五位的均为幻想类题材。针对这一发展趋势，多数网络作家认为，"读者的阅读喜好"和"故事设置更随意"是促使网络作品向幻想化发展的主要原因。

近年来，玄幻小说仍然是网络文学中影响力最大的类型，其最新代表作品有猫腻的《择天记》、耳根的《我欲封天》、我吃西红柿的《雪鹰领主》、无罪的《剑王朝》、血红的《巫神纪》、风青阳的《吞天记》、观棋的《万古仙穹》、乱世狂刀的《御天神帝》等。

都市小说由于代入感最强，拥有最大的受众群体，始终是饱受读者青睐的类型，但在今年，都市小说的主流类型较之往年发生了比较大的变化，开始不再以暧昧和小白风格为主体，出现了很多创新型的题材。

穿越类古代言情小说一直是网络女性创作最热门的类型，最近以《邪王追妻》《女帝本色》《御宠医妃》《木兰无长兄》为代表，引领穿越类女频文的高潮。《邪王追妻》讲述了女主角从金牌杀手穿越为废材小姐，最终与男主角一起携手登临巅峰，傲视天下的故事。《女帝本色》的女主角穿越为傀儡女帝，《御宠医妃》的女主角为军医穿越而来，都加入朝堂权谋，让爱情变得诡异难测，不拘泥于俗套的古代言情，以独特的笔锋讲述不一样的爱情故事。《木兰无长兄》让一位现代女法医穿越到妇孺皆知的古代女豪杰身上，重塑这位超越性别的女性形象。小说书写特殊的落寞英雄，关注人的成长以及社会历史进程，暗藏讽刺意味又不乏男气和温情，语言兼具热血悲情与幽默搞笑。

女强重生文以《娇娘医经》为代表。女主角程娇娘重生为一个痴傻儿，在家人的冷嘲热讽中逐渐强大，想要完成拯救家族覆灭的使命。名为"医经",重点却不是治病救人,而是借施恩承恩,展现错综复杂的人际关系与世态炎凉。

古言悬疑推理文以《一品仵作》为代表。讲述女法医穿越为古代仵作,在为父报仇,寻找真凶的路上遇到一系列命案,最后找到真爱的故事。作品运用推理方式和物件拟人手法展开故事,并在故事中融入真实案件,引人深思,发人深省。

从发展迹象上看,近年来网络作品也存在长篇化的发展趋势,尤以小说类作品最为明显。目前各大文学网站的热门小说基本都在百万字以上,大约有35.8%的网络作家主要作品字数在100至200万字,主要作品超过200万字的网络作家比例也超过了20%,主要作品低于30万字的网络作家比例仅占12.7%。其中,有90.2%的网络作家也承认网络文学创作领域有作品越写越长的趋势。针对这一情况,他们认为,"收入"和"故事需要"是促使网络作品越写越长的主要原因。

受到网络文学的收益模式影响,多数作品是以字数计费阅读,作品的长短直接影响作家的收入水平。另外,很多作品一旦形成固定的读者群,作家的创作就会在很大程度上受读者需求的影响,往往会因读者的喜好改变故事走向。对此,多数网络作家会欣然接受读者建议,增加受读者欢迎的支线情节或对角色、背景等进行更细致的描写。这也导致了网络文学作品越写越长的发展趋势。

由于网络作品竞争较为激烈,且读者黏性不足,所以网络作家多为每日更新,每日都更新作品的网络作家占总体的92%,只有少数网络作家会选择随意更新。一般来说,网络作家平均每日更新的字数集中在3000至8000字。其中,平均每天更新3001至5000字的,占总体的38.3%;更新5001至8000字的,占总体的33.3%；更新3000字及以下的，占总体的16.9%；仅有5%的网络作家能够做到平均每日更新1万字以上。

综上所述，网络文学的发展存在很大变数，既具有旺盛的生命力和巨大的发展潜力，也会随着传播方式的变化和市场的变化随时调整方向。

当前网络文学热点透析

1. 网络文学"IP热"潜藏危机

网络文学"IP热"准备了很久，来得却匆忙。它从结构层面对影视形成了冲击，影视剧本的创作不再是一个单向过程，大家看到的就是粉丝互动与大数据的反向影响。一些在互联网上红到发紫的原创IP，不管是否适合改编，都被一哄而上地抢走了。影视的IP热，一方面反映出原创影视剧本的匮乏，另一方面反映出青年消费群体在审美趣味上的变化，使得影视、游戏从业者把目光聚集到网络文学IP上。影视作品永远滞后于网络文学IP本身产生的时间段，某些网络文学作品，从轰动一时的小说，到改编为街头巷尾热议的影视剧和炙手可热的游戏，可以间隔几年、十年，甚至更久。好在并没有多少观众计较这种改编的滞后，无须考虑作品文本是否陈旧、故事题材是否落伍、是否具有现实意义。

IP的影响力决定了网络文学粉丝与观影主流人群的高度重合，再加上一线明星的票房影响力，把剩余部分人群也收入囊中，足以令投资者高枕无忧，再无先前影视人创作的艰苦、制作时的精心、作品杀青时的战战兢兢。但从总体上看，由网络文学IP改编的影视剧和游戏林林总总，却终究也没有跳脱出玄幻、宫廷、仙侠、战争、言情、家庭伦理等这些网络文学常见的类型。由此可见，网络文学 IP 热无疑是影视、游戏等其他领域在"走捷径"。在逐利心态驱使下，故事文本的优劣甄选往往退而求其次，影视主动放弃艺术属性，不再追求其应有的高雅的艺术价值，只是聚焦高票房。其实，票房高低并不完全是衡量影视好坏的标准，因为影视虽是产业，更是艺术，不能降低审美价值以迎合大众。如此发展，有可能导致网络文学"趋利避害"，在整体上倾向于 IP 化，即所谓的"粉丝经济"，从而逐渐丧失网络文学的原创价值。

2. 网络文学创作显露新的生机

今年有一批新型文学网站陆续开站，它们各具优势，丰富了网络文学的格局。掌阅文化旗下新成立原创文学网站"掌阅文学"，签约一大批网文"大神"，开展原创业务。创别书城、安卓读书、云阅文学网、浩阅文学网等立志于成为以阅读为核心内容的综合娱乐平台。"不可能的世界"小说网有别于传统文学网站，该站定位于年轻化阅读，以"浪漫主义""想象力"为主导，主打轻小说，建立贤者制度，由读者评判作品的优劣。早几年开站的风起中文网则避开"大神"争夺战，转向为不同层面的作者提供 IP 升级服务，他们建立了一支网文改编队伍，成立了剧本中心，将网络文学战线拉长，取得了显著效果。2015 年，由中国作协网络文学委员会主办、中国作家网承办的"中国网络小说排行榜"季度榜单和年度榜单开始推选发布。排行榜采取线上投票与线下评审相结合的方式，邀请网络文学业界、高校、作协系统等专家学者组成专家组，兼顾新书和精品，推介优秀网络文学作品，站在文学立场为公众选择网络文学作品提供阅读引导。爱潜水的乌贼的《奥术神座》、陈词懒调的《回到过去变成猫》、祈祷君的《木兰无长兄》等十部作品入选2015年度中国网络小说排行榜精品榜;陈词懒调的《原始战记》、希行的《诛砂》、卧牛真人的《修真四万年》等十部作品入选2015年度中国网络小说排行榜新书榜。"中国网络小说排行榜"的评选和推出过程,是建构网络文学评价体系的重要探索和实践,也是网络文学主流化的重要标志。

3. 网络文学理论批评研究逐步进入常态化

一批网络文学研究专著和文集出版。北京大学副教授邵燕君推出新著《网络时代的文学引渡》,中国作协网络文学委员会委员马季出版网络文学评论专著《从传承到重塑》,鲁迅文学院研究员王祥出版理论专著《网络文学创作原理》,山东师范大学教授周志雄在一年内推出个人专著《网络文学的发展与评判》、主编出版《大神的肖像:网络作家访谈录》《网络文学研究》两部研究论著。

4. "90后"网络作家迅速崛起

阅文集团成立以来,注重对青年作者的培养。《阅文集团2015年原创文学报告》显示,有一个值得注意的现象,"90后"网络作家正在迅速且大量崛起。数据显示,阅文集团签约作家中,"90后"的作家数量占78%,"80后"占16%,其余年龄段仅占6%。

"90后"网络作家的作品也越来越受到欢迎。在体现作品人气程度的销售榜上,"90后"作家在前100名中已经占据28席,其中最为年轻的作家年仅19岁。此外,值得注意的是,"80后"

作家的构成也日益年轻化，在上榜的 53 位 "80 后"作家中，"85后"占据了一半以上。年轻作家的价值在版权上也开始得以体现。比如阅文集团重点运作的叶非夜等 "90 后"成功作家作品整体版权价值已经进入千万元的阶层。

5. 网络文学受众群体学历偏低，阅读追求浅显与娱乐

据一项调查，随着移动互联网的发展，人们碎片化的时间得以被充分利用，网络文学就是其中的重要构成。在阅读人群学历方面，中学学历读者占比过半。小学学历的读者占比 7.39%，初中学历的读者占比 36.36%，高中学历的读者占比 30.17%，本科学历的读者占比 24.78%，硕士学历的读者占比为 0.8%，博士及以上学历读者占比仅为 0.5%。

结　语

在短短的十几年时间里，网络文学完成了世界文化史上从未有过的壮举，积累了庞大的作品量，仅阅文集团就拥有 300 万部长篇小说的版权，而且养活了一大批专业写手。不过，量大和质高毕竟还不是一回事，网络文学鱼龙混杂、许多作品质量低下的问题，毋庸讳言，也一直被读者乃至评论者们批评。从无到有，从文学到影视，网络文学这些年是否成长得过快了？许多人对网络文学的未来表示担忧，但也有人认为，不论是网络文学自身的壮大，还是网络文学向周边领域的辐射，对于文化消费来说，是值得庆贺的好事，文化作为一项产业，需要类似的动力。

然而，文学界在谈论网络文学时，几乎无一不涉及精品化、

经典化的问题，这个问题的另一种问法则是：网络文学究竟有多大的文学价值？那么，网络文学到底有没有可能走出这样的一条路来呢？今天，我们所处的是一个相互依存的网络消费时代，这个问题，不应只是让网络作家去回答，而应由我们共同去面对。

发表于《中国文艺评论》2016年第6期

IP 的实质：网络文学知识产权漫议

　　网络文学知识产权是近几年才出现的一种规范术语，对于文字作品，我们以前一般只强调对著作权和版权的开发应用和管理。"知识产权"是 1967 年世界知识产权组织成立后出现的术语，这一概念涵盖的范围更加广阔，也更具有兼容性，著作权和版权涉及的内容均被纳入其中。互联网出现之后，业内人士习惯将其简称为 IP（Intellectual Property），即知识产权。网络文学知识产权，主要指由网络原创作品版权延伸出来的形象、故事，以及不同形态的文化艺术样式。作为互联网时代 IP 的重要源头，网络文学知识产权的综合开发，涉及整个互联网文化产业链，目前虽然已经取得了一定的成效，但仍有诸多问题值得研究和探讨。

　　由于互联网技术仍处在高速发展阶段，在互联网环境下孕育产生的网络文学，同样处在成长期和变革期，其内容、形式和文化价值、商业模式均存在诸多不确定因素。当下，我们所能看见的是，中国的网络文学不仅是全球文化体系中的一个独特现象，也是全球电子商务模式和泛娱乐时代文化产业链中盛开的一朵奇葩。因此，在全球文化软实力竞争异常激烈的今天，考察和研究中国网络文学知识产权开发这个全新的课题，既具有深刻的时代意义，也具有长远的战略价值。

严格说来，网络文学知识产权自然属于知识产权体系的一个分支，但在其开发过程中遇到诸多问题，而可供参考的成功经验十分有限，实际上在不同国家、不同地区，乃至一国之内的不同区域都存在对其认知的差异。因此，要将网络文学知识产权的综合开发落到实处，就必须具备互联网时代国家文化发展的战略意识，必须切合我国的社会制度和国情，必须在文化价值和商业价值两个体系中找到平衡点和支撑点，以科技创新、文化创意交融发展的开阔视野，努力探索并逐步建立一套符合网络文学发展实际的路径。

当前，网络文学知识产权开发面对的是全新的构成方式，IP概念的出现，显示其结构延伸部分远大于主体部分。市场的高度活跃本来是一件好事，但由此而产生的IP囤积、圈钱套利、跟风创作、作品同质化等等却又反过来制约了网络文学的良性发展。舍本逐末的怪圈，值得我们警惕。好在"游戏规则"尚在酝酿与建构之中，相关政府机构、民间组织、投资人和版权人应秉持可持续发展的理念，将网络文学知识产权开发引入优质化、正规化的渠道。

另外，开发与维护是相辅相成的共同体。近年来国内外发生的有关知识产权的案件日益增多，网络知识产权问题尤显突出，我国网络文学知识产权问题已经引发社会各界广泛关注，亟待解决。如果不能实现有效的维护，将不利于网络文学的传播和文化产业的健康发展，也会挫伤智力成果创造者的积极性。因此，要想在网络时代背景下让投资人、版权人和网络用户的合法权益受到保护，让网络生态环境充满勃勃生机，建立网络文学知识产权维护体系则是无法回避的时代课题。

一、IP 的主要形态及其路径

自 2008 年开始，网络文学知识产权成为互联网产业的新宠，其形态由过去单纯依靠用户付费阅读的商业模式逐渐向"以 IP 为核心，全产业链、全媒体运营"转变，2015 年达到了一个新的高峰。目前根据市场的不同需求，网络文学可分为线上数字阅读和线下纸质图书出版（包括期刊漫画连载），版权开发的主要形式为电影、电视剧、网络剧（包括网络大电和微电影）、游戏、动画、有声读物、舞台剧（包括话剧、戏曲等）、cosplay、衍生品等一种或多种文化消费形态。

随着网络文学内容和形式的不断创新，大量资本流入到与其相关的领域，由此形成了 IP 产业链。网络文学依靠互联网低传播成本的优势积累了大量忠实读者，这部分用户在网络文学作品向电影、电视剧、游戏等领域的改编过程中体现了极大商业价值。网络文学平台纷纷建立了 IP 衍生合作部门，将网络文学的改编授权作为主营业务，如阅文集团、中文在线、百度文学、掌阅文化、阿里文学等已开始深度参与 IP 开发的全过程中，不但对品质进行管控，同时对开发的 IP 进行投资。近期，腾讯系成立了两家影业公司，分别是企鹅影业和腾讯影业。新成立的腾讯影业公布和阅文集团深入合作，将对《回到过去变成猫》《从前有座灵剑山》《择天记》三部作品进行影视改编。以往网络文学切入电影行业，始终以内容源的身份出现，而作为国内最大的 IP 源头，阅文集团一直在寻找一条全新的文学 IP 机制。不出意外，《择天记》应该成为范本，这次腾讯影业发布会上，公布了它的电视剧和大电影的制作计划，迄今，这个网文IP在娱乐产业链上的最后一块重要的空白阵地也填补完毕。以《择天记》为例，此次《择天记》由腾讯影业与阅文集团、柠萌影业、湖南卫视以及腾讯视频五家强强联手打造，未来四年内，将计划出3季电视剧。相对特别的是，《择天记》采取了网文创作与电视剧的同步推进。事实上，这也有可能成为中国电影的未来趋势，一方面，越来越多的网络文学正在被改编成影视作品并取得成功。这些故事本身，就是在不断探求如何适应用户情感需求的过程中诞生，大众在不自觉中已经参与了创作的过程。另一方面，依靠大数据对文学、动漫、游戏用户洞察的支持，从而为电影创作提供更加具体和现实的决策辅助。

借助网络文学核心内容与影视、游戏、动漫等互通，共同构成泛娱乐生态体系，彼此带量，是未来网络文学市场发展的主要方向。在美国，以迪士尼、漫威等为代表的娱乐巨头已形成完整产业链，围绕一个优质IP进行的综合开发，其市场规模可达百亿美元。由此可见，中国网络文学知识产权的综合开发才刚刚起步，起码在未来10年到20年会处在一个不断升级的过程中，并逐步完善市场开发机制，最终开辟出向海外市场传播的有效途径。

根据目前情况来看，网络文学知识产权开发大致有这样几种形态：

数字阅读：原创网络文学作品在PC端、移动端订阅收入，第三方平台分销分成，阅读APP、网络文学自媒体的营销收入，数字图书馆销售收入等。

版权销售：原创网站或者作者将版权卖给影视、游戏和出版社等下游企业。这是最常见的，也是最广泛采用的一种版权开发形式。

版权入股：以版权入股到 IP 开发项目里，或者拥有优先投资权，可以得到大比率分成。

版权分成：游戏或影视单纯销售和分成，一般不超过流水的 3%。

同步开发：小说和游戏、影视一起开发创作，相互带动，类似于传统行业图书出版与影视同期。蝴蝶蓝创作的《全职高手》网络剧与动漫同期开发，唐欣恬创作的《裸婚时代》小说与电视剧同期开发均属于成功的典型案例。

反向定制：已经成熟的游戏或影视 IP，为了扩大影响，带来流量，反向定制网络小说。无罪、卷土、小刀锋利、乱世狂刀等大神级作者均有过反向定制创作的作品。

二、IP 的孵化与应用

IP 的孵化与应用，主要指向原创网络文学向影视剧、游戏和动漫的转化。网络小说目前还属于亚文化范畴，粉丝们习惯通过 PC 端、移动端阅读，而它如果想变成主流，变得家喻户晓，成为某种现象级的产品，最简单常见的方式是改编成电影、电视剧，或者网络游戏和动漫。比如《致我们终将逝去的青春》在改成电影前，是一部青少年中流传甚广的言情小说，但它并不具备"青春"的标签化资质，而电影让它引发了一个潮流；同样《后宫甄嬛传》《琅琊榜》《花千骨》等作品改编前只是普通的网络小说，虽然粉丝不少，但电视剧播出后，它才成为主流社会认可的"热门"，不仅具有商业价值，而且具有社会价值。无论是产业规模还是社会效应，都是以前单向运作无法企及的，网络文学与影视剧、游戏和动漫的互动形成了互联网时代的 IP 马太效应。

1. 影视开发

从 2004 年开始，中国影视产业界掀起了一波网络小说改编的浪潮，例如 2004 年改编自蔡骏《诅咒》的《魂断楼兰》；2005 年由《你说你哪里敏感》改编的《一言为定》，以及《亮剑》《我的功夫女友》；2006 年《成都，今夜请将我遗忘》《像天真的女孩投降》《爱上单眼皮男生》；2007 年《谈谈心恋恋爱》《双面胶》，到了后期，又有《千山暮雪》《泡沫之夏》《倾世皇妃》《佳期如梦》《美人心计》。近年来更有《致我们终将逝去的青春》《裸婚时代》《失恋 33 天》《甄嬛传》《琅琊榜》《芈月传》《欢乐颂》《翻译官》等影视剧改编自网络小说，并产生广泛的社会影响。

由此，对影视剧产业而言，拥有庞大内容资源的文学网站成了最佳合作对象，几乎每家影视制作公司都有专属的网络文学平台窗口，例如改编《步步惊心》造成轰动的唐人影视公司，和图书出版社没有固定的合作关系，却和网络文学产业龙头企业有固定联系，唐人影视的剧本库中，有 30%-40% 是来自网络小说。也有员工专责挑选合适的网络小说以进行改编。然而，并非所有的网络小说都具有改编的潜力，有评论指出，"网络小说虽然有着很好的群众基础，本身就具有改编的潜质，但也要分题材，其中大量暴力、敏感的题材，以及动辄上百万字的写作都给改编带来困难"。

因此，在原创网络小说改编影视剧的生产模式中，便出现了以特定文类为主流的现象。文类的使用在具有高风险特性的影视产业，有着降低风险的作用，并且有利于推销后续作品的版权交易，因为特定文类的网络小说，其题材在改编成某些不同形态的娱乐内容时，适应性显得特别高，很容易对应不同市场的需求。例如奇幻、玄幻与游戏类小说，特别适合改编成线上游戏；而都市言情、家庭伦理和古装宫廷历史类作品，则特别适合改编成影视剧。

通过这几年网络文学的改编情况来看，现代都市（异能、婚恋）类、古代言情类、军事类三大题材的作品列前三位，历史类、玄幻类作品分别排行第四、五位。整体而言，以爱情为主轴的剧本一向是影视剧市场中最受欢迎的类型，且因市场接受度、拍摄成本（包括拍摄费用和拍摄技术等）和投资考量，在原创网络小说影视改编的趋势上，仍以都会言情、宫廷历史和家庭伦理三类为主；以时装进行拍摄的都市言情和家庭伦理类不仅市场接受度高，拍摄成本较古装剧低廉，因此备受影视公司喜爱。古装拍摄的宫廷历史剧虽然拍摄成本普遍较时装剧高出许多，但影视产业大量兴建影视城，不仅带动古装剧的拍摄风潮，场租成本远比海外华人地区如新加坡等地剧组须跨海拍摄便宜，同时在服装、道具等相关产业发达的情况下，拍摄效果亦佳，不仅在本土市场的接受度高，在海外版权销售上更是无往不胜，经济效益颇大，加上 20 世纪 90 年代以来台湾、香港等地影视公司为降低生产压力纷纷前往中国寻求以"合拍剧"的形式拍摄古装片，刺激中国影视产业快速发展，因此宫廷历史剧不仅是中国原创网络小说改编影视剧的主要文类，更是中国影视产业的主力剧种。

2010 年是网络文学影视开发的重要节点。在此之前，IP 开发是单一的线性结构，还没有形成泛娱乐概念，更没有所谓 IP 交叉联动。当时只要有机会把版权卖出去就是胜利。比如2006年时，《鬼吹灯》《后宫甄嬛传》的版权出售价格都很低。事实上，影视公司拿去版权之后，在很长一段时间并没有运作，因为IP的概念还没有形成，不具备市场条件。2010年之后，网络文学行业根据市场需求做出了调整，家庭伦理、都市情感和古装宫廷三类网络小说大行其道，这三类同时也是近年来中国影视剧上的主流剧种，所谓IP交叉联动初步形成。

网络文学改编后的变现能力在2015年暑期达到了一个高峰，一部周播剧《花千骨》创下3.89收视率，网络点击破150亿次；制作方慈文传媒收入2.29亿元，独家网络版权方爱奇艺获得全网超过三分之一的播放点击。改编自《盗墓笔记》的电视剧《老九门》上线一个半月，网络点击量已超50亿，这是全网首部破50亿的自制剧，即便在全世界瞩目的奥运周，《老九门》依旧斩获了10亿网络点击。

2. 游戏开发

网络文学用户对于玄幻奇幻、仙侠武侠类作品的青睐由来已久，曾经的金庸、古龙撑起了国内游戏、影视剧的半边天。反观当下，借助互联网这一便捷的平台，优秀作家更如雨后春笋般出现，辰东、天蚕土豆、猫腻、我吃西红柿、唐家三少、南派三叔、天下霸唱、忘语等等不胜枚举。玄幻奇幻、仙侠武侠类的文学作品，一方面受众广泛，无论是转化过来的用户还是仅冲游戏本身而来的用户已经具有相当的规模；另一方面，就本身游戏改编而言，这类作品具有先天优势，其人物设定、故事架构、世界观等都更符合游戏中带有冲突和对抗的特性，改变游戏毫无"违和感"。

网游市场一直以来都是一个巨大的金库，与网络文学结合，借助强大的 IP 支撑，和大量的用户积累，成了游戏发展的一条"捷径"，也给网络文学知识产权的开发提供了新的试验场。第一波公司主要从事移动网络游戏的开发与运营，其模式为"网络文学＋游戏"，先后打造出《佣兵天下》《鬼吹灯》《星辰变》《神墓》《恶魔法则》《兽血沸腾》《莽荒纪》《唐门世界》《绝世天府》等多个游戏产品。其中，《莽荒纪》自上线以来月流水高达 1700 万元。

游戏开发可拆分为手游、页游、端游，其中手游市场最为庞大。《盗墓笔记》《完美世界》无不是 IP 运营的经典之作，手游一出便实现长时间霸榜，《莽荒纪》《魔天记》《琅琊榜》《云中歌》《花千骨》等改编手游也收益不俗，说明网络文学改编手游是目前游戏改编的主要趋势。

阅文集团在网络文学内容方面的优势比较明显，由于其网络原创内容的丰富性，也使得其适于改编为各类游戏的小说应有尽有。无论是大型网游手游、还是休闲类、卡牌类游戏，都可以找到适合改编的内容支撑。内容的多样性保证了改编类型的多样性、受众的多样性，而对于一个生态系统来说，多样性是其强大的"抵抗力稳定性"的前提。

三、IP 背景下的网络文学价值

从 2004 年网络文学进入商业开发渠道以来，最初四五年增长速度并不快，到了 2008 年才有了第一次飞跃式增长，2010 年再次翻番式增长，引起了社会各界，特别是资本的关注，网络文学知识产权的开发成了一个热门话题。最近这五六年，可以说是网络文学商业开发的第一个黄金期，版权的售价，即所谓 IP 的价格平均翻了 5 倍以上。由此，IP 热成了一把双刃剑。

从积极的角度看，IP 热现象使原本走向迷途的网络文学出现了柳暗花明的局面。就市场情况而言，能够成为大热 IP 的作品无一不是具有独特性，精雕细琢，经过长时间发酵，读者沉淀筛选出来的精品，这给追求短平快的网络文学创作树立了新的标杆，使网络文学作品的成功又有了一种新的模式。

但是网络文学的强大吸金能力也在一定程度上带来市场的无序竞争，追逐热点、题材重复的问题愈发严重，导致很多人对网络文学的创新性产生质疑，对网络文学持续市场化的前途感到悲观。

随着过去两年大型网络文学厂商的积极并购行动，以网络文学为核心 IP 来源的产业生态逐渐形成，越来越多的网络文学作品开始进行影视和游戏改编。作为泛娱乐 IP 产业链的最前端，网络文学作品依靠互联网低传播成本的优势积累了大量忠实读者，这部分用户在网络文学作品向电影、电视剧、游戏等领域的改编过程中体现了极大商业价值。

作为 IP 源头，网络文学本身凝聚了内容价值、粉丝价值、营销价值。此前，网络文学 IP 价值主要建立在版权销售上。以数字付费阅读为基础，确保实现作家直接分成收益的同时，进行版权延伸拓展。而当网络文学放大到全民阅读，原有的版权运作机制也很难实现对全类型作品的覆盖。业界提出全新的泛娱乐 IP 开发策略，将以制作方、投资方、运营方三种或以上的多重形态、角色深度介入"全产业运作"，打造作家品牌和超级 IP。

在以往的 IP 孵化过程中，由于影视、游戏投入大，网络文学网站和作者基本处于弱势地位，很难从 IP 运营中获得大比例的利润分成。很多文学网站已经意识到了这一点，因此全力加入到高用户基数的 IP 开发里面，比如《择天记》的 IP 孵化从始至终都有文学网站和作者的存在，这既保护了网络文学原创团队的利益，也保证了作品在深度开发时保有一定的质量。

在乌镇举办的互联网大会上，马化腾在演讲中特别谈到了对于内容产业的理解。在他看来，"腾讯的核心是做链接，但如果只是纯管道，我们觉得不够，所以还做了大量的内容，从游戏，到动漫，到文学，再到影视，构成一个交织的知识产权新生态。"互联网本身就是一个网状的结构，相互借力、相互牵制，对整个行业的发展更为有利。爱奇艺创始人、CEO 龚宇也表示，有影视 IP 的网游收入会明显企高，差不多是没有影视 IP 的网游收入的 2 到 8 倍。这说明了一个问题，互联网具有更加突出的马太效应，互联网产业链的同步性能够放大知识产权的价值，进而创造商业奇迹。

但同时，我们也要警惕在孵化名义之下的杀鸡取卵。

孵化与杀鸡取卵，这两个看起来相互对立的概念，在网络文学知识产权开发中往往被同时运用，其主要原因是网络文学知识产权开发是一个综合的体系，如同火箭发射需要几级推送才能进入轨道。如果某个环节过分强调自身利益，极有可能对整个产业链造成伤害。

一部优秀的网络文学作品与一个优质的 IP 之间究竟是怎样的一种关系？网络文学作品的粉丝数量只代表了它在数字阅读上的价值，它只是一个基础、一个好苗子，需要进一步孵化，才有可能成为一个优质IP。说到底，网络文学知识产权的综合开发，其核心是指网络文学作品的IP优质孵化过程，如果将网络文学作品的在线热度作为优质IP的充要条件，差不多就等于杀鸡取卵。

但在实际操作过程中，网络文学知识产权的打包销售不利于术业有专攻的基本规则，客观上造成了网络文学知识产权的耗损与闲置。

消耗IP，实现IP的套现已经成为当下最为流行的做法，一个优质网络文学作品出现之后，做影视的人买了版权，有时候就想，游戏很挣钱啊，我也做一个游戏吧，或许我挣不到大钱，但得到一些流水可以补贴我的利润。做游戏的人买了版权也会这样想，我也拍个电影吧，虽然不赚钱，但是可以把它当大型的广告片使用，起码我的游戏是可以赚钱的。这不是做IP的核心道路，而是IP的套现，是最终消耗IP的方式。

我们看看成功的IP孵化案例就会发现，IP的套现近乎是对优质知识产权的扼杀。比如《哈利·波特》，小说形成了大量的粉丝群，电影也采用了大资金支持，精良的制作，在全球传播过程中实现了"放大器"的作用，之后再去反哺IP本身，这才是真正的孵化行为。

以晋江文学城为例，我们可以看到IP背景下网络文学生态状况和前景。自2003年成立初期到今天，晋江文学城经历了从低谷到高潮的十多年发展过程，透过多年来积累的版权价值可以看到网络文学的前世今生和未来走向。

晋江文学城流量从2007年末的日均1500万次，至2016年日均超过9000万次，增长速度异常迅猛。目前包括越南日本等海外国家和地区并没有自己单独的文学网站，他们更多是从晋江引进或自发翻译，有些出版社看准时机，除了和晋江沟通出版、引进电子版权之外，在越南、泰国、新加坡、日本等国家和地区，还希望与晋江采用分成的模式建立晋江的海外站点。例如正在进行洽谈的日本的 SmartEbook 公司，他们的版权渠道可将晋江的书拓展到墨西哥、印度、菲律宾、南非、澳大利亚、韩国等地。目前共有 213 个国家和地区的用户在访问晋江文学城的网页，其中美国、加拿大、澳大利亚等发达国家占到很大比重，海外用户流量比重超过 25%。在衍生版权市场上，晋江占有率比较高，大概在 50% 左右。若是出版和影视，占有率在 70%—80% 左右，目前已经与越南、泰国、新加坡、日本等多个国家以及近百家知名影视公司形成长期合作。

在晋江文学城首发的作品，已有以下作品成功改编：《步步惊心》《来不及说我爱你》《千山暮雪》《苦咖啡》《后宫甄嬛传》《请你原谅我》《三生三世十里桃花》《佳期如梦》《何以笙箫默》《长大》《美人心计》《芈月传》《无心法师》等。

晋江文学城的全版权运营，一方面是网站在作者、出版社、影视方等各层面的合作方之间建立的快速良好的沟通机制，并通过一个个成功案例不断树立起良好的口碑。另一方面，大量优质的、题材多样的作品在晋江文学城这个平台不断涌现，也是网络文学版权商业化运作取得一定成果的重要基础。

在众多文学网站中，晋江文学城是比较独特的一家。从最早的穿越到后期的重生；从都市婚恋到校园励志；从宅斗宫斗到中华文化的种田，种种类型，在晋江的平台上频频闪现亮光。在晋江，人工干预作品题材的情况很少，这使得即使不赚钱的文章也可以通过实力登上排行榜，这种特性使得晋江的作品呈现出"百花齐放"的局面。晋江文学城根本不必费心研究社会流行什么，网上流行什么，只要是作者在创作，总能孕育出新品种，开放出绚烂的花。正因为如此，晋江往往是潮流的引领者而非跟随者。

四、IP开发的趋势与走向

随着资本的大量流入，IP产业链上下游的结构正在发生变化。以前的产业链是分裂的，同一个IP可能售卖给不同团队进行IP开发。但现在，全版权概念盛行，版权方控制品牌定位，引入不同的投资方和制作团队共同开发。无论是最上游的网文大神还是最终的渠道，都希望参与投资分享红利，分担风险。原来各方简单的交易结算关系变得复杂。于是，IP开发已经由独乐乐时代进入了众乐乐时代。整个产业链一荣俱荣，一损俱损。以月关的小说《锦衣夜行》改编为例，可以发现IP实现了交叉联动，华策在拍摄初期就引进游戏方，植入广告方、互动节目方，同步开发大电影，整个IP共配套一部页游、两部手游、三部电影，还设计了现代剧情的网剧作为番外篇，作为前置性同步开发产品，由此可见，IP开发模式是在市场的不断磨合中更新变化的。

IP开发的两端具有动态化的特征，其一端是IP所承载的用户，另一端则是开发IP的公司。对于网络文学来说，所有的用户均来自于互联网，他们通过各种终端去消费内容，因此可以说文学网站的用户相对固定和单一，易于锁定。但IP相对复杂，包含有很多内容，用户肯定不仅仅是来自于文学阅读用户。他们当中有动漫用户，有影视用户和游戏用户等等。不同用户在一个特定的范围内传播网络文学改编的产品，则组合产生了新的用户群。很显然，IP 开发必须是一个开放性的结构，这是一个需要深入研究的领域。

这就涉及另一个问题，怎样孵化才能使 IP 带来更多的用户？

IP 的开发经历了两个阶段：2001 年以前 IP 的开发是无序的，每个产品开发都出自认知不同的团队，因此产生不同的用户。那么多产品开发出来之后，用户往往是互不相通的。这就导致看完小说的用户，会对那些看完影视剧的用户说："我告诉你们这个影视剧跟我小说完全不一样，完全是篡改，我不认同你这个，我不看你们的改编。"可能也有产品，影视剧拍的非常好，影视剧用户就会反过来跟其他的用户说："我只认同影视剧的用户，其他的产品我无法接受。"

一个优质网络文学作品，在不同用户群体中为什么会造成这样的结果？很多时候就是因为开发的无序所导致，用户发觉虽然是同一家 IP，但是内容不一样，产品留在用户脑海里的东西就不一样。在这种情况下，对于这个 IP 来说有非常糟糕的事情。因为用户不统一，不同的开发商之间封锁消息，甚至可能相互掣肘，到最后鸡飞蛋打，两败俱伤。这个现象现在虽然有了很大改观，但联动方的 IP 仍然很难达到高度统一，用户的聚合力仍有待进一步开发。

最理想的情况是，一部优质网络文学作品在孵化 IP 时不同的改编团队认真研究作品的特点和用户心理，做出预案，形成高度统一，在 IP 的各个环节里，达到一个最大的阀区。由此催生出 IP 共营合伙人制。

文学网站作为最前端的 IP 孵化企业，以前存在两个方面的苦恼：一是优质的网络文学作品卖不出优质的价格，二是卖出去以后得不到优质的孵化与开发。现在已经到了可以直接面对类似问题的时候了，把各方的力量联合起来，建立起IP共营合伙人制，一起共同打造IP，已逐渐成为互联网文化产业链的发展方向。

那么，如何才能把IP的相关人真正捆在一起？最常见的方式自然是协议，但协议双方难免会以各自的利益为重，如果目光放远一点，基于资本的纽带，以共同创业的方式建立互动关系，可能才是最牢靠的。因为在这个体系里面你也有份，我也有份，大家都有份。这种基于IP开发出最大商业价值的合伙人制，或许是互联网文化产业未来的发展趋势。

IP的源头方文学网站对这个问题的认识可能更加直接，设想能够把大家认同的IP放到同一家公司去做，但做游戏、影视的，或许想法不一样，那么大家成为同一家公司的股东，也许就解决了这个问题。资本在这时候应该发挥力量，有远见的投资人，才具备这样的资源整合能力。

从现状看，包括南派三叔、月关在内的很多网文作家，正从简单的卖版权转身为投资人或编剧，操盘自己作品的影视项目。《花千骨》播出前后，还有《何以笙箫默》《盗墓笔记》《无心法师》《暗黑者》等一众电视剧网剧大热IP，背后的网文作者、平台等IP原产方，华策、慈文、唐人等内容制作公司，下游渠道电视台以及互联网视频网站，各自角色开始交叉、合纵连横，加剧了行业洗牌与格局重塑。应该说，目前处于IP共营合伙人制的初期，能否进入常态，还有待于行业内部的共同努力。

然而，无论IP如何火爆，网络文学的内容创新依旧是互联网文化产业链最核心的环节。

网络文学是内容为王还是渠道为王，这样的讨论意义不大，所谓网络文学知识产权，其根本还是内容的生命力和文化价值。只有不断创新，提升品质，网络文学才能坐稳互联网文化产业链上游这把交椅。

现有网络文学各类型已经相对成熟，各文学网站基本是在做大神的固本培元的工作，但新人培育与成长的路径变窄是一个值得警惕的现象，另外文学网站编辑综合素养的提升也是一项十分紧迫的任务。网络文学的创作主体正在由"80后"往"90后"过渡，用户也是"90后"占据了主体。因此，"90后"的文化心态值得我们加以认真研究。网络文学是一种大众文化产品，我们提倡精品化是有前提的，那就是不能小众化，小众化的网络文学允许存在，但不具有广泛的社会意义，也难以产生IP。

目前的网络文学虽然总量还在上升，但内容创新也面临很大的压力，有一个现象值得重视。互联网用户群当中二次元用户逐年攀升，2016年初已达到2.19亿，预计到2017年将达到3.8亿。动画是二次元产业中的核心领域之一，良好的用户基础为国产动画的发展提供了契机，粉丝经济的价值不可估量，未来国产动画市场前景广阔。市场变化将大力推动网络文学的创新与变革，预计二次元类作品会在未来两三年之内迎来一个爆发性的增长期。

二次元最早始于日本动画、游戏作品，因其画面是平面二维空间，因此被称为二次元。二次元类作品根据二次元概念衍生而来，是针对二维空间而创作出的一种文学作品形式，主要类型包括：动漫、穿越、游戏、同人、校园、科幻、奇幻等。这类作品想象力强，作者通过对现实的场景和人物进行加工，创造出别具一格的画面，给人较强的冲击力。

比较活跃的网站有飞卢小说网，他们开设了"动漫同人"频道；

还有起点中文网和晋江文学城也开设了"动漫小说"频道。

二次元类作品最主要的特征是"虚拟人物",即作品的人物来自于漫画、动画,并非现实中的人物,类似于传统小说中的"田螺姑娘",而将漫画、动画中的故事写成小说又符合"同人小说"的概念。

同人小说是近几年比较流行的一种文学类型,利用原有的漫画、动画、小说、影视作品中的人物角色、故事情节或背景设定等元素进行的二次创作小说。近年来,伴随体育人物、娱乐人物、政治人物等社会人物的高密集度曝光,"同人小说"当中的真人同人小说也逐渐兴起。

总之,只有跟动漫相关的小说,才叫二次元类作品。"动漫同人",是二次元类作品的主要形式之一,但"同人小说"并不属于二次元类作品,两者虽然有相交,但并不是一回事。目前"同人小说"在数量与质量上已经占据了原创小说的一定份额,但二次元类作品普遍质量不高,而这类作品主力作者是"90后",甚至"00后",作者的成长还有待时日。

由数字阅读向数字化视频方向的转向,已成为IP开发的重要途径。据北京电视节官方发布的数据,自2015年1月1日执行"一剧两星"以来,今年卫视黄金档电视剧播出量下降25.31%,2014年全国电视剧总投资189.6亿元,销售收入174.8亿元,版权亏损额度达到14.8亿元。电视台在"一剧两星"的压力下,热播剧向一线卫视集中,电视台招商压力倍增,即便像《花千骨》这样的热播剧仍然招商失败。与此同时,互联网视频网站成为制作方首要考虑的输出渠道,网剧不再是短视频、色情或暴力的代名词,而是新型文化产品的标志。

由于版权保护措施日益加强，互联网视频网站的内容需求转向创作型，"自制剧"正在复制十多年前中国电视台烧钱投资电视剧的竞争之路，但播出模式却在发生显著的改变：网络独播，会员一次性全剧观看；甚至先网播再上电视台。视频网站正试图在广告之外，尝试突破用户付费模式的瓶颈。

年轻一代网络用户为内容付费的习惯已逐步形成，长期亏损的视频网站有望在广告之外找到新的变现路径。趁着电视台被套上越来越严的"紧箍咒"，视频网站纷纷上马犯罪、探案、盗墓等"敏感类"IP，周播、季播、番外、一次性付费观看，甚至先网后台播的模式迭次出现，带来了互联网公司最看重的注册会员用户。

新型互联网文化传媒企业在这一轮竞争中占据天时地利，在未来的博弈中，资本的作用将愈来愈具有说服力。慈文传媒借壳后获得成功是个典型的案例。2014年12月，A股上市公司禾欣股份公告称拟通过重大资产置换、发行股份购买资产、置出资产转让，获得慈文传媒100%股权，作价24.07亿元。这份公告并未在影视制作圈子以外引起太多关注。但这一情况在2015年6月底出现了逆转，暑期档周播剧《花千骨》在湖南卫视独播一上映收视率即超过3，网络点击几天破20亿次。慈文传媒通过售卖《花千骨》播放权，从湖南卫视和爱奇艺共获2亿多元收入。收视飘红的同时，慈文传媒借壳获批，一向被机构冷落的禾欣股份获得了多个增持报告。慈文传媒在业内一直以类型剧和运营IP著称，相比其他制作公司手握明星经纪资源来说，慈文传媒占据的正是互联网时代的风口。

五、网络文学知识产权维护

近年,网络文学知识产权纠纷呈逐年上升趋势,各大文学网站对网络文学知识产权保护有了新的认识,但在权利维护方面仍然缺乏有效手段。网络文学盗版链接往往在搜索条目的前列,这给作家和文学网站带来严重的损失,并且对行业的有序发展非常有害。另外,各类抄袭事件也是层出不穷,网络作家对此既感到愤慨,又无能为力。通过不同的盗版侵权案例我们可以发现,网络文学知识产权维护是互联网行业最薄弱的环节之一。

我国网络文学知识产权保护工作,不仅面临传统文学作品版权保护的难题,还因为互联网传播的特点让网络文学版权保护有着新的挑战。著作权法规定侵犯著作权或者与著作权有关的权利的,侵权人应当按照权利人的实际损失给予赔偿,实际损失难以计算的,可以按照侵权人的违法所得给予赔偿。权利人的实际损失或者侵权人的违法所得不能确定的,由人民法院根据侵权行为的情节,判决给予50万元以下的赔偿。互联网的开放性、匿名性、快捷性等特征,让确定实际损失或侵权人的违法所得非常困难,因此50万的兜底标准通常就是最高额赔偿。据悉,当年盛大文学状告百度获法院判赔50万元,这是网络文学第一个获得最高的法定赔偿额。

1. 网络文学盗版的规模

目前大型盗版网站约有10万家,中小型盗版网站有数十万家。根据各网站情况汇总,所有原创文学网站均遭到不同程度盗版,实行商业收费模式的文学网站(如起点中文网、17K文学网、晋江原创文学网、纵横文学网、小说阅读网等）受到的冲击尤为严重，VIP作品几乎全部被盗。每家盗版网站盗版的数量少则几十部，多则几百部、数千部，甚至还有数量不少的盗版网站几乎和正版网站保持同步更新，一些当红作品更是每家盗版站都有链接。

2. 搜索引擎和手机阅读软件成为盗版主要渠道

根据国务院发展研究中心所属中国企业评价协会2014年12月11日发布的《知识产权白皮书·出版业》显示，目前我国网络数字化盗版严重，搜索引擎成为PC盗版内容的重要出口，其中百度、百度贴吧和百度文库成为网络数字化盗版的最大源头。"白皮书"提到，"国内90%以上的网民接触过或经常接触网络数字化盗版。超过70%网民认为搜索引擎是盗版内容的出口"。在调查中的53万家盗版文学网站中，每个站点的建设成本仅数万元，通过搜索引擎对盗版网站的收录与宣传，每年盗版市场总规模约为50亿元。移动阅读也存在大量盗版，手机阅读软件是盗版的主要源头。

3. 网络文学盗版的主要方式

目前，网络文学盗版采用的主要方式是：网络爬虫、图片下载、拍照、截屏和手打等。从技术层面来说，目前最难遏制的是采用截图和手打方式的盗版。另外规避版权、变相侵权的现象也时有发生，当一部网络作品产生影响之后，立即会有跟风续写或仿写作品出现在其他网站，甚至出现书名故意"撞车"现象。如起点中文网发布的《斗破苍穹》一书，在1550万条搜索结果中，竟有1400万条为盗版链接。纵横文学网发布的《天才医生》一书，在580万条搜索结果中，有差不多400万条为盗版链接，还有150万条为仿冒的同名小说链接。此外，随着传播介质发生变化，有线互联网、无线互联网以及客户端等发展势头迅猛，手机浏览器、手持阅读器也成为网络文学盗版的新灾区。

4. 网络文学盗版的发展趋势

目前，盗版网站呈现联盟化、规模化、搜索引擎化、产业化的趋势。盗版网站在盗取原创作品后免费上线，通过积聚人气获得广告收入；部分搜索引擎联手盗版网站共同谋利，分享广告资源，成为盗版行为的推手。根据艾瑞咨询网民行为监测系统数据显示，连续数年，中国网络文学类服务的覆盖人数呈稳定增长趋势，网络小说的覆盖人数增长率超过了热门网络应用。近十年来，网络文学站点广告投放规模总数呈现较高增长率。文学网站在人均月度和单日有效浏览时间指标方面，要远高于其他网络服务网站，这也吸引了相关广告主的投放，盗版网站因此获利，并由此形成了利益链条。

5. 网络文学盗版的特点

网络文学盗版的特点是低成本、传播快、隐蔽性大、低风险。盗版网站以不断更改域名，使用虚假信息申请域名，甚至是境外域名等手段隐身，隐蔽性极强，发现盗版之后，难以查处。由于减少了中间环节，网络盗版比纸质盗版要快捷得多，也廉价得多。这些特点也使得网络文学维权比较艰难。

网络文学作者除了面临作品被盗版的情况，他们与文学网站之间也存在权利纠纷和矛盾，其中合同纠纷最为显著。其一是作者缺少自我保护意识，55%的受访者不在意合同的条款而发表作品，但在实际中，就是因为不在意合同条款而发生了大量争议。其二是作者对法律规范不了解，54%的受访者表示在合同签订时不明白怎么提出自己的意见。其三是部分文学网站轻视作者权益，5%的受访者认为自己向网站提出合理的主张，但网站却不接受。而在签订合同时，只有22%的受访者咨询过专业人士，而有19%的受访者是因为没有咨询渠道。对于专有授权和非专有授权制度，56%的受访者了解该制度，说明受访者大部分了解自己的权利。作者收益标准也是网络文学的一个盲点。对于网站给予的稿酬，只有10%的受访者表示不满意或有意见，但有80%的受访者希望有一个权威的标准并在此基础上与网站协商。

目前，网络文学知识产权领域中出现的聚合平台盗链侵权、定向搜索、定向链接、定向存储等问题还处在变化发展之中。由于在很长一段时间里，行政执法或法院审理网络侵权案件时，"服务器标准"都被当作一个标准，要以是否上传服务器来判定是否侵权。而随着移动互联网和云存储等技术发展以及聚合APP等产业形态的出现，适用"服务器标准"判定侵权已经落后于版权保护的现实需要。对此，有相关执法单位通过多年来执法实践，提出了替代"服务器标准"的"实际控制标准"。也有专家提出，聚合平台的关键问题是违背被链接网站的意志，通过技术破解等措施进行深度链接，越过了正版网站向用户提供作品，因此，这种盗取他人上传的资源实施信息网络传播，应属于直接侵权行为。

总之，网络文学知识产权维护还面临很严峻的挑战，政府机构、民间组织、企业和作者正在从不同层面推动正规化进程，比如，在众力影响之下，2016年5月百度贴吧对盗版网络文学作品的大规模整顿,就是一个非常积极的信号。愈是"维权难"愈要"团结紧",综合开发应当与权利维护同步发展,网络文学知识产权才能发挥更强大的作用。

发表于《文艺争鸣》2016年第11期

网络文学三个变量

应该相信网络文学的优秀作者，会摸索出一条既符合文学规律又不违背市场规律的道路，解决好市场与文学之间的矛盾。

中国当代社会正处于大变革时代，文化流动加速，信息流量暴增，文学作为整合文化信息的重要载体，在互联网上已经发挥了巨大作用，仍存在无穷潜力。

网络文学带来的烦恼和惊喜，是这个时代不能忽略的文学话题，也是当代文学必须面对的现实，它关乎新文学和新作家的成长，某种程度也关乎中国文学如何向世人展现其自身的面貌。

受众层面的变量

21世纪以来，文学借助网络彻底走向了市场，走进了市场，由此而开启了全新的互联网文学写作模式。网络作品——在线付费阅读——无线付费阅读——简繁体书籍出版——影视剧改编——漫画和动画改编——网络游戏、手机游戏改编——其他电子阅读终端等，这一被称之为"网络文学全产业链"市场机制的建立，形成了"文学写作——市场运作——互联网消费"相互制约、相互依存三位一体的结构。这片领域对于当今的文学研究者来说是陌生的，起码，关于网络文学的"田野调查"仍然处于空白状态，理论评论界只关注露在水面的狂欢式网络写作和阅读，对藏在水面下的资本介入与市场运作所知寥寥。

市场原本是个中性化的概念，它不是确定一部作品优劣好坏的标志，但网络阅读与传统阅读在这方面产生了巨大差异。传统阅读有"被低估"的说法，文学作品有起死回生的可能，但网络中几乎不存在这种可能，一部不能占有市场份额的作品，不管它的文学价值几何，几乎无法在网络存活，在进入专业阅读者视野之前，它已经消亡了。换句话说，在网络文学领域，市场是第一道门槛，文学是第二道门槛，既有的文学标准只能用来衡量和检验被市场接受的作品。

那么，网络文学是否会因此而丧失自主性呢？事实并非如此。从文学史的角度看，任何文学形式都不可能单一存在，完全商业化的文学，或者所谓"纯文学"只是特定场域下的相对存在。从根本上说，失去了文学性，任何文学都是没有出路的，只能是昙花一现。就当下网络文学而言，商业化同样必须尊重文学创作的一般规律，但若将文学性视为排他的价值标准，将会错过网络文学的成长期。

回到前面的话题，分析受众喜爱的主流网络文学作品，我们会发现，网络作家的自主性主要表现在他们的文化选择上，比如，接续中国古代文化传统，已成为这一代网络作家默认的文化密码，他们以各种形式、各种笔法在古老的文化传承中找到自己的精神源头。《诛仙》和《天行健》运用西方奇幻手法结合东方神话元素，描述异类空间和冷兵器时代的战争。《隋乱》《窃明》《回到明朝当王爷》《新宋》《唐砖》架空历史，在尊重历史人物、事件的前提下，以现代人的思维方式诠释历史发展的必然性和可能性。《地师》《天才相师》融入中国古老的易学，感应地气运转，究天人之际，通古今之变，以此来架构故事。《将夜》《搜神记》《完美世界》借鉴古代白话小说笔法，将东方玄幻故事与虚拟空间对接，产生新的文化符号。《医道官途》采用反穿越手法写官场谋略和奇特的医技，出神入化。仙侠神话小说《佛本是道》受《封神演义》影响，糅合了中国古代大量的神怪故事，描绘出一个独特、完整的庞大的仙佛世界系统。

除了幻想、仙侠和穿越等追古题材，网络文学还有很多当代题材作品，最为大众所喜爱的是都市类，比如职场商场、婚恋家庭、浪漫言情、青春校园、当代军事、悬疑恐怖等等，可以说，只有你想不到的，没有网络作家写不到的领域。但问题也出在这里，网络文学的类型化发展，原本是一种自然状态，市场却给这些类型贴上了商业标签，哪些是热卖品，哪些是大路货，哪些是滞销品。这样一来，不仅把类型固化了，而且形成了"跟风"的习气。《杜拉拉升职记》一火，几十种"升职记"立刻成燎原之势风靡网络，《和空姐同居的日子》一红，上百种"同居"乌泱乌泱潮水般涌来。同质化成为类型化的寄生物，严重影响了网络文学持久发展。市场最大的特点是不确定性和从众性，而文学有时候恰恰需要孤独和冷静。

应该相信网络作家当中的精英作者，会慢慢摸索出一条既符合文学规律，又不违背网络市场规律的道路，解决好市场与文学之间的矛盾。而网络文学的读者相对比较年轻，其中相当一部分人涉世未深，他们更需要一些形象生动、相对浅白的故事来感知社会、认识世界。现阶段，网络文学要努力做到是为最广泛的大众阅读人群提供优秀的通俗小说。

审美层面的变量

中国网络文学借助新媒体的传播实践，对21世纪全球文学的变化、发展是具有探索价值的。网络文学的不确定性因素，其实包含有利与不利的变数。21世纪是一个文化多元丰富的时代，也是一个文学表达艰难尴尬的时代。丰富自不必说，艰难尴尬体现在文学对当下现实把握的无力，体现在个人经验的大众化、雷同化，体现在文学想象的狭隘、直观，艺术穿透力的减弱。网络文学能否承担起新的历史使命，为文学审美提供新的经验？我认为是值得期许的，我们应该用变化、发展的长远眼光看待这个问题。

目前，网络文学与传统纸媒文学在创作方式上"各寻各路"。网络文学以在线写作、在线更新、即时互动、持续连载的传播方式，确立了其"草根性"和"大众化"的审美范式。传统纸媒文学特别重视的小说结构，在网络中被故事情节的起承转合所替代；对生活"可能性"的书写，在网络中则转换成了对生活"不可能性"的书写，超级异能、架空历史、宇宙幻想成为一种叙事的常态。

网络文学虽然呈现的是文学样式，实际上却扮演了多重角色，它在审美上必然要超出传统文学固有的范畴，尤其在大众性、娱乐性方面发挥着文化整合作用，特别是在互联网传播渠道上，它是继电视传媒之后对受众影响最大的传播途径，也只有在这方面出色的网络文学作品才能够获得更大的社会空间。如改编成电视剧的《甄嬛传》《步步惊心》，改编成网游的《诛仙》《斗罗大陆》，改编成电影的《失恋33天》《裸婚时代》等等。

网络作家的生存方式和写作方式，也在一定程度上体现出网络文学的审美特性。网络上的写作者，最初大多是文学爱好者，当他们尝试写作的时候，首先面对的是生存问题，因此他们必须在与生存的抗争中摸索出自己的写作之路。一方面他们不能完全按照自己的想法去写作，另一方面他们的写作又是对生存的直接反映，网络作家这种"在生存中写作"的方式更接近文学的原生状态，缺乏技巧，却有鲜活的在场感。这和打工者在生存中寻找生活是一个道理，生活对网络作家而言不是观察物而是感受物，即便是职业网络作家，有了几十、上百万的粉丝，他们往往也不以作家身份自居，他们把编故事当作一种生存技能。

虽然和主流文化有所交接，网络文学目前仍属于亚文化，或者说俗文化范畴，但我们不应该在雅文化和俗文化之间划出鸿沟。文化在任何时期都存在一定的变量，存在主流文化、边缘文化、正在崛起和逐渐消亡的文化生态组合。从文化发展史上看，中国的文化高峰往往是在俗文化极大丰富的基础上产生的，也就是说，失去了俗文化的土壤，雅文化就成了无本之木、无源之水。中国是一个具有五千年文化传承的文明古国，其文化的发展变迁可谓海纳百川、包容并蓄，有着强大的生态调节能力。中国当代社会正处于大变革时代，文化流动加速，信息流量暴增，文学作为整合文化信息的重要系统，在互联网上已经发挥了巨大作用，仍存在无穷潜力。

表现方式的变量

中国现当代文学在经历近百年西学淘洗之后，峰回路转，21世纪的新生文学——网络文学重回古老的讲故事现场，这确是一个值得研究的现象。在中国传统叙事文学中，如神话传说、寓言故事、志怪志人小说、传奇体小说、话本、神魔小说、人情小说、公案侠义小说和狭邪小说等经过长期的演变发展，已经形成了完整的叙事策略，其"故事记忆"无疑对网络文学产生了一定的影响。网络文学从中国古代故事里脱胎、演变形成了一套新的讲故事的方式，所运用的手法包括延伸、翻写、借境、重塑、重构、羽化等，这正好和网络作家的民间身份、草根意识高度吻合。

早期网络作家今何在的《悟空传》直接取材于西游故事，结合现代文化视野重新塑造故事里的人物形象，贯穿以现代文明思想。江南的《此间的少年》则是金庸武侠小说的当代校园版，用戏谑的笔法表现传统与现代的冲突，对校园的荒芜时光和美好的青春岁月极尽言表。萧鼎的《诛仙》以老子《道德经》语"天地不仁，以万物为刍狗"为主旨，书中反复探究的一个问题就是"何为正道"。忘语的《凡人修仙传》讲述一个普通的山村穷小子，虽然资质平庸，但依靠自身努力和合理算计修炼成仙的故事。烟雨江南的《尘缘》从一块青石偶然听得一巡界仙人诵读天书，得以脱却石体修成仙胎，故事独辟蹊径，讲述世俗意义上的青梅竹马和非世俗意义上的日久生情之间的较量，让人隐约看到作者将佛教文化与现世生活进行精神对比所产生的文化含义。受大众喜爱的网络文学作品，总是能够让人在悠远处闻到"花香"，在挣扎中看到人生的价值之光。

网络小说越写越长是当下议论较多的一个问题，多数人认为这是商业化导致的结果，事实也是这样，但如果仅仅这样看还是有所欠缺，不够全面。分析一下网络文学的发展轨迹，我们会发现，网络超长篇小说规模化出现是在2010年移动阅读基地正式商用之后，在此之前，网络文学在线付费阅读模式已经较为成熟，但250万字以上的超长篇小说极为罕见。这就说明，移动阅读是造成网络小说越写越长的主要推手。

为什么手机阅读没有选择"段子"，却选择了超长篇小说？这个问题看起来令人匪夷所思。根据对移动阅读基地的实地调查，其中的奥妙露出端倪：手机阅读主要是利用碎片时间，阅读记忆较为浅弱，只有超长篇小说强大的故事性和连贯性，才能让用户的碎片时间有效粘合为一个整体。

尽管故事已成"行云流水"，网络小说的语言却不能拖沓。我曾经推荐一位传统作家的科幻小说到文学网站，三分钟不到就被打回了。结论是：不适合网络阅读。网络阅读必须简洁明了，一段话绝不能超过三行字，否则用户不接受。为什么？道理很简单，眼睛受不了。如果全文皆为短句子，每个章节固定在三千字，自然网络文学的叙事方式和节奏就有别于传统的纸媒文学，这是可想而知的结果。

说到语言问题，不能光说网络文学，作为基础工具，文学语言是包含最大信息量的介质，它是一个民族精神谱系中最重要的文化符号。试想，一段几分钟写出来的文字，能经得住几百年、上千年、无数人的阅读和品味，如果作者不是经过千锤百炼修得这样的功夫，是不可能实现的。一个作家如果成为伟大作家，最大的贡献首先是对民族语言的贡献，而不是贡献了什么样的故事。

21世纪是一个日常生活语言极大丰富的时代，这和传播媒介的革命性变化有关，网络语言的丰富性达到了极致。它对文学语言形成了挑战，文学语言如何包含、包容新的语言形态，如何准确并最大限度地承载时代信息？是每个作家都必须面对、无法回避的问题。

在网络和影视传媒的影响下，文学语言本身的艺术性越来越淡化，不受关注，这对文学意义的消解是根本性的。因此，在考虑当代文学语言问题的时候，我们不得不进行更加彻底的反思和展望，将互联网时代新的传播媒介纳入到研究范围之内。

总之，网络文学带来的烦恼和惊喜，已经是这个时代不能忽略的文学话题，也是当代文学必须面对的现实，它实际上关乎新文学和新作家的成长，关乎中国文学如何向世人展现自己的面貌。面对网络文学，我心里有一句话挥之不去：信息时代提供给网络作家难得的成长契机，而你们将如何用文学来回报它？

发表于《人民日报》2015年3月13日

穿越文学热潮背后的思考

通过穿越的途径寻找"自我",营造的梦幻与现实生活产生关联,直接影响了读者认识现实世界的态度。

近年来网络上穿越文学十分流行,无论人气还是作品数量,都在网络文学领域占有相当高的份额。网络穿越小说,是网络类型小说中发展、变化最快的一种文体形式。它的基本特点是作品主人公因某个原因,穿越进入另外一个时空,可以是从现代到古代,也可以是从现代到未来,同样可以从古代或者未来到现代。作者的目的是借助时空转换,实现常规叙事无法完成的人物塑造和情节设定。从体例上可以认定,穿越小说应该归入幻想类叙事文学范畴。穿越小说并非网络首创。在世界文坛,美国作家马克·吐温1889年出版的小说《康州美国佬在亚瑟王朝》成功运用了"穿越"。在华语文学中,台港作家席娟、黄易在20世纪90年代即以《交错时光的爱恋》和《寻秦记》产生广泛影响。在其他艺术领域,穿越也很常见,好莱坞科幻电影更是将其发扬光大,近年来的生活类电影《时间旅行者的妻子》和《返老还童》也采用虚拟时空手法,表现了丰富、复杂的人类情感。

有人指出，穿越小说并不新鲜，中国传统的武侠、传奇类小说也有类似的特征，比如《西游记》《七侠五义》《封神榜》等等。但是仔细分析就会发现，两者之间差异大于相同。一般而言，武侠、传奇类小说所发生的环境与社会现实都有一定时空距离，而正是这种梦幻式的距离形成了传统文学的美感，比如武侠小说中的世外桃源、盖世神功，传奇小说中的英雄梦幻、曲折遭遇等，那些现实生活中不可能出现的故事情节所建立的审美趣味，成为它吸引读者的核心。穿越小说虽然同样营造了一个惊险刺激的梦幻世界，但它的不同之处在于读者不再是一个英雄梦幻的旁观者，而是一个亲身经历者。换句话说，穿越小说虽然建立在梦幻之上，指向的却是与现实生活对照的生活方式与生活态度。比如对于历史元素的运用，武侠、传奇类小说注重的是在广阔的背景中塑造人物、讲述故事，而穿越小说则更加注重个人的"亲历"性，甚至是"改写"历史，历史细节必须为"我"服务。可以说，穿越小说的核心是通过穿越的途径去发现和寻找"自我"，因此，它所营造的梦幻与读者的现实生活产生了某种关联，直接影响读者认识现实世界的态度。

穿越本身只是一种表现手法，并无特殊的指向，但是由于一些网站的助推，出现了过分追求刺激等走偏元素。

2004年7月，毕业于四川美术学院的满族女作者金子，在晋江文学网上连载穿越小说《梦回大清》，起初在网络上并无太大反响，直到2006年才引起读者关注。从金子的创作倾向来看，包括后来出版的《绿红妆之军营穿越》《水墨山河》等，穿越只是一种表现手法，并无特殊的指向。此后，穿越小说进入高峰期，所谓的四大穿越奇书《木槿花西月锦绣》《鸾：我的前半生 我的后半生》《迷途》和《末世朱颜》，这四本书具有典型网络风格的穿越小说，几乎同时出现在2007年，从而引发了穿越小说网络写作风潮。几位年轻女作家都有较高的学历和优越的生活条件，应该说她们的作品追求的是精神层面的诉求，本质上与同时走红于网络的《山楂树之恋》异曲同工，均表现出对两性之间真情、纯爱的渴望。从社会学角度看，由于女性心理需求与现实产生了冲突，运用文学作品表达精神诉求，显然与时代有着必然联系。这一时期的穿越小说由于强烈彰显女性意识，作品细节不够严谨，但存在的问题当属文学范畴，不应该被视为脱离现实、胡编乱造。我们应该尊重这种创作，从文学和社会学的角度对其进行理论研究和文学批评。

2009年，穿越小说发展进入了一个新的阶段，这一阶段除了作者自发写作外，文学网站的助推是一个重要因素。网站本是商业社会的产物，文学网站也不例外。文学网站发现穿越小说的商业价值之后，将其作为一个经营项目大力推广也就不奇怪了，其结果导致了穿越小说非常规发展。有的网站甚至单独为穿越小说开办了站点，分门别类放置各种类别的作品，这给青少年介入穿越小说的创作和阅读打开了大门，在引导不当的情况下出现了走偏现象。客观地说，社会转型期产生的人生迷惘与人性失落，不要说是青少年，即使成年人也受到严重影响。青少年本来就有耽于幻想的心理特性，一旦走偏很容易会出现逃避责任、自我放纵，甚至自私自大、唯我独尊等心理问题。

文学阅读对青少年的成长至关重要，我们曾经有过"保尔时代",有过"张海迪时代",也出现过"哈利·波特现象",但今天,我们却列举不出能够打动青少年的优秀作品,或者说成人话语体系认可的优秀作品,在青少年心目中并不被认同。实际情况是,日本动漫文化在很大程度上影响了中国当代青少年的思想行为,而教育单位对这一社会现象缺乏深刻了解和认识,更不用说制订相应的策略。当然,日本动漫也不乏优秀作品,在丰富青少年的精神生活中发挥了积极作用。但就目前情况看,对青少年产生负面影响的网络穿越小说,绝大多数是日本动漫中消极因素的转换。比如《凤霸天下》中宣扬少年同性爱,《妃池中物:不嫁断袖王爷》中描述男性给女性下媚药等,甚至出现一味追求刺激的人兽穿越文,如穿越成狐狸的《白狐一梦》、穿越成猫的《穿越时空变成猫》,以及一批以高虐为主要情节的小说等,这类穿越小说大量存在日本动漫的痕迹。其实,在纸质出版物中,这一现象同样比比皆是,比如以郭敬明为代表的"最小说"创作群体,基本上是受日本动漫的影响,众多青少年追捧郭敬明,原因正在于此,这已经是不争的社会现象。令人忧虑的是,青少年在网络写作之前,其精神空间已经遭到污染,他们在网络发表和传播作品,则进一步产生消极影响,这个连锁反应说明问题相当严重。最近,在相关部门的督促检查和网站的自我整顿中,上述作品虽然已撤出正版网站,但盗版网站仍在传播,负面影响还在继续扩散。

穿越文学"走红",折射了文学教育的相对滞后,网络写作有社会责任,整个社会对青少年成长都负有重要义务。

穿越小说走红网络的背景比较复杂,它所引发的热潮表面上看是个文学现象和文学问题，实际上还包括心理学、社会学、现代传播学和现代教育学等问题。如果单单从文学角度分析，主要有两个方面的原因。首先是思想内容方面，穿越所折射的正是真实的现代人的欲望与情感，如对物质富足、事业成功、爱情美满，以及婚姻家庭幸福的诉求。另外，网络穿越小说在表现对现实世界的逃避、对幻想王国追求的同时，还通过现代人观察古代社会的视角，领略古代文明，表现出对中国传统文化的认同。其次是表现形式方面，穿越小说充分展现了网络特性，即作者与读者的共享性，在某种程度上，作者与读者借助想象力摆脱现实的困扰，用穿越的方式建立了共同的传奇梦幻。它借助异时空的精神碰撞与交错所产生的强烈戏剧感与情节张力，转移了激烈竞争的现实环境，抚慰了现代都市人疲惫的心灵。这里面当然包括消极因素，比如假借穿越而放弃现实中的奋斗与努力，试图利用幻想替代个人付出等，满足读者在虚拟环境中完成虚无的自我价值实现。

青少年文化和思想教育是一个长期存在的社会问题，低劣的网络穿越小说之所以在这个群体中迅速膨胀，某种程度提醒我们，当今的文学教育已经明显落后于时代的要求。鉴于穿越小说在青少年成长中产生的负面影响，我们应该清楚地认识到，对青少年的文学教育和阅读引导，已成为全社会的共同义务。如何提升网络作家的社会责任意识，如何建立有效的网络文学理论批评体系，也是不容忽视的专业课题，而这些问题目前仍无行之有效的解决措施。这也说明社会发展的速度远远超出了我们的预期，有很多现实问题需要认真学习与思考。

发表于《人民日报》2011年8月9日

网络文学对当代文学的积极意义

总体上说，网络文学作为一种文化现象展现了中国社会正在崛起的群体力量，相对于日本的动漫、韩国的偶像剧，网络文学是中国式的表述方式。东方世界的这三种新的文化形态都有着自己深厚的民族文化土壤。

网络文学的民间性类似于中国历史上的口传文学。中国人喜欢讲故事，喜欢听故事。我记得我们这一代人小时候偶尔还到书场去听说书、扬州评话。这种民间的文化传播方式形成了中国丰富的文化土壤。与西方的精英化方式不同，在中国，乡野的甚至是粗陋的文学，正是滋养伟大文学的摇篮。但是这个土壤在20世纪实行整齐划一的乡级、村级管理制度之后，逐渐盐碱化了，丧失了活力。当然这是一个复杂的问题，我只说了其中的一面。我想说的是，在中断了几十年之后，网络文学创造了一个虚拟的民间文化现场，这给中国文学的未来带来了希望。另一方面，在传统文学群落式微的今天，网络小说作者借助网络空间的零距离，使不同区域的作者形成了新的文学群落。

网络文学的发展具有积极意义，针对它对当代文学发展所起到的推动作用，我有一个简单的总结：

第一，网络文学解放了文学的虚拟性。虚拟性既是网络的特征，同时也是文学的特质之一。我们可以发现，由多种信息交汇的网络呈现出一个全新的隐喻世界，它为艺术想象提供了特殊的支点。互联网在传统的文学艺术与真实的世界之间构建起一个仿真的世界，它既大大地满足了人们企图通过想象扩展自己现实世界的欲望，又以其比传统传媒艺术更加可感的特性，满足了人们潜意识中"梦想成真"的意愿。

比如在2000年走红网络的修真玄幻小说《缥缈之旅》开头的情节就是：主人公李强在现实生活中遭遇事业和爱情的双重打击后而误入修真界，由此开始了他在修真界所向披靡的"缥缈之旅"。李强这个人物在虚拟环境中十分强大，但并非超人，他时常油腔滑调地轻松搞笑，强敌当前的第一个念头就是"逃"，无论师尊、朋友，还是敌人，都拿他赖皮的本事无可奈何，但他运气却超乎想象地好。这些特征投射了日常生活中消解困境、逃避压力的行为模式，消解了英雄一本正经、高高在上的威严带来的距离感和压抑感，李强的形象符合当代青年融合传统和现代的审美期待，满足读者超脱现实困境、寄托自由精神的向往，从而带来感官愉悦。文学的虚拟性在网络上得到了极大的释放。

在谈到小说真实性的时候，常常有人指责网络小说天马行空，胡编乱造，缺少真实性。我很赞同吴义勤的一个观点，就是小说的真实性应该有一个参照系。我们拿什么做网络小说的参照系呢？过去，传统文学讲典型性、典型人物，往往对应现实世界，而对于网络小说我们就应该转换视角。我们考察网络小说的真实性，应该充分考虑它的虚拟性。可以这样说：一部小说应该是一个完整的体系，其中的人物、环境和事件，是自成一体的；如果你把其中的一部分抽出来，它可能就是荒唐的、不真实的，但它在里面就是真实的。

第二，网络文学转换了文学的表达机制。有人认为网络文学解构了文学的严肃性，我认为这样描述不准确。实际上，可以理解为游戏精神在网络文学中发挥了积极意义。网络小说《悟空传》是这方面的实例。这部小说的写作灵感源于古典名著《西游记》和现代港片《大话西游》。作者借用了前者的人物关系、渊源，提取了后者的叙事方式、语言，以古代西游人物演绎现代西游情节，表现了现代人的思维模式和观念。以《悟空传》为题具有两重含义：第一可以解释为"关于孙悟空的传记"；第二是概括了作品的思想内涵，即"感悟虚空"。这无疑和时代精神密切相关。《悟空传》将原著人物形象作了很好的时空转换，让古典名著里一心朝佛的取经师徒脱胎换骨，变成了有爱有恨、有欲有求、有苦有痛的"人"，巧妙地诠释了现代人的精神世界，用冷冷的幽默勾得我们笑、深思、被感动。一篇网上评论说："我们生活在没有英雄的时代，一切神佛都被我们打破了。所以只有我们这一代会对这 作品流泪。"正是由于现实意义与神话背景的完美结合，网络世界的"虚拟真实"与作品的精神诉求相得益彰，才使这部作品的文学表达机制产生了有效转换。

第三，网络文学的意识形态边缘化。我认为，网络文学的意识形态边缘化，并不是网络作者故意为之，而是随着中国经济社会的高速发展，以及全球化的波及影响，年轻一代的精神构成呈现出多元化的趋势，需要一种符合当代社会实际的新的思想引领。五四以来的中国文学总体上以意识形态为主轴，文学的社会功能和道德力量始终处在强势地位。80年代的先锋文学和90年代后期的个人化写作，尽管有模仿西方的痕迹，但却是一种对文学本体的呼唤，是中国式的对文学价值的修正，它提醒人们：文学还有另一番天地。网络文学出现之后，当代文学场域得到极大扩充，在价值体系上，中国传统文化焕发新生，引领新一代作家实现文化传承的接续。

上述现象的出现应该说是中国社会变革的有机部分。首先是网络作者这一代人的思想观念发生了巨大变化：他们当中大部分人没读过朦胧诗，不知道中国有哪些文学期刊，不知道当代文学的正统面貌如何，也不关注文学的社会价值；对于传统文学他们似乎是一群外来者，因此对于意识形态也不存在承载与放弃的问题，他们只是听从自身的感受，写出自己内心的需求。其次是他们的生活方式和生存境遇有别于上一代人，他们在阅读动画、漫画，追逐网络游戏中长大，对虚拟世界有特殊的亲近感，在现实中，他们面对的是一个道德约束宽泛、但生存空间紧迫的转型社会。无论是写作还是日常生活，他们不被要求具备上一代作家的思想资源，他们是彻底思想解放的一代人。当然，他们并不麻木，甚至还有很强烈的民族意识，在很多网络军事幻想小说中，未来中国的强大被他们描绘得淋漓尽致。总之，他们想象中的中国和当代文学中描绘的中国并不一样。

第四，网络文学回到文学的起点寻找原创力。大量的网络小说涉及"我是谁？""我在做什么？""我在哪里？""我往何处去？"等生命本体论问题，以及身份认同问题。按照传统价值体系，我们已经不用回答这些问题，但这并不能说明这些问题就已经解决了，现在看来，在我们的现实环境中，这些问题正在卷土重来。

架空和穿越是目前网络小说最常见的表现手法，它的目的是为了回避现实生活中遭遇的困境，用特殊办法解决那些我们当下正在经历而又无法回答、不能解决的问题。网络文学十年盘点当中有两部值得一提的作品：一部是《新宋》，一部是《韦帅望的江湖》，这两部都涉及了重建价值体系的问题。

比较成功的架空历史小说《新宋》是以王安石变法为历史背景展开的故事。如果说大宋是中国历史的一个重要转折点，那么这个转折点最关键的事件就是宋神宗熙宁二年的王安石变法。书中的主人公石越就是在这个时候，跨过了近千年的时光来到了公元1069年的大宋朝。有人将《新宋》同二月河先生的"康乾三部曲"相比较，认为颇得要领，但这无疑会触碰到一个问题：即二月河的作品基本是以历史事实为背景的，而《新宋》显然不符合这个条件。换句话说，《新宋》若与"康乾三部曲"神似，就违背了架空的目的。石越在《新宋》中遭遇各种麻烦，既符合权力场的实际，增加了故事的情节性，也给了他以现代专家身份展现才能的空间。

《韦帅望的江湖》是一部新人作品，在这次盘点当中脱颖而出。小说主人公韦帅望是个懂得用情的小孩，他失去了母亲，却顽强地成长起来。他机智过人，擅长诡辩，顽皮，无赖如蜡笔小新，好色如韦小宝，是一个纯真和成熟兼备的矛盾统一体，而他最显著的个性应该总结为：蔑视、打破和重塑成人世界的规则，唤醒了读者对成长过程中丢失的对纯真的情感的信赖感。这样的人物，集中了当代少年的重要人格特征。

值得关注的是，网络写作与以往的体制外写作，在书写方式和人群结构上发生了重大变化。在北京、上海、广州等大都市，"网络写作"不再业余，涌现出一大批以写作谋生的人，业界称其为网络写手。他们的写作速度和数量都是惊人的,他们依靠文学网站的运作,获得的收入也是传统写作难以想象的。但他们也有自己的苦恼,比如说,这个写作群体被完全纳入商业文化的范畴,成为理论研究与批评的盲区。由于缺少充分的理论研究与文学批评,网络文学至今仍处在"无序"状态,它的海量更新与迅速淘汰,有可能埋没了一批有才华的作者,这也许是当代文学所面临的无奈现实之一。

为何人气旺，却被斥为垃圾

——兼谈网络文学价值体系建构的必要性

目前，我国约有5亿多用户通过在线和无线互联网阅读网络文学，文学网页的日浏览量达20亿人次，可以说这是新世纪以来最重要的文化现象之一。如何对这一现象进行理论阐释，并将其纳入文化体系进行分析和考察，已经是一项急迫的任务。

网络文学从作家创作到作品发布，再到受众阅读，不受地域限制，并且几乎可以同步发生，其传播过程在时间和空间上被压缩为零。值得引起我们重视的是，网络文学为什么能够调动数以百万计，甚至千万计的阅读人群，消费一部在评论界、学术界视野之外的文学作品？而且，这不是个案，恰恰是普遍现象。如果没一个预设的审美机制在发挥作用，这个场面是难以想象的。那么，这个审美机制是如何产生的？其特征又是什么？

网络文学之所以能迅速发展，它适应的是时代而非文学本身，正视网络文学的文化价值，也应该从这个角度入手。由此，我们或许能够找到答案。

从发展轨迹入手，观察网络文学的文化特质

网络文学已经经历了 20 年的发展。由于网络文学与"传统"文学的成长环境不同，观察它的发展趋势，分析它的文本得失，应充分考虑经济社会转型的时代背景，立足国家文化发展战略，并且从新媒体创作的商业化实际出发，逐步建立一套符合网络文学创作规律的评判标准和价值体系。

这 20 年总体上可分为前七、后八、IP 爆发三个时期，前七年为起始阶段和发展阶段，后八年为商业化阶段和多元化阶段。

起始阶段（1998—2000 年）：这个阶段处于网络文学的试验期，主要以原创中短篇小说、情感故事和诗歌、散文等为主。1999 年，台湾痞子蔡长篇小说《第一次的亲密接触》风靡大陆，网络文学初步形成自己的创作特色：草根化和娱乐化。

发展阶段（2001—2004 年）：这个阶段是网络文学的成长期，以 30 万字以下原创长篇小说为主，同时大量作品被搬上网络，网络文学形成规模，成为文学类图书出版关注的焦点。网络作家在线写作成为趋势，但仍然须依靠传统出版业支撑。榕树下、天涯虚拟社区、龙的天空等网站培育出了一批具有代表性的网络作家。起点中文网（2003 年）异军突起后，网络文学商业化格局初露端倪。

商业化阶段（2005—2008 年）：这个阶段是网络文学的爆发期，主要特征有三方面，首先是建立和逐步完善了以文学网站为平台，连接网络作家和网络读者的网络文学收费阅读模式；

其次是博客写作提升了网络写作的整体水平，保持了网络写作的个性化特色；再次是行业（文学网站）的重组和兼并，起点中文网和幻剑书盟在资本的推动下，分别在"在线收费阅读"和"传统出版"两个路径取得进展，形成了一支网络签约作家队伍。

多元化阶段（2009—2013年）：这个阶段网络文学通过资源整合，开始向其他领域延伸，产业链条逐步完备，行业竞争日趋激烈。2010年移动阅读基地的建立，为网络文学提供了无线互联网平台，手机阅读成为最大的客户端，产业化发展也获得成长空间。2011年出现影视改编高潮，数十部网络文学作品被成功搬上银幕、荧屏和话剧舞台，网络文学在民众中影响力急剧攀升。2013年，标志性事件集中出现：首先是政府高度重视网络文学，本年度中国作协吸收了16位网络作家入会，第七次全国青年作家创作会议，共有19位网络作家作为代表出席；其次是网络文学内部出现结构重组，起点中文网主要团队出走，与腾讯合作新建"创世中文网"，不久，"腾讯文学"高调亮相，宣告网络文学成为腾讯的核心业务；再次是具有行业优势的网站瞄准网络文学，百度和凤凰网分别创建自己的文学网站，百度在建立百度多酷之后，还计划并购纵横中文网，大举进军网络文学领域。

IP爆发阶段（2014至今）：网络文学作为泛娱乐的发端，得到资本的进一步关注。IP概念形成，IP全产业链被打通，网络文学的IP开发逐渐走向正轨。IP开发由此走向以网络文学为创意源头，整个网络文艺领域联手合作共同打造相关文化产品的全产业链模式。2017年网络文学产值达127亿，数字出版产业总产值达 5000 亿。网络文学出现扁平化现象，题材涉及众多领域，但缺乏深度；表现形式多样化，但以幻想为主流。

从特点入手，分析网络文学的艺术特征和表现形式

自 90 年代初开始，文学的社会功能就已出现转换的迹象，网络文学兴起之后，由于平台的开放性，转换提速，具体表现为：以娱乐影响读者，而不再是以教育感染或灌输读者。相应的，文学的审美尺度也开始变换：以大众审美为基础，强调读写平等，以消费主义意识形态替代经典审美习惯。与上述密不可分的是文本形式和表现方式，其标新立异的形态远远超越了传统文学的范畴，大致可以描述为：以类型化为基本标志，向不同领域推进；以读写互动为基础模式，探索文学写作的商业化路径。简而言之，网络文学的迅速崛起使当下文学出现了丰富、多元、混杂的局面，还因其广泛地呈现社会生活内容，拓宽了文学的边界，放大了视野，因此难以简单划一的设定评判标准，难以用惯常的理论体系进行概括。

同时，我们也必须注意到，网络文学的商业化发展是否构成"硬伤"，不同创作形态作家之间能否形成价值认同区域。

业界对新媒体写作一直存在这样的疑问：商业化的文学有可能产生精品吗？这的确是个不可忽视的问题，应该加以认真研究，仔细分析。

我个人认为，至少可以从三个方面看待这个问题，其一，商业化和唯商业化是两个不同的概念，文学作为一种特殊产品，本身具有商业功能，文学创作者必须有相应的物质回报，才能得以继续创作。但是，网络文学的唯商业化现象相当严重，如大量兑水、重复、抄袭等，都对网络文学的价值提升形成了制约。其二，主流文学界对新媒体创作不够了解，缺乏耐心，一部分人还因为商业化对网络文学全盘否定，指其为垃圾。其三，网络作家缺少精品意识和自我修整能力，一切向"点击率"看齐是不争的事实。这就导致不同创作形态作家之间产生误解，甚至出现对抗情绪，因而看不见双方之间有可能存在的价值认同区域。我们必须看到，就现实而言，网络文学商业化并非一无是处，它至少使一部分网络写作者得到了社会认同。更重要的是，它适应时代发展，建立了新的作家培育、成长机制。这一点恰恰与国家文化发展战略有所呼应，是未来的大势所趋。

从社会属性出发，探讨网络文学的文化价值

网络文学的蓬勃发展源于它的大众性，它使中国当代文学从20世纪80年代初到今天，走出了一条"V"字形的发展之路。30年前，文学阅读的大众性，令我们至今对所谓文学黄金岁月仍然保有清晰的记忆，但其动力是思想的解放。随后，文学逐渐精英化，应该说文学的精英化本身并没什么问题，问题在于我们缺乏本土文化的积淀和艺术形式的积累，因而无力走出一条自己的文学之路。式微的当代文学恰在此时遭遇到了网络文学的冲击。

网络文学在某种意义上被称为全民写作、全民阅读，使文学重新回到大众之中，但此时的大众性最大的特征乃是去意识形态化、娱乐、消遣、休闲，成为阅读的重要特征，显然，表面看来

回归大众的网络文学,其社会属性与 30 年前发生了巨大变化。相对而言,网络文学更具有文化的普适性,与世界主流文化的发展形态更加接近。

从审美取向入手,分析当代文学文化内涵的变化

文化领域精英化与大众化的论争之所以借助网络文学再次浮出,首先是由于社会情境的巨大变迁。原有启蒙语境的瓦解,使知识强力话语失去了优势,文学启蒙主题与精英话语叙事的独立合法性已经面临难以成立的危机。在此情境下,文学必须借助于另一个支撑点,对自身的价值做出新的解释。在它无法建立宏大叙事与巨人式的启蒙思想主体,同时也无法依附于旧式政治理念的处境下,它必须寻找到自己的表达方式,搭建自己的新的审美构架。这时候,作为民众个性与自由的载体的大众化和民间化,已经成为与"精英文化"相对应的时空概念。而某种意义上,网络文学正好承载着"大众"的历史性含义,其进一步的开掘与拓展,顺应了新时期文化发展的大趋势。

对于文学审美活动,已经产生的各种理论体系,足够我们在日常阅读中使用,但在类型文学迅猛发展的今天,传统的审美标准面对这一"大众"文本时遇到了阻碍,很多备受读者欢迎、人气很旺的网络文学作品,被指斥为垃圾。这种事情的发生究竟是怎么回事?又是谁对谁错呢?我以为,是审美取向在其中发挥了作用。这就和老人消受不了摇滚,小青年欣赏不了戏曲是一个道理。具体说来,是由于两种文本的阅读心情、阅读环境和阅读目的的不同,引发了审美取向偏差。从社会心理学的角度看,类型文学的阅读较之纯文学，其行为方式发生了巨大的变化，社会角色的转换、心理的改变，导致读者对文学作品的解读更多的是出于娱乐的态度。阅读对文本的反作用使类型文学的审美更加趋于娱乐性，朝着大众化的方向发展。

发表于《博览群书》2014年第2期

从排行榜看网络文学流变

在我国网络文学近 20 年的发展过程中有几个重要节点不能忽视,它们的出现标志着网络文学逐步由草根化向主流化的方向演变。2008 年,中国作家协会中国作家出版集团和中文在线联合做过一次网络文学 10 年盘点;2015 年和 2016 年,中国作协网络文学委员会和中国作家网共同推出了中国网络文学排行榜。在这两个总结中,可以观察到网络文学近 20 年来的流变过程,并由此进一步探索网络文学经典化的可能性。

东方文化、中国概念是衍变发展的主线

最开始,网络文学主要是文学爱好者的网络冲浪,今何在、李寻欢和邢育森等在网上发表的主要是中短篇小说,却在网上红极一时、影响广泛。2010 年之后,移动阅读风靡一时,超长篇小说逐渐成为网络文学主流。

东方文化、中国概念始终是我国网络文学衍变发展的一条主线,大量作品都有明显脱胎于中国古典文学的痕迹。这些作品在网络文学发展中有重要影响力,应该说是网络文学的主流。所不

同的是，随着读者的细分，近年来的网络小说在类型划分上越来越细，出现了多种被称之为"流""文""派"的数十种小类型，比如中国古代科技发明创造、中医药文化、古代饮食文化、文物书画鉴赏均以故事的形式在网络文学中得以重现，提供给了读者丰富的阅读选择。

内容创新是互联网文化产业链最核心的环节

内容创新依旧是互联网文化产业链最核心的环节，其根本是作品的生命力和文化价值。只有不断创新、提升品质，网络文学才能坐稳互联网文化产业链上游这把交椅。就目前的情况看，网络文学 IP 暴热现象可以说是喜忧参半，一方面它的确给网文作者带来了较之从前成倍增长的收益，也为文学网站开辟出了一条崭新的前景光明的道路；另一方面，一哄而上、只顾眼前的商业趋利行为，导致网络文学同质化现象蔓延，大量作品跟风、雷同，缺乏新意。

自 2014 年以来，现实题材网络小说出现了明显的回归迹象，洋溢着生活和时代气息的优秀作品不断涌现，"中国网络文学排行榜"及时反映了这一变化。与传统纸媒小说所不同的是，网络小说对现实的书写分为两大类，一类是具有明显职业写作特征的技术流，另一类虚实相间的意识流则是以人文精神联通现实中的虚拟世界，其他关注现实的作品也受到读者热捧。从"中国网络文学排行榜"中可以看到，近年来的幻想类小说开始接地气了，不再一味靠"打怪升级"吸引眼球，而是将现代科技和传统文化结合起来，为幻想找到了思想的底座。另外，生活流也成为网络文学关注现实的辅助手段，如美食文和医学流等新的作品类型都受到了不同程度的关注。

时代发展推进网络文学的主流化

从发展的角度看，网络文学的主流化不仅是网络文学自身的需求，也是时代的需求和历史的必然，是当代文学发展的大势所趋。提倡网络文学主流化并不是要求网络文学完全按照传统文学的路子走，而是说既葆有网文特色又面向"现实"的创作精神，才是网络文学长远发展的正道。当然也必须看到，网络文学的传播方式和存续形式仍然在不断变换和升级，从在线写作到新媒体传播，从数字出版到IP运营，从作品内容到表现形式再到审美标准也处在变化之中。

总而言之，随着互联网科技日新月异，读者趣味不断翻新，新的作品形态层出不穷，凡此种种均给我们探寻网络文学的创作规律带来了一定难度。但正因如此，理论研究和文学批评必须深入到网络文学内部，构建新的理论体系和批评话语，充分揭示网络文学作品中题材选择、艺术语言、表现手法、文化视野以及价值体系等方面存在的问题，同时对网络文学作品中具有时代特征的新的文学元素，予以积极推广和鼓励。从这一点上说，"中国网络文学排行榜"既有象征意义，也有实际作用，可谓是任重道远、不可或缺。

发表于《人民日报海外版》2017年3月22日

当网络文学遭遇泛娱乐

网络文学成为 IP 产业热点

截止到 2017 年底，中国网络文学用户规模已达到 3.68 亿，占网民总体的 45.6%。国内各类原创文学网站作品总量累计达 1630 万部。以 IP 为核心的互联网文化业态，自 2015 年起将中国网络文学导入 2.0 时代，其速度之迅猛，变化之剧烈，足以证明文学的社会性不只体现在对公共精神领域的探索，对商业价值的发掘同样深刻而全面。由于中国网络文学产生的广泛影响，21 世纪的文化多样性被鲜明地打上了互联网的烙印。

作为 IP 源头，网络文学本身凝聚了内容价值、粉丝价值、营销价值。此前，网络文学 IP 价值主要建立在版权销售上。以数字付费阅读为基础，确保实现作家直接分成收益的同时，进行版权延伸拓展。而当网络文学放大到全民阅读，原有的版权运作机制也很难实现对全类型作品的覆盖。业界提出全新的泛娱乐 IP 开发策略，将以制作方、投资方、运营方三种或以上的多重形态、角色深度介入"全产业运作"，打造作家品牌和超级 IP。

随着资本的大量流入，IP 产业链上下游的结构正在发生变化。

以前的产业链是分裂的，同一个 IP 可能售卖给不同团队进行 IP 开发。但现在，全版权概念盛行，版权方控制品牌定位，引入不同的投资方和制作团队共同开发。无论是最上游的网文大神还是最终的渠道，都希望参与投资分享红利，分担风险。原来各方简单的交易结算关系变得复杂。于是，IP 开发已经由独乐乐时代进入了众乐乐时代。整个产业链一荣俱荣，一损俱损。以月关的小说《锦衣夜行》改编为例，可以发现 IP 实现了交叉联动，华策在拍摄初期就引进游戏方，植入广告方、互动节目方，同步开发大电影，整个 IP 共配套一部页游、两部手游、三部电影，还设计了现代剧情的网剧作为番外篇，作为前置性同步开发产品，由此可见，IP 开发模式是在市场的不断磨合中更新变化的。

IP 的成功转化和网络文学的兴盛是相辅相成的关系，双方相互作用，相互借力。从根本上说，IP 不是靠打造出来的，优质 IP 需要长期孕育，包括读者热度的积累、口碑的积淀、有效的传播，以及阅读市场的培育与发展等，才能瓜熟蒂落。2016 年影视同步上映、网台联动播出的《微微一笑很倾城》（原著作者：顾漫）给网文转化 IP 产品的全媒体、全产业链开发提供了有效范本。

IP 效应，影视剧一马当先

2017 年上半年由网文转化的影视 IP 出现了《三生三世十里桃花》（原著作者：唐七公子）、《楚乔传》（原著作者：潇湘冬儿）和《欢乐颂 2》（原著作者：阿耐）三部女频爆款，以及经典男频小说改编的《择天记》（原著作者：猫腻），这四部剧中前三部有一个突出特点是，主演都是当红小花，俊男美女的组合，自带粉丝效应。《欢乐颂2》反映了当代都市生活中带有话题性的若干问题，再次证明了女性题材在影视剧中具有天然的优势。

然而，2017上半年的IP改编情况并不理想，剧版改动较大，《择天记》原著粉丝不买账，新观众又无法理解原著相关的一些设定，导致《择天记》的总体评价不高。《三生三世十里桃花》和《楚乔传》虽然各有优点，但这两部原著都在播出后陷入了抄袭争议，网友们认为，网文影视化以后，比起原著小说，更有传播度，所以制作方应向观众负责，在进行改编之前应先妥善调查清楚作品是否"清白"。同时，观众吐槽奇幻古装剧中的劣质特效，以及部分流量演员的不及格演技，虽然这几部IP剧宣传时声势浩大，且拥有大量读者粉丝，但播出后还是被《人民的名义》《大秦帝国》这些原创剧碾压。

2017年下半年，几乎感染了一代人的网文经典之作《悟空传》（原著作者：今何在）终于成功转化成影视IP，从文本角度看，《悟空传》的确是一部难得的佳作，粉丝热度毋庸置疑，由于其故事核心空灵，视觉改编难度很大，尽管演员表演和特技场面颇费心思，但铁粉们不买账，最有代表性的观点是：不是有孙悟空，有几句《悟空传》的台词，就可以叫作《悟空传》电影。今何在的另一部同名小说《九州·海上牧云记》改编的电视剧于11月21日在爱奇艺、优酷、腾讯视频三大平台同步播出。该剧凭借恢宏的实景拍摄、精致的服化道获得一致好评，在开播两天内迅速冲上骨朵网络影视排行榜日榜第一，势头强劲。

《醉玲珑》（原著作者：十四夜）是一部着力反套路和求颠覆的电视剧，无论故事情节之类的内核，还是服饰场景之类的外壳，都迥异于时下同类题材的国产影视剧，在千篇一律的古装剧中堪称独树一帜。不过由于对人物设定的改编幅度较大，原著小说中孤傲的夜天凌在陈伟霆的演绎下有了邪魅不羁的一面，冷清的凤卿尘在刘诗诗的诠释下也流露出活泼灵动的一面，而善恶莫辨如夜天湛，在徐海乔的塑造下也先后露出了野心腹黑和温润如玉的对立双面。这样的设定变更，可能使人物性格更加充实饱满，但也存在人物设定崩塌的风险。

相对而言，2017下半年的影视IP反而是网络剧更有亮点，尤其是以《河神》和《无罪之证》（原著作者：紫金陈）为代表的悬疑剧。同样是网络大神天下霸唱的作品，《河神》原著却并不像《鬼吹灯》系列那么出名，但是网剧版的河神却比之前几部鬼吹灯的影视剧更获好评。7月3日，网络剧《鬼吹灯之牧野诡事》在爱奇艺首播，其番外网络电影《牧野诡事之金豹子》12月3日在爱奇艺上线播出，也产生了一定的影响。

网剧版的《无证之罪》一经播出，颇受好评，改编最精彩的一点在于，网剧将故事背景从南方换到了寒冷的北方，整部剧呈现出阴暗、冷硬的画风，与整部剧压抑的氛围相呼应。和其他的悬疑剧相比，《无证之罪》更注重对社会现实和人性的拷问，让人深思。《双世宠妃》（原著作者：梵缺）作为一部低成本的古装穿越玛丽苏魔幻网络剧，既没有流量明星站队，又无花式宣传，却在开播第二天就登上了网络剧榜首，其搜索量也一直呈上升趋势。《双世宠妃》在剧情中引用了不少经典的影视桥段，这使得剧情的质量有了一定的保证，同时也让观众们回想起幼时的经历，拉近双方距离。可以说，《双世宠妃》对于自身和观众的定位拿捏得非常精确。有一个插曲顺便说一下，《楚乔传》大火，腾讯作为该剧的一个网络播放视频平台，趁热打铁，推出《楚乔传》男配"月七"为主角的大女主古装剧《双世宠妃》，这样一来，凭借着"月七"，《楚乔传》的观众和粉丝就被顺势导流到了《双世宠妃》。这似乎是刻意形成的巧合，但效果相当出色。

随着IP热的起起伏伏，影视公司和投资者普遍认为，拥有大量原著粉丝和较高知名度的IP可以节约营销成本，风险小，回报高，因而具有较高的投资价值。这导致IP交易价格飞涨，原作者的身价也随之水涨船高，一些"超级IP"项目被炒至千万级别，个别作家的作品甚至还未写完就已经被预订。另一方面，不少业内人士和专家则对于IP市场的火爆忧心忡忡，IP市场泡沫论、IP枯竭说等唱衰IP的声音也不绝于耳。尽管如此，2017年，由网文转化的影视IP不断传出新动态，根据骁骑校作品《橙红年代》改编的同名电视剧、天下归元作品《凰权》改编的电视剧《凰权·弈天下》、《扶摇皇后》改编的电视剧《扶摇》、流潋紫作品《后宫·如懿传》改编的电视剧《如懿传》、小狐濡尾作品《南方有乔木》改编的同名电视剧，以及被誉为"2018年最值得期待漫改轻科幻爱情喜剧"《限定24小时》均已杀青，在媒体的关注下未播先热。由著名电影导演冯小刚首次担任监制的网络剧《剑王朝》（原著作者：无罪），以及《九州缥缈录》《你和我的倾城时光》《将夜》《庆余年》《爱情的开关》《时间都知道》《芸汐传》《斗破苍穹》《全职高手》《全职法师》《星辰变》《我欲封天》《黄金瞳》《美食供应商》等数十部网文改编的影视剧正在积极投拍过程中。

网文游戏动漫三位一体

网络文学用户对于玄幻奇幻、仙侠武侠类作品的青睐由来已久,曾经的金庸、古龙撑起了国内游戏、影视剧的半边天。反观当下,借助互联网这一便捷的平台,优秀作家更如雨后春笋般出现,辰东、天蚕土豆、猫腻、我吃西红柿、唐家三少、南派三叔、天下霸唱、忘语等等不胜枚举。玄幻奇幻、仙侠武侠类的文学作品,一方面受众广泛,无论是转化过来的用户还是仅冲游戏本身而来的用户已经具有相当的规模;另一方面,就本身游戏改编而言,这类作品具有先天优势,其人物设定、故事架构、世界观等都更符合游戏中带有冲突和对抗的特性,改编游戏毫无"违和感"。

2016年下半年至今,网文IP在游戏、动漫等其他领域斩获颇丰,推出了一批精品力作,为网络文学的转化质量提升提供了新的路径。

游戏一直以来都是IP变现的重要渠道,一个优质IP能够帮助游戏在初期导入大量用户,进而节约推广费用,因此IP成为众多游戏厂家追逐的对象。2017年,中国IP游戏收入达200亿以上,IP移动游戏在中国移动游戏总市场的占比均在六成以上。根据蝴蝶蓝、猫腻、无罪、风青阳同名小说改编的手游《全职高手》《择天记》《剑王朝》《吞天记》于今年先后上线,受到粉丝的广泛关注,在APP STORE上名列前茅。其他如《一念永恒》《绝世唐门》《全职法师》《圣武星辰》等数十部作品也正处于游戏开发制作中。

回顾2017,手游市场上诞生了一款现象级的IP:《王者荣耀》。目前《王者荣耀》DAU峰值已经突破8000万,从3月起收入持续位居全球IOS手游收入榜榜首。《王者荣耀》成为国民级游戏得益于游戏的优秀品质和腾讯的渠道能力。而在2017年6月，腾讯视频发布了《〈王者荣耀〉明星实景竞技真人秀》，使《王者荣耀》成为国内游戏改编综艺领域"第一个吃螃蟹的人"。因此，未来在IP领域的一大变化是，游戏本身作为一个IP，开始对影视、动漫、综艺等娱乐形式进行反向输出，探寻游戏IP产业链开发的更多可能性。

网络文学优质IP打造动漫精品具有天然优势，如《全职高手第一季》、《斗破苍穹第一季·特别篇》、《择天记》（第二、三季）、《全职法师》（第一、二季）、《国民老公带回家》（第一、二、三季）、《妖神记》等共计10余部，取得了不俗的市场反响。其中动画作品《择天记》（第二、三季）开创了付费观看的先河；《斗破苍穹》的点击突破10亿，打破国内最高3D动画收视纪录；《全职高手第一季》由陈坤担任总监制点击突破10亿，实现跨次元营销成功案例。截止到2017年11月底，仅阅文集团就已经为国漫创造了近40亿点击的市场份额。与此同时，备受期待的《全职高手》（特别篇及第二季）、《斗破苍穹第二季》、《星辰变》、《武动乾坤》、《崩坏星河》等近20个重磅IP动漫项目已陆续启动，将继续为国漫迷们送上高水准的国漫精品。

另一点值得关注的是国产动漫IP认可度不断提升。根据iVideo Tracker公布的"2017年6月动画排行榜TOP10"里，国产动画排在第6到第10位，分别为《画江湖之杯莫停》《全职高手》《秦时明月之君临天下》《十万个冷笑话第三季》和《天行九歌》。

目前的网络文学虽然总量还在上升，但内容创新也面临很大的压力，有一个现象值得重视。互联网用户群当中二次元用户逐年攀升，2016年初已达到2.19亿，预计到2018年将达到3.8亿。

动画是二次元产业中的核心领域之一，良好的用户基础为国产动画的发展提供了契机，粉丝经济的价值不可估量，未来国产动画市场前景广阔。市场变化将大力推动网络文学的创新与变革，预计二次元类作品会在未来两三年之内迎来一个爆发性的增长期。

二次元最早始于日本动画、游戏作品，因其画面是平面二维空间，因此被称为二次元。二次元类作品根据二次元概念衍生而来，是针对二维空间而创作出的一种文学作品形式，主要类型包括：动漫、穿越、游戏、同人、校园、科幻、奇幻等。这类作品想象力强，作者通过对现实的场景和人物进行加工，创造出别具一格的画面，给人较强的冲击力。

二次元类作品最主要的特征是"虚拟人物"，即作品的人物来自于漫画、动画，并非现实中的人物，类似于传统小说中的"田螺姑娘"，而将漫画、动画中的故事写成小说又符合"同人小说"的概念。

同人小说是近几年比较流行的一种文学类型，利用原有的漫画、动画、小说、影视作品中的人物角色、故事情节或背景设定等元素进行的二次创作小说。近年来，伴随体育人物、娱乐人物、政治人物等社会人物的高密集度曝光，"同人小说"当中的真人同人小说也逐渐兴起。

不难看出，网文游戏动漫的联动是基于互联网用户流量"互借"所产生的效应，在网二代（一般指"95后"）成为消费主要人群之后，伴随二次元文化的兴起，这一现象将成倍数增长。

IP概念向产业纵深发展

网络文学持续发展，催生了各类孵化IP产业平台的诞生，阅文集团、中文在线、网易云阅读、阿里文娱、爱奇艺文学等已在这个领域形成竞争之势，但在运行形态上各有不同。阅文集团主推IP合伙人制，从源头介入IP开发过程，联合产业内合作伙伴，提升IP价值；中文在线则致力于超级IP孵化战略；网易云阅读主攻以文学IP为源头的影视、动漫、游戏等全版权生态战略；阿里文娱通过阿里文学提供创意和网文IP，由阿里影视以及投资的几大影视制作公司参与孵化；掌阅科技从2017年开始积极调整产业链，计划从网络剧进军IP产业；百度文学被完美世界重新收购后也开始发力IP孵化，推出了网络剧、游戏作品。值得一提的是，晋江文学城的做法是坚持网文品种"多元共存""百花齐放、百家争鸣""给小众题材以生存空间"的原则，给作者提供良好的土壤。而在IP类型化方面黑岩网的摸索也取得不俗的成绩，他们倾力打造国内最大的悬疑类网络文学平台，成为"90后"的主流阅读审美时尚。

然而，IP的质量把控在现实运用中存在一定障碍。一方面，IP严重同质化的问题。例如，网文IP本身因具有高度商业化特点，不免出现情节雷同、撞梗、融梗等问题。而制作公司购买IP时，也多集中在言情、仙侠、宫斗、青春等几种题材，造成同一类型的剧集过于集中，市场趋于饱和。在IP后期的开发运营过程中，同一网文的剧版、影版、网络版改编相继上线，也将原有IP过分消耗，导致整个行业似乎陷入一个"IP同质化困境"。

业内人士认为评估IP项目主要有三方面：一看故事形态是

否适合改编成影视作品；二看网络阅读热度与影视观众热度能否产生关联；三看影视制作的可行性，成本是很重要的部分。也就是说，所有的 IP 只是一个起点，如果一个网文在网络上很多人喜欢，说明它经过了大众的选择，提供给投资人相对稳定的数据依靠，但一个 IP 项目能否成立，不光靠钱，也不光靠粉丝数量，为人所不知的制作环节在很大程度上决定了它的命运。一般来说，评判网文能否成为合格 IP 的标准有五点：第一是题材是否有趣；第二是人物设定是否新鲜；第三是情感关系是否强烈，能否打动人心；第四是是否有独特的风格和很强的辨识度；第五是作品是否有好的世界观设定，能否给大家提供一种新的看待世界的方式。

发表于《文学报》2018 年 1 月 3 日

趋向

网开一面看文学

网络作家：新生代的生力军

网络文学发端于草根，最初只是一种自娱自乐的创作形式，创作者因不具有深厚的文学功底而处于文坛的边缘状态。20年来，在互联网技术日新月异，用户覆盖率快速增长的基础上，百万作者和数亿读者构建起了新型读写关系模式，网络文学因此找到了生存之本和发展之路。在经历了艰难的自我塑造之后，网络文学确立了以大众文化形态为主体的社会价值认同体系，形成了以作品知识产权开发为驱动的新型文化产业链。如今，网络文学不仅成为当代文学主流的重要组成部分，而且为新时代文学开辟了新的空间。网络作家也由此登堂入室，成为新时代作家群体中一支引人瞩目的生力军。

网络作家关注现实

目前，网络作家群体中70%是年龄在40岁以下的青年，"80后""90后"是这支队伍的主体，作为典型的网生代，他们在创作上最具活力和创造力，敢于大胆探索和尝试，脑洞大开、不拘形式，因而催生了当前丰富多元的网络文学生态。

一代有一代之文学，这是一个常说的话题，用在网络作家身上十分贴切。但对于网络作家而言，他们的代际与传统作家又有很大不同，某种程度上，他们的迭代不仅跟年龄有关，也跟互联网技术快速发展，传播方式的变化密不可分。2010年我国网络进入3G时代，手机阅读市场迅速崛起，网络文学内容逐步向移动阅读方向发展。2014年开启4G时代，网络视频大潮涌动奔袭而来，网络文学迎来了以内容为核心的IP时代。

网络作家正是在这样千变万化的环境中锻炼成长的，凭借一本书吃一辈子的现象在网络文学领域根本不存在，努力创新与不断更新，是网络作家得以立足的两大法宝，知名网络作家唐家三少十五年从未停更，在读者中树立了良好的形象和口碑。关注现实生活，深入扎根人民是时代对网络作家提出的要求，也是网络作家成长过程中必须补上的一课。由唐家三少同名小说改编的电视剧《为了你我愿意热爱整个世界》播出之后，在网文圈引发热议，一批以玄幻、历史题材著称的网络作家梦入神机、酒徒、忘语等都先后涉足现实题材创作。

近几年，现实题材作品已经成为网络文学的一个亮点。阿耐的《欢乐颂》关注都市女性心灵成长和社会问题；齐橙的《大国重工》聚焦我国冶金、矿山、电力和海工等重型装备领域的发展壮大；小狐濡尾的《南方有乔木》书写无人飞行器领域的故事，卓牧闲的《朝阳警事》讲述一个片儿警在群众帮助下屡破大案的成长经历。其他如舞清影521的《明月度关山》，乔雅的《心照日月》，唐欣恬的《恩将求抱》，蒋离子的《糖婚》，清扬婉兮的《全职妈妈向前冲》，尼卡的《忽而至夏》，冷秋语的《眼科医师》，牛莹的《投行风云》，吉祥夜的《听说你喜欢我》等作品从不同层面反映了时代留给这一代人的青春记忆，以及他们对社会现实问题做出的积极回应。从虚拟的现场感走向正面强攻的现实感，从脑洞大开到面向社会核心问题，乃是网络作家在新时代对自己做出的挑战。

保驾护航新人辈出

从籍籍无名到声名鹊起，再到蔚为大观，网络文学经历了艰难的跋涉过程，这是多方合力形成的局面。第一，政府部门对网络文学高度重视，扶持、引导和管理趋于常态化，全国有26个省市建立了网络文学组织机构，创作环境得到极大改善。第二，文学网站对政策的理解和对网文的鉴赏力显著提高，进而对作者的创作引导更加明确。第三，网络作家积累了丰富的写作经验，对创作有了更高的期许和追求。第四，网络文学产业化发展前景光明，道路宽敞，出现了跨文化、跨区域长足发展的历史机遇。第五，学术研究和理论批评逐渐成为网络文学发展的重要抓手，网络文学的经典化有了自己的加油站。

网络文学的活力在于大浪淘沙，不断有新人加入这一行列。如今，一群2010年前后开始从事网络文学创作、年龄在30岁以下的作者，逐渐在各大文学网站崭露头角。这批作者是在网络文学发展相对稳定的环境下成长起来的，对网文的理解和认识有别于早期网络作者，因此他们的写作起点普遍较高。这批年轻的网络作家不禁感叹，自己赶上了最好的时机，网络文学已经从边缘化进入主流，人们不再把网络作家当着另类看待，网络作家中还出现了全国人大代表和全国政协委员，并且进入中国作协主席团的名单。

起点中文网作者叶非夜、苏小暖和会说话的肘子，17K小说网作者风青阳、高冷的沐小婧和莳莳，晋江文学城作者板栗子、三水小草和月下蝶影，掌阅文学作者洛城东、姜小牙，纵横中文网作者烈焰滔滔、时阅文学网作者木子喵喵、风蝉和战贤光磊等是这一时期成千上万成长起来的新生代网络作家的代表。叶非夜的《国民老公带回家》，苏小暖的《一世倾城》，会说话的肘子的《大王饶命》，语言风趣幽默，表现手法新颖独特，在读者中产生强烈反响。其他作者如宅猪、净无痕、米西亚、豆丁丁、连玦、荔箫、笑佳人、长洱、平凡魔术师、豆子很忙也都表现不俗。他们每天都要花费五六个小时用于创作或者准备工作，收集各种资料，阅读大量书籍和专业材料，关注社会热点话题，认真分析研究读者评论。

晋江文学城"90后"女作者疯丢子的作品网络特征鲜明，同时追求一定的深度，她创作的抗日题材小说《战起1938》《百年家书》得到专家的广泛好评，都市科幻小说《生化,星际外援》和《同学两亿岁》也在读者中产生了很大反响，后者由徐静蕾监制改编成网络剧，展现了新一代网络作家丰富的想象力，以及大胆将幻想与现实世界融合起来的独特表现手法。

文学网站肩负使命

新人的成长就像种子发芽一样，需要一个良好环境，除了社会大环境的改善，文学网站的小环境对他们来说也很重要。目前大约有重点文学网站六七十家，分布在全国各地，北京、上海、浙江、江苏和广东占据了90%的份额，一站多点，突出重点，加强合作，强化第三方渠道逐渐成为业内的共识。

2012年以来，除了老资格的文学网站如起点中文网、17K小说网、晋江文学城、纵横中文网等继续开疆拓土之外，一批具有雄厚实力的新的文学网站如掌阅文学、阿里文学、咪咕文学、爱奇艺文学、吾里文学等，在IP开发、新人培育方面走在了前列。在新一轮竞争中，不同类型的文学网站纷纷深度发掘资源，以个性化为突破口找到自己的成长空间。一是在网站的类型化细分方面努力开拓，二是在维护特定读者群方面不断探寻。比如侧重出版的雁北堂，侧重悬疑的黑岩网中文网、磨铁中文网，侧重"90后"的凌云文学网，侧重武侠幻想的传奇中文网，比较稳扎稳打注重实效的创别书城，开拓二次元的不可能的世界，以及魔情中文网、断天小说网、阅书中文网、时代中文网等网站陆续进入网文主阵地。网文一直有跟风现象，样式固化是一大弊端，形式上的不断创新，类型化的深度开掘，为网络文学产生了新的能量，为网络作家的成长提供广阔舞台。

当然文学网站还有更重要的使命，那就是帮助网络作家提升作品的思想境界和审美趣味，这是更长远更持久的任务，唯有在这方面努力进取，才能为网络文学的繁荣发展打下坚实基础。

发表于《人民日报海外版》2018年9月12日

网络文学的传承与变革

目前，全国文学网站签约作者的人数已突破250万，每年产生原创长篇小说约10万部；文学网站日更新字数突破1.5亿汉字；总共有4.6亿读者通过互联网和手机、平板电脑等浏览文学网页，日浏览总量超过20亿人次。从创作队伍来看，一大批网络青年作者在网络创作中脱颖而出，产生了很大影响，已经成为我国文学大军中一支不可忽视的力量。

从创作人群来看，网络文学具有以下几个特点：首先，80%为40岁以下的年轻人，"85后"是主力军，"90后"是后备军，这说明网络文学培育了中国文学的继承者，没有出现断代。其次，写作者分布广泛、遍及全国，其主体（约80%）生活在二三线城市，这和其他领域人才的分布状况显然很不一样，它将是中国文学在未来保持旺盛发展的动力和基础。再次，年轻一代海外华文作者多数活跃在网络而非传统媒体，他们的作品具有明显的跨文化写作特征，很有可能开辟中国文学走向世界新的路径。最后，网络写作中的佼佼者，80%为具有大学以上学历的非文科专业人士，作者结构的多元化将为文学产生新的造血功能。更更要的是，网络文学的主流创作人群是国家体制改革走向纵深的产物，是思想多元化的产物,是文学回归民间的产物,他们以经济独立、人格独立、思想独立,展现了新一代写作群体的形象。

20年来,网络上产生了一批有重要影响的作品,如今何在的《悟空传》,辰东的《遮天》,萧鼎的《诛仙》,燕垒生的《天行健》,以及猫腻的《庆余年》,梦入神机的《佛本是道》等,它们都有明显脱胎于中国古典文学的痕迹。《悟空传》直接取材于《西游记》,《遮天》中塑造的古皇大帝形象多源自中国古代影响后世的帝王。奇幻小说《诛仙》和《天行健》运用西方奇幻手法描述异类空间和冷兵器时代的战争,同样结合了大量东方神话元素。穿越小说《庆余年》显示出作者对古代白话小说、诗词歌赋的浓厚兴趣,甚至将《石头记》的全文搬到了虚拟空间的某一点。仙侠神话小说《佛本是道》受到《封神演义》的影响,糅合了中国古代大量的神怪故事,描绘出一个独特、完整的庞大的仙佛世界系统。《后宫甄嬛传》《步步惊心》《琅琊榜》《随波逐流之一代军师》《扶摇皇后》《失恋33天》《花千骨》《芈月传》《欢乐颂》等一批女性网络文学作品大大拓宽了传统女性写作的路径。可以说,绝大多数网络文学的精神内核是东方化的、中国式的,显然,网络作家们试图在古老的文化传承中找到自己的精神源头。

"网络文学"具有横向发展的特征

时代造就了人的生存方式,也造就了人感知生活的方式。网络作家在现实生活中有着各种各样的身份与职业,而且绝大多数与文学无关,他们的知识结构与身份背景千差万别,他们的创作因此有着别样的风情与广阔的视野。网络文学往往以颠覆经典文本的面貌出现，在写作中以轻松、嘲讽的气氛取胜，与传统文学正儿八经地叙事、抒情，神与貌皆相去甚远。这就要求我们以全新认知面对这一文学形态。网络文学最鲜明的特征是"写作"与"生存"的共生状态，或者"第一生存"体验对于"写作"呈现了最直接的意义，这与目前主流文坛的写作方式有很大不同，他们是"在生存中写作"，而目前文坛存在的职业性作家文学则在很大的意义上是"在写作中生存"。网络写作对于那些已经在传统媒体上占有一席之地的作家和作者，或许并不十分重要，但对于刚刚踏上写作之路的文学爱好者和业余作者来说，却是一片神圣的领域，他们在这里耕耘、播种，当然希望获得相应的收获。在这个意义上讲，网络写作给相当一批人带来了生活的乐趣和追求的方向。这个原动力其实是文学最珍贵的价值之一，也是网络文学横向发展的力量之源。

　　文学不仅要表现民族精神和时代精神的高度，而且要与世界其他文明进行横向联系，"网络文学"在这方面显然是有优势的，它的时代特征非常明显：有自由、宽容、真实、平等的原则；有宽阔无比的向别人学习、向自我挑战的空间；有无拘无束、充分表达的民主权利。网络小说《悟空传》是个较为典型的例子。小说的写作灵感源于古典名著《西游记》和现代港片《大话西游》。作者借用了前者的人物关系、渊源，提取了后者的叙事方式、语言，以古代西游人物演绎现代西游情节，表现现代人的思维模式和观念。以《悟空传》为题目有两重含义：第一可以解释为"关于孙悟空的传记"；第二是概括了作品的思想内涵，即"感悟虚空"。

　　《悟空传》将原著人物形象作了很好的时空转换，让古典名著里一心朝佛的取经师徒脱胎换骨，变成了有爱有恨、有欲有求、有苦有痛的"人",巧妙地诠释了现代人的精神世界,用冷冷的幽默勾得我们笑、深思、被感动。一篇网上评论说:"我们生活在没有英雄的时代,一切神佛都被我们打破了。所以只有我们这一代会对这一作品流泪。"然而感动"我们这一代"就已经很难得了,这是多么难被感动的一代。《悟空传》的现实意义与它的神话背景完美结合,与网络世界的"虚拟的真实"相得益彰,一经贴出便获得了网友一致推崇,并引起网友竞相效仿。

《西游记》是无数中国人心中难忘的经典,但随着时代的发展,现代人更希望能看到它对现实社会的寓意所在。深刻的"西游"情节,可塑性极强的人物形象,终于使勇敢者萌发了重写"西游"的念头。首先出头的是周星驰的经典影片《大话西游》,它彻底颠覆了一个如来佛只掌遮天的世界,让人痛快不已。影片最受观众欢迎的是它的话语方式,它一度使得年轻人的语言习惯产生了欢愉的改变,直至青少年纷纷群起效仿。《西游记》和《大话西游》对《悟空传》的影响是根本性的,可以说是它的母体。《悟空传》借助原著的人物关系和"西游"主线再创作,情节与人物形象已是"天翻地覆"。它设置了多重的故事发生环境,"造"出了天界与万灵之森。表面上看神的家园天界祥和安宁,妖的老巢万灵之森充斥着阴森恐怖,但其实天界诸神的伪善与专横掩盖在神圣的表面下,构成了其虚伪奸诈的内核,与万灵之森竟有着相同的"恶"的实质。花果山是超脱的净土,是理想的天堂,是孙悟空心里永远的美丽家园,寄托着作者对纯粹美好的精神世界的追求与探寻。小说同时继承并发扬了已经深入人心的《大话西游》的典型情节和语言特色,但内容又远比其深刻丰富复杂得多。

另外,网络文学形式的多样化,也使其成为新的文学发生、发展的策源地，它通过不断的尝试，海量的更新，产生了一些新的表现形式和手段。通俗历史读物《明朝那些事儿》就是一个比较典型的例子，作者"当年明月"以"把历史写得好看"为原则，用通俗诙谐的语言解读明史，叙述之中加入个人评论，获得了网民的追捧，出版后也取得了很好的销售业绩。《明朝那些事儿》的写作观念和方式与传统写作存在一定的不同之处，它充分利用了网络的共生性特质和民间亲和力，产生了新的历史叙事方式。曹升的《流血的仕途》在这方面做得也不错，把历史和现实有机地结合起来去表达，这在传统文学中是行不通的，或者说是犯忌的，但要真的写好了写妙了，写出空间来了，读者同样是能够接受的。克罗齐的"一切历史都是当代史"，以及黄仁宇的"大历史"观，也是在讲这个问题，那么我们在创作实践中如何去运用？我认为，网络文学是走在前面的，是符合时代精神的。

网络文学折射时代审美变化

在科技创新与新的文化机制推动下，网络文学蓬勃发展，美学范畴得到自然扩展。网络文学是中国当代文学最大的变量，也是文学扩容最直接、具体的体现，而文学扩容的实质是精神扩容。近30年中国经济保持持续增长，对外经济、文化交流空前繁荣，人的精神世界随之发生了翻天覆地的变化。在商品经济时代，社会能量的发挥必然要符合一定的商业规律。在这样的社会环境下，民间性和消费市场亟须新的推手启动文化扩容模式，网络文学显然是市场的最佳选择，因为只有它能够带动影视、动漫、网游、数字阅读等一系列文化产业的发展，从而产生新的文化产业链。

因此，网络文学虽然呈现的是文学样式，实际上却扮演了多重角色，它在审美上必然要超出传统文学固有的范畴，尤其在大众性、娱乐性方面发挥着文化整合作用，也只有在这方面出色的网络文学作品才能够获得更大的社会空间。如改编成电视剧的《甄嬛传》《择天记》，改编成网游的《诛仙》《凡人修仙传》，改编成电影的《致青春》《失恋33天》《悟空传》等等。

网络文学的出现，还引发文学作品生产模式和消费模式的变化。即时更新互动、读者直接参与写作，使网络文学在创作原点上使用的助推"燃料"与传统文学有明显不同。"为读者而写作"是网络文学的生命线，一旦脱离了读者，失去了人气，即使曾经辉煌很快就会被后来者替代，网络文学以读者取舍为标准的更新模式甚至可以说是残酷的。"你要让读者追随你，你就必须先让读者听得懂你说的话。"网络作家陈风笑的观点具有一定的代表性，"我们创作的目的不在于让作品永垂不朽，而在于拥有读者，拥有很多读者，拥有越来越多的读者！"《山海经密码》作家阿菩的观点相对理性，他认为，网络文学的写作是一个为读者造梦的过程。网络作者们并不要求在旧有的文学框架中，去寻求文艺理论标准下的文学性，他们所追求的是与目标读者进行顺畅的沟通，而这种顺畅沟通，也正是他们得以征服读者的最大秘密。《扶摇皇后》作者天下归元对此同样深有体会，她说，在很多时候，网文作者其实比传统作家更为下笔谨慎，因为他们直面读者，直线沟通。信息的即时反馈和大量读者的审视压力，让网文作者在涉及是非的问题上如履薄冰。

当然，网络文学的表现手法和价值观是多元化的，一定程度上超出了传统审美习惯，显示出追求另类、奇异、怪诞的当代文化特征，以及某些逆传统的特性。由于网络浩瀚如海洋，网络作家们希望自己的作品免于被淹没的命运，于是选择求新求异之路，逐步形成了网络文学创新求变的新传统。这并不让人觉得奇怪，所有新的文化样式在其诞生之初，都会有一段排他期，要允许新事物成长、变化和发展，要用长远的眼光来对待网络文学。总而言之，网络文学的审美标准是在承袭古老文化传统的基础上，紧密贴合受众文化心理与审美趣味，经过读者筛选与自我评价逐渐形成的一种价值体系。

网络作家自身需求与市场需求相互平衡形成了新的审美特点。在创作过程中，网络作家既有宣泄、释放自己内心的需求，也有在安全的虚拟社会中求得公众认同的一面。在创作实践中，为了强化故事的未知性、符合超长连载的需求，很多作品的故事情节有明显编造的痕迹，实际上是作者对故事发展失控的表现。另外，由于电子商务强大的、无孔不入的覆盖力，直接影响创作主体的心理，使得创作主体的审美需求倾向于满足浅层次的倾诉和认同。

综合来看，网络文学审美特征的产生是一个复杂的过程，其中自然有不少非文学因素存在。对此，在理论批评常态的前提下，更多的应当是理解和包容，允许网络文学有一个自我调节的过程。网络文学尽管存在标新立异、哗众取宠、迎合受众的成分，但无论是在题材选择、艺术语言，还是在表现手法、文化视野，以及价值体系等方面，的确产生了大量具有时代特征的新的文学元素，特别是以网络"80后"为主体的一代人，他们的话语体系已经关涉如何鉴别文学价值的题旨，未来很可能带来文学美学标准的改变，并由此直接影响中国文学的未来发展。同时，还应该充分考虑到，网络文学15年爆发式增长所积聚的能量，在汇入中国社会变革的洪流之后，产生了超出文学范畴的美学意义。

"网络文学"与"传统文学"的差异和互补

"网络文学"与"传统文学"有很多不一样的地方，有对抗的一面也有融合的一面。目前是一个文化开放的时代，也是一个思想兼容的时代，"网络文学"与"传统文学"之间的包容和互补既是必需的也是必然的。

表现形式上的互补。如果说以纸媒为载体的传统文学是平面的话，那我们可以说，网络文学是立体的。这个说法包含着两种含义：一是指作者和读者的立体交融，他们互相感知，互相交流，甚至共同创作，使网络文学的表达更加透彻有力；二是指网络技术赋予了网络文学更加完善、强大的立体表达功能，使之强化、突出、延伸了电子文学的超文本特性。

在网络上，文学作品始终不是一个成品，不需要读者的仰视和评论家的俯视，它如一股涡流，把作者和读者卷入一种动态的互动关系中。网上阅读提供给人们的，不仅是作品本身，还有一种特殊氛围。网友们在网上虽然彼此见不到面，但冥冥之中依然能够感觉到别人的存在。这种阅读，比起一个人独居斗室，伴着一盏孤灯静静地阅读，更有人情味，也更有趣得多。对于写作者来说，开放互动的网络环境是永不枯竭的创作动力。网络文学的创作和阅读、作者和读者都是被放在一个由网络构建的立体维度中的，这使得它在形式上较传统文学生动得多。

网络文学作品如果失去了网络做依托而直接印刷成书的话，就不存在所谓网络文学了。网络文学是建立在网络基础之上的，以传播和发表媒介来命名，这也是它的特殊性之一，同时也正证明和显示了它的脆弱，如果失去特定的媒介，它将没有被讨论的意义，但这并不能作为网络文学失去其锋芒与自身特点的理由。

思想内容上的互补。传统文学的生产机制仍然是由文学期刊、文学评论家和文学史家等精英权威掌握话语权，网络文学则比较倾向于民间意识。因此，传统文学在思想内容上比较严谨，对作品的审美趣味要求比较严格，对非现实主义的作品持有谨慎怀疑的态度。而网络文学可以说是天马行空，任尔驰骋。就小说一项就有如下形式：玄幻小说、恐怖灵异小说、新历史小说、现代讽刺小说、戏谑小说、冷幽默小说等。应该说，网络文学在艺术形式上的色彩纷呈既是其不断发展、走向成熟的表现，同时也是网络文学前进过程中的外部要求。作为隶属于文学范畴的网络文学，艺术形式的多元化是创作主体日益成熟的表现；同时，与创作主体日益成熟相对应的是，接受群体需求的日益丰富，即接受主体对客体审美价值的需求大大提高。

如何应对网络文学新格局

网络文学存在问题是有其必然性的。文学毕竟是一个浩大系统的工程，由于网络写手大都是没有受过专业训练的年轻人，过度的交互性也使作者很难静下心来深刻思考生活，严肃创作，再加上外部市场因素的影响，网络文学的作品质量很难得到保证。在创作题材方面，网络文学的视野还不够宽阔，爱情、武侠、奇幻、都市白领的奋斗历程等故事占了相当比重；在叙事方式、语言等写作技巧方面也流于简单，大量的模仿之作充斥网上；写手生活经历的简单和艺术感受力的相对低下造成作品思想深度的浅显和艺术感染力的单薄。应该说，这些现象是普遍存在的。

网络文学审美的娱乐性一直是学界比较关注的问题。无深度、平面化，追求阅读快感和阅读刺激是网络文学的主要问题之一。网络写作的多种风格和多元结构，以及追求个人价值感的认同，是一把双刃剑，它在创建个体精神的同时，容易忽略对受众的心理关怀。因此，一旦失去边界，就会因为追求娱乐性而导致创作责任的缺失，构成对网络文学发展的制约。总体上看，网络文学写手主要由都市青年组成，与传统作家相比，他们的作品时尚浅显，易读好懂，缺乏关注人类命运的意识，在艺术上和思想深度上还远未成熟，缺少深邃的社会意义、人生感悟和深层的文化积淀，缺少责任与理性。因此，网络文学目前还难以满足更多读者深层次的审美需求。这当然和网络文学追求情绪化、随意化、即兴化的创作方式有关。无拘无束、随心所欲的表达自由，这为文学回到天真、本色和诚实创造了条件，但同时也为滥用自由、膨胀个性、创作失范大开了方便之门。这个问题还需要网络文学研究者们给以更多的关注。

网络文学之所以能够轰轰烈烈，蓬勃发展，却又泥沙俱下，引来颇多争议，在于其具有历史的合理性和不可逾越性。它既和国家的经济文化发展战略血肉相连，又与广大民众的情感诉求、表达方式休戚相关。媒体革命的好处人人都在享受，但它的副作用同样难以规避。进入成熟期之后，新媒体必然要向主流价值体系回归，逐渐成为推动社会进步的力量。正如鲁迅先生关于"孩子和洗澡水"的比方一样，我们乐见网络上的文学经过跋涉和探求，日渐成熟，既勇于创新不落俗套，又持重大方有所承担，给读者创造一个充满朝气、富有时代精神的阅读环境。

当前网络文学的民间性和国家化已初步形成"合奏",在一定程度上解决了中国当代文学向何处去的忧虑;网络文学不断丰富的思想内容和表现手法,如何融入世界文学艺术的洪流,并参与全球文化新格局的建构,则是一个值得深入研究的新课题。可以预见,网络文学蓬勃兴盛所展现的时代精神,将作为国家"软实力",在国际社会塑造和展示新的中国形象。目前,东南亚与北美的十多个国家和地区,已经有一批出版机构和专业网站将目光投向了这片领域,网络文学有望率先成为中国文化输出的重要窗口。

但现实与想象之间仍然迢迢,我们必须加倍警惕。从理论上说,数字化时代,人有可能变身为阅读机器的零部件,一些网络小说里的人物升级模式,以及在不同章节里刻意而无谓地重复人物的行为和动作,极大地损伤了艺术审美趣味,与文学叙事所追求的表现人物的复杂性、精神高度等旨趣背道而驰。人人取而用之的手法,受众耳熟能详的语言与结构,无法产生具有独特性的作品,更罔论风格的形成。碎片化阅读模式容忍了浅阅读的滋生和存在,势必构成对新一代读者审美趣味的损伤。那么,我们应当如何应对网络文学新格局?新世纪以来,文学处在不断扩容的动态之中,理论批评却相对处于静态,并未产生相对应的变化,客观上与创作之间产生了一定的落差。因此,建构网络文学理论批评体系,帮助读者草中识珠,提醒网络作家任重道远,不仅仅是学术上的与时俱进,实际上也是应对新世纪文化战略课题的必然选择。

发表于《名作欣赏》2017年第4期

网络文学主流化及其前景

变革中的"迎刃而上"

文学永远是面向未来的事业。20年后,将是"95后""00后"走上中国文坛的时候,而今天他们正在接受文学启蒙,今天的阅读将会影响他们未来的创作,甚至影响他们的生活。在课外,这一代人主要通过网络进行阅读,网络文学自然而然地成为他们最广泛接触的文学读物,他们阅读网络文学,和上一代人阅读文学期刊和书籍,在心理需求上是一样的。他们会习以为常地认为,这就是文学。而他们的父辈或年长者中,相当一批人,无法接受网络文学,或嗤之以鼻,或视其不存在,更无法理解下一代人对网络文学的"痴迷"。这样,两代人之间关于文学的认识和理解,在不知不觉中就出现了差异,久而久之,便会产生断裂。

当前在正处在一个社会变革、媒体交替的历史转折时期,知识精英阶层仍然掌握着文学话语权,若能运用自己积累的经验,对网络文学在急速成长过程中出现的问题正面疏导,及时校正,乃至于"扶上马,送一程",可谓功莫大焉。若仍未意识到,或者视而不见网络文学被普遍阅读这一客观事实,实际上就等于放弃了参与新世纪以来出现的文学变革，那么20年后，不管网络文学发展如何，知识精英阶层都将失去话语权。

10多年来，在涉及网络文学发展、网络文学主流化、精英化等若干议题时，我们总是在讲如何引导和帮助网络作家进行自我提升，如何提高网络文学的思想性、艺术性等等。对创作的引导当然十分重要，但是，如何站在时代高度，深刻理解和认识这一新的文学现象，是不是也需要加以引导呢？我认为，在当下做好后面的工作或许更加重要。文学界、理论界如果仍然以常规思维，仅仅凭"经验"面对网络文学，而不是深入内部做过细的研究，做"田野调查"，所谓引导网络文学发展有可能只是一句空话。进一步说，这是一项双向的工作，无经验可循，引导者先去学习，先"引导自己"弄清楚搞明白，再去引导别人，才会产生实际效果，才是对网络文学发展负责任的态度。

网络文学的影响之大、存在的问题之多，超出了人们对文学的通常认知。然而，不管是否愿意接受，文学生态的变化，已经是摆在眼前的事实。这个变化，一方面源于中国社会史无前例的变革，一方面源于媒体的巨大变革。面对双重作用力之下文学生态出现的变化，知识精英阶层能否"迎刃而上"，接受挑战？前不久，王安忆在凤凰卫视锵锵三人行做嘉宾时说，她所关注的是在急速变换的时代中"那些一直不变的东西"，从古至今，文学对永恒的期盼与追求从未停止过。可以说，王安忆的观点代表了主流作家对文学的基本诉求。当代文学沿袭的是"五四"新文化传统，但在时空概念上，新的传统仍然是旧有传统的变革与延续。我们再看莫言、格非、苏童，也是一样，他们的作品无论在形式上走多远，其根本仍然是对中国古典传统的接续。中国当代文学的主流化，与中国社会对内改革、对外开放阵痛过程中的新生，所遭遇的历程是一致的。今天，我们还可以汲取《红楼梦》的养分，但《红楼梦》绝不可能是我们今天的主流文学，否则，人类社会将失去继续发展的必要。那么，在这一框架之下讨论"网络文学主流化"，不仅不构成对当代文学的颠覆，反而是在探讨如何延续和发扬中国的文化传统。

现实与虚拟之争

对于文学而言，现实世界与非现实世界同样属于表现范畴，并不存在孰优孰劣，而个体世界的差异才是丰富的文学生态的源泉。但就现实而言，在网络文学生态系统中，非现实世界占据了主导地位，这恰是其迈向主流化的一大障碍。网络文学形成如此的生态系统，主要因素有三个方面：一是文学网站应对政府管理对创作做出的引导策略；二是网络作家自身的素养与文化积累，偏向于虚拟空间而非现实生活；三是读者对幻想世界的愿望达成（即所谓的YY）。网络文学的文本形态，正是在这三者之间的不断磨合中逐渐形成的。当资本大量涌入文学网站之后，情况变得更为复杂。网络文学开始在商业价值和文学价值之间摆动，资本给尚未确立的网络文学评价标准，带来了新的不确定因素。当然，一部网络小说若想获得资本的青睐，必须先经过读者也就是用户这严苛的一关。唐家三少的《斗罗大陆》、流潋紫的《甄嬛传》、南派三叔的《盗墓笔记》、天下霸唱的《鬼吹灯》、天蚕土豆的《斗破苍穹》、梦入神机的《佛本是道》、猫腻的《择天记》等一批网络文学作品，从在线阅读到各类版权延伸，随处可见资本的魅影，数千万乃至上亿的资金打造一部作品已经司空见惯。尽管如此，网络文学能够获得专业认定的作品却是凤毛麟角。

毫无疑问，中国现当代文学的主流是以现实主义创作方法为基础的文学作品，近百年来，非现实主义文学林林总总，影响最大的当数80年代的先锋派小说，而其中完全脱离现实主义的作品，仍然是凤毛麟角，多数是混合型作品。先锋派小说代表作家近年来的作品，如莫言的《蛙》，格非的《江南三部曲》，苏童的《黄雀记》等等，与其说回归现实主义，不如说是回归古老的文学传统，他们与大行其道的庸俗现实主义不可混为一谈。

网络文学选择的是另一条道路。我们从《悟空传》(今何在著)、《间客》(猫腻著)、《惊门》(徐公子胜治著)、《天才相师》(打眼著)、《锦衣夜行》(月关著)、《步步惊心》(桐华著)、《琅琊榜》(海晏著)、《随波逐流之一代军师》(随波逐流著)、《凰权》(天下归元著)等一系列网络文学"神作"可以发现，他们的共同特点有两个：一是非现实主义手法，二是对传统文化的接续。显而易见，文学的虚拟性在网络文学这块地盘上获得了成长，但它的出发点并非是对纸媒传统文学的背叛，它是新世纪社会大众通过互联网参与文学写作形成的集群效应。但在客观上，网络文学选择的这一条道路，与当代文学之间形成的"观念"鸿沟着实令人担忧。北京大学副教授邵燕君认为，"需要对文学传统有了解的人，把文学的传统引渡到新的媒介中去，而不是任由媒介革命带来文化、文明的中断"。我以为，这是比较冷静、客观的看法。传统文学界、理论界要求网络作家向托尔斯泰看齐，以鲁迅为标杆，不仅不切合实际，更是对网络文学的误读。

如何从理论上界定网络文学？在这个问题上，我赞同范伯群先生对大众文学发展脉络的指向，即冯梦龙——张恨水——金庸，网络文学由此接续。这条主线将网络文学纳入中国通俗文学范畴，应该是对网络文学主体较为准确的定位。五四以来，西学流行，国难当头，文学被赋予"启蒙""唤醒民众""救国存亡"之重任，大众文学被边缘化并不奇怪，此后的革命文学、先锋文学、寻根文学一路走来，似乎也没有大众文学的发展空间。20世纪80年代开始，中国经济社会高速发展，物质问题基本解决之后，民众产生了极大的文化心理需求，恰逢互联网普及运用，大众文学终于借网络实现了爆发式成长。网络文学的"落地开花""野蛮生长"说明文学的大众性有其历史基因，一旦气候温度适宜，就会蓬勃再生，星火燎原。值得思索的是，知识精英建构的经典文学价值体系，在新的历史时期如何应变，以适应民众不断增长的文化需求。

网络文艺，文学领风骚

当前，在网络文艺领域，网络文学发挥的是领头羊的作用。从1998年发端，网络文学是网络中最先起步的文艺样式，受众最广泛、内容最丰富、形式最自由，由其衍生出本土网络游戏、网络动漫、网络剧、网络有声读物等，它们构成了一个全新的"网络公共话语空间"，为新世纪我国文艺发展打开了辽阔的空间。

由此，网络文学的主流化问题，受到越来越多的关注。我个人认为，其关键在于如何处理供求关系和读写关系。因为，任何一种文艺样式，要想深得民心，获得多数人的认同，其价值观、审美观必须经得住时代的考验。供求关系和读写关系显示出网络文学同时具有商业性和文学性两个特征，两者之间如果是共生关系，网络文学就会在不断创新的征程中，产生新的美学价值。在过去的十多年里，网络文学在坎坷中摸索前行，逐步形成了一套自我修复功能，但仅凭这一点还远远不够，新的主流化文学必须承担起创立新的中国话语，讲述新的中国故事，塑造新的中国形象的历史使命。这一点，正是人们对网络文学未来的期许。

从发展的角度看，网络文学的主流化不仅是网络文学自身的需求，也是时代的需求和历史的必然。有人提出网络文学的商业化是其主流化的拦路虎，历史上的"法兰克福学派"也曾持有同样的观点，他们认为，文学作品一旦迎合消费目标，将丧失其纯粹性。上述观点的确应该引起重视，当前网络文学存在大量跟风、雷同，乃至抄袭现象，都是商业化在作祟，值得警惕。然而，从大众传媒的角度来看，商业性需要一定的时间去缓释；从大众需求积极性的角度来看，网络文学存在的症结也基本上是广大读者所排斥的。更为重要的是，国家在文化层面上已经形成战略思维，网络文学+的概念已经深入人心。

近年来，国家新闻出版广电总局、中国作家协会等机构，已经在网络文学产业发展、作家队伍培养、作品研究推广、从业人员培训等多方面深入实际，摸索积累了一些工作经验，取得了一定的成效。浙江、上海、广东、四川、江苏、北京、安徽等省市先后成立了网络文学组织机构，主动关心网络作家的成长。北京大学、中南大学、山东师范大学等一批高校也陆续建立起网络文学的学术研究平台。凡此种种均说明，社会各界已经初步形成共识，网络文学是一项新兴的社会事业，需要多方合力，才能确保其健康成长、蓬勃发展。我们所处的正是网络时代，网络文学、网络文艺的繁荣发展，将是时代进步的重要力量。

发表于《文艺报》2016 年 5 月 6 日

读屏时代的文学可能性

我曾经写过一篇题为《网络文学正在创造什么》的文章，试图通过对网络文学十年发展历程的回顾，从整体上梳理一下这一全新的书写和阅读方式，看看它给人们带来了什么？其价值何在？跟踪研究了多年网络写作，对于网络文学我当然有自己的认识和评价，我的基本态度是：网络文学是一种客观存在，一方面它作为主流文学的补充，对中国文学的总体发展是积极有利的；另一方面它作为一种新形式，在某种程度上也给跨世纪的中国文学带来了一丝新鲜的空气。

2002年初，我开始关注和研究网络文学，在网络空间投入了一部分阅读精力。但同时也认识到，这是一种具有挑战性的阅读方式。说它有挑战性，主要是指判断力，在网络空间里，你要不被裹挟，保持头脑清醒，就必须有足够的定力——任尔东南西北风，文学标准在心里决不动摇。但不动摇并不意味着那个标准本身一成不变，何况我转向网络阅读，多少是由于对文学现状的不满。2003年，我下决心对这一课题进行研究。或许只是遐想一下吧，在网络空间，中国文学是否有新的可能性？

事实上，网络文学甫一出现就有点儿口碑不佳。它是无序的杂乱的，是泥沙俱下的，但你不能因此否认它是文学大家庭的一个成员、一个新生儿。至少我一直没有把它从大的文学背景中割裂出来单独研究，它的成长无论如何离不开传统文学（姑且这样区分两者）这一母体。在20世纪之前，中国是个农业社会，没有文学和作家的概念，只有文人和文章的概念。图书、期刊、报纸差不多都是在20世纪初期，也就是一百年前出现的，文学和作家的概念是由这些新兴的媒体建立起来的。媒体出现之后，文化有了商品属性，形成市场，以写作为生才成为可能。可以说，中国文学在20世纪经历了最大的变革，在传播方式和价值体系上都发生了重要变革，出现了职业作家。20世纪末，"网络文学"的出现，可谓更上一层楼，使写作成为一种大众文化现象，文学的可能性几乎被放大到了无限。和经济社会的巨变一样，经历了一百年，中国文学才真正走到了百姓身边，每个家庭都有可能拥有自己的"作家"。

任何一种社会现象的产生必然有其丰富而复杂的背景，文学作为人类思考生活、反映现实、超越自我的精神现象，既是真实的存在，同时又跨越了一般意义上的现实存在。在商品经济大潮涌动下，网络文学这一物质社会的精神产品，注定了从产生开始就和传统文学有着巨大差异。读传统作品，我们知道它的作者是谁，但网上发表作品一般不用实名，因此我们不妨把网络写作比喻为一种蒙面的心灵交流。或许，写手们讲述的故事更能满足现代人饥饿而挑剔的胃口，更容易接受和消化。从接受主体来看，休闲正成为我们这个时代最时髦的大众话题，网络文学自然就成了当下中国社会最耀眼的"文化景观"。

在写作《读屏时代的写作》这本书的时候，我一直在不断地追问自己："文学最基本的特征是什么？"然后又自己回答："当然是对自由心灵的表达，是伟大思想与丰富想象力的结合。"长期以来，中国文学在思想上的负重前行，解决了民族精神成长的一些问题，但积压的伤痛阻碍了它在新世纪的发展。比如说，当下流行一时的以关注生存状态为支点的新的文学表达趋势，使一部分有志从根本上推进中国文学发展、有远见的作家陷入了尴尬境地。关注现实有什么不对？难道文学不是来源于现实吗？这个命题看似让人有口难辩。但从文学自身性质来看，对精神现象的研究，对灵魂的探索，才是产生重要作品的路径。关注生存状态如果不是从人的精神这个切口介入，不关注灵魂的动态，而是"制造"苦难，只会使文学的翅膀愈飞愈低，精神空间愈变愈窄。网络文学的出现，或许是当代中国文学的一个"拐点"，难道我们不需要新鲜的力量来冲击一下吗？从根本上说，文学不仅要表现民族精神和时代精神的高度，而且要与世界其他文明进行横向联系，网络文学在这方面显然是有优势的，它的时代特征非常明显：有自由、宽容、真实、平等的原则；有宽阔无比的向别人学习、向自我挑战的空间；有无拘无束，充分表达的民主权利。更重要的是，网络文学基本上摆脱了对意识形态的依附，让文学回归到了新的起跑线上。

　　时代造就了人的生存方式，也造就了人感知生活的方式。网络作家在现实生活中有着各种各样的身份与职业，而且绝大多数与文学无关，他们的知识结构与身份背景千差万别，他们的创作因此有着别样的风情与广阔的视野。网络文学往往以颠覆经典文本的面貌出现，在写作中以轻松、嘲讽的气氛取胜，与传统文学正儿八经地叙事、抒情，神与貌皆相去甚远。这就要求我们以全新认知面对这一文学形态。有学者提出，网络文学最鲜明的特征是"写作"与"生存"的共生状态，或者"第一生存"体验对于"写作"呈现了最直接的意义，这与目前主流文坛的写作方式有很大不同，他们是"在生存中写作"，而目前文坛存在的职业性作家文学则在很大的意义上是"在写作中生存"。网络空间对于那些已经在传统媒体上占有一席之地的作家和作者，或许并不十分重要，但对于刚刚踏上写作之路的文学爱好者和业余作者来说，却是一片神圣的领域，他们在这里耕耘、播种，当然希望获得相应的收获。在这个意义上讲，网络写作给相当一批人带来了生活的乐趣和追求的方向。这个原动力其实是文学最珍贵的价值之一，也是网络文学发展的力量之源。

在网络上，文学作品始终不是一个成品，不需要读者的仰视和评论家的俯视，它如一股涡流，把作者和读者卷入一种动态的互动关系中。网上阅读提供给人们的，不仅是作品本身，还有一种特殊氛围。网友们在网上虽然彼此见不到面，但冥冥之中依然能够感觉到别人的存在。这种阅读，比起一个人独居斗室，伴着一盏孤灯静静地阅读，更有人情味，也更富有时代特征。对于写作者来说，开放互动的网络环境是永不枯竭的创作动力。网络文学的创作和阅读、作者和读者都是被放在一个由网络构建的立体维度中的，这使得它在形式更加灵活、生动、有趣。事实证明，网络文学能够引发关注和讨论的关键，在于它全新的写作方式给人们带来的新鲜感受，如处于不同时空中的多人写作方式，以及利用多媒体手段将场景图片、动画甚至声音和音乐等融入作品的超文本写作等。网络文学形式上的这种创新，是由网络的性质所决定的。如果说网络文学是对作者发表、出版权的解放，实现了

"每个人都是艺术家"的平民梦想，那么关于表现形式方面的各种实验，就可以说是写手们超越现实与自我愿望的一种发泄和表达。随着创作活动的持续和深入，写手们所观察与构思的题材不断扩大，思维更加活跃，手法更加娴熟，所要表达的内容也日益丰富。在这群人当中，将来能否产生重量级的作家？能否出现重要作品？现在下结论远不是时候。如果把这个命题放在"国家的发展"和"一代人的成长"的背景之中去考察，我觉得是很有价值，也是很有意义的一件事情。

自网络文学出现以来，以出版社为主的传统媒体对网络作品表示出极大的热情，催生网络文学走下屏幕，与传统文学并驾齐驱，这虽然是商业利益的驱动，却在客观上拓展了网络写作的社会价值，从而大大激发了网络写手的写作热情。

近两年，国家权威文化机构和主流媒体，逐步开始以认真的态度研讨和分析网络文学、文学网站现状及其如何发展等问题，为这一现实存在的文化现象量体裁衣，做积极准备工作。在这一利好形势的推动下，各大文学网站均有所动作，掀起为网络文学良性发展造势的浪潮。网络文学的"盈利模式"也在这一股新浪潮中获得了有效运行。由此，重新塑造了网络文学"作家—创作—作品—读者—阅读"的新关系模式，这使得网络作家的生存不再完全依赖纸面出版，极大地激发了网络文学作家的文学创作和创新热情。更重要的是，网络文学创作的自由度、自信度得到了提升。归根到底，产业化是网络文学得到各方关注，并得到迅速发展的重要前提。网络作品—电子收费—书籍—电视剧本—漫画和动画—网络游戏的机制正在逐步建立。据专家推测，如果经历了完整的环节，一部文学作品所涉及的资金流将高达十亿人民币，这个数字已经可以将一家公司包装成上市公司。

可以看到的是，网络文学对当代中国文学的撞击是令人欣喜的，在未来的岁月里，它将有可能重组中国文学的格局，使中国文学产生新的造血功能，并创造出新的文学空间。带着这样的憧憬，我毫不犹豫进入了网络文学的世界。现在看来，我写《读屏时代的写作》，也许正是源于对文学可能性的遐想，因为就目前情况而言，它还过于稚嫩，还呈漂浮状……缺乏厚度和重量，必须假以时日待以成长。因此，学术界对其持谨慎态度可以理解的，舆论对其进行适度制约也是很有必要的。但作为一种途径，我们也应该承认，在某种程度上它也给跨世纪的中国文学带来了一丝新鲜空气。如果我们暂且把当下的网络文学理解为一种新的媒体、新的传播和储存方式、新的书籍、书橱、书店甚至图书馆，或者把它视为文学讲习所和研讨会，是不是就能对它多些理解和关怀？因为网络文学良莠不齐的现状光靠排斥是改变不了的，而为网络文学的健康发展培育一个良好的氛围，才是提升它的水准的有效办法。既然不可能拒绝它，就应该让它美好与强大。在时代的浪潮声中，网络已经成为我们日常生活的一部分，它的喧闹将会渐渐隐去，那时候文学仍然是文学；当我们不再把网络作为话题讨论的时候，文学依然是我们永恒的话题。

网络文学现实情怀逐步增强

今年是网络文学发展的第 18 个年头，青春活力依然澎湃，却也留下了大浪淘沙的沧桑。无论是类型、篇幅的变化，还是男频、女频，有一个问题始终贯穿网络文学发展至今，即现实题材作品能否成为网络文学主流，其艺术价值又该作何评判。网络文学现实题材作品大多以都市言情、职场官场、青春成长为主要形式和叙事背景。特别是对都市文学的开拓，从网络文学第一轮成长期开始，即由安妮宝贝、慕容雪村、邢育森等一批网络作家作为先锋，后有六六、九把刀、辛夷坞、骁骑校、小桥老树、阿耐、丁墨等网络作家不断进取，如今更有一批"90后"的未名网络作家薪火相传。

写自己熟悉的生活本是文学创作的基本规律之一，初涉文学者尤其如此，网络文学中的一大批作品正是这样产生的。比如微博红人、"协和姐"于莺与人合著《急诊科的那些事儿》，职业医生石章鱼写《医道官途》，拍卖公司职业经理人浮石写《青瓷》，专业法文翻译缪娟写《翻译官》，互联网创业者郭羽、刘波合著《网络英雄传 I 艾尔斯巨岩之约》等等，这一路写作弥补了以幻想世界为主体的网络文学的不足，不仅满足了对现实生活有阅读需求的读者，而且证明网络文学并非不问苍生只问鬼神，网络作家同样具有现实情怀。

网络文学现实题材作品有其自身显著的特点，由于作者未经受职业写作训练，作品的表现形式较为浅显，不大讲究艺术技巧，语言也较为直白，但故事情节包含许多专业知识，可读性极强，能够在读者中产生共鸣。这类作品已经形成了相当规模，从《蜗居》《杜拉拉升职记》《浮沉》到《致我们终将逝去的青春》《裸婚》《失恋33天》《欢乐颂》，从《成都，今夜请将我遗忘》《圈子圈套》《那些年，我们一起追的女孩》到《橙红年代》《余罪》《从你的全世界路过》，在网文发展的不同阶段，总有相应的现实题材作品问世并迅速产生影响。另外，还有大量作品，如《此间的少年》《冒牌大英雄》《卡徒》《数据侠客行》《结爱·异客逢欢》《活着再见》等一批与现实生活有着紧密联系，却又向外部拓展，将现实适度虚拟化处理产生新的叙事空间的作品。

文学想象本无固定格式，完全因循创作主体的个人趣味，任何题材和形式都有可能创作出优秀作品。事实上，在2012年以前的网络文学生态系统中，非现实题材作品占据了主导地位，现实题材很难出现现象级作品。近几年来，这一现象得到了逐步改善，尤其在2014年网络文学IP热产生之后，网络文学现实题材作品与幻想类作品分别找到了各自的成长空间，从原本的各说各话走向了互补共荣。从原本男频执幻想题材牛耳，女频以现实题材为荣，发展到今天彼此依赖，相互延伸、相互借鉴。比如男频出现了《余罪》，女频出现了《花千骨》，均为既卖座又叫好的作品。

尽管如此，具有严肃性的现实题材作品在网络上所占的比重仍然不大，多数作品是现实生活与幻想手法的杂糅，较为典型的网络穿越文和都市文都是如此。这类作品在创作理念上，在对现实生活的认识和表达上，均与传统文学存在较大差异。另外，充分追求娱乐化阅读效果，故事情节十分明显的向戏剧化方向发展，在现实的基础上尽情诙谐、轻松、搞笑、逗乐，也是现实题材网络文学的重要特征。

同样，由于网络文学现实题材作品在形式上与传统文学较为接近，如何评价这类作品也存在争议，是将其纳入既有的文学评价体系当中，还是有针对性地建立一套与网络文学相符合的评价话语，已是文学理论评论界无法回避的课题。

在现实题材的创新上，网络文学似乎更无所顾忌，也更具有民间性与大众性。我们可以通过白饭如霜的《家电人生》和陈词懒调的《回到过去变成猫》两部作品发现这个值得一说的现象。《家电人生》是一部基于现实生活的幻想小说，分为人物相同而情节独立的两个故事。小说中的人类主人公关东西碌碌无为，性格随和软弱。在上部中，接连遭遇妻离子散的家庭变故却一筹莫展，而他所拥有的冰箱、电视、洗衣机、笔记本电脑等却不愿善罢甘休，为他出头去解决问题，最终挽救了他的家庭。下部中，关东西的儿子上小学了，却遇到一群奇怪的"恐怖分子"火烧学校，于是家电军团又倾巢出动，去拯救被掳走的小学生。最后发现，所谓的恐怖事件，原来是一位单亲父亲想为心爱的女儿找玩伴上演的荒唐闹剧。小说将普通家庭中最司空见惯的家电拟人化，赋予其生动的个性，人们在欢笑之余也会被家电的忠诚和家人间的情义打动。

《回到过去变成猫》则是一部具有寓言性的现实题材小说。富二代大三学生郑叹一夜之间变成猫，时光回到了10年前、一个陌生城市，这意味着他必须一切从零开始。供职于一所全国知名大学的一户姓焦的人家收养了他。经历过由人变猫的心理落差之后，郑叹决定通过自己的努力改变命运，在郑叹的推动下，焦父顺利升职，从讲师变为副教授。经焦母一位朋友的推荐，宠物用品店的小老板找上门给郑叹拍广告，广告在网络上蹿红，带动这个牌子猫粮的销售。焦父给郑叹办了一张卡，里面全部是郑叹自己赚的广告钱。在这之后，郑叹的溜达范围扩大，不再局限于大学校园，他认识了一个出租车司机，有时候会搭顺风车，跑去更远的地方。在校外，他认识了一些不同职业的人，有富商也有小市民，有警察也有黑社会。郑叹的生活从此变得丰富多彩。小说暗喻落难之人，若能秉持正确的价值观，积极向上，做一个对他人对社会有用的人，他的世界依然精彩。

应该说，重视网络文学现实题材作品，并不意味着挤压幻想题材在网络上的生存空间，实际上那也是不明智的想法，而是说网络文学应该更进一步，在现实题材上不断壮大自身，为当代文学提供新的可能性和有价值的空间。

可喜的是，文学网站逐步认识到了现实题材对于网络文学良性发展的重要性，近年来阅文集团、中文在线等网络文学核心阵地纷纷打出旗帜，表示对现实题材的关注。在上海市新闻出版局指导支持下，阅文集团于2015年9月开展了网络文学现实题材征文大赛，征文周期历时1年零3个月，旨在利用在线征文活动和市场化商业运作手段培养现实题材创作者，鼓励和培养更多原创作家创作出更多反映时代、贴近生活的优秀现实题材作品。网络文学现实题材作品的前途可谓广阔，读者的期待更是鞭策。

发表于《人民日报海外版》2016年9月3日

网络文学：一头是神话，一头是现实

近年来，网络文学趋向于两个极端，一头是神话，一头是现实。网络玄幻小说和仙侠小说基本属于神话叙事范畴，但与农耕文明时代的神话叙事又有明显的差异，现代科技已经解决了人类进入太空的难题，但地球上的问题却愈来愈复杂，危机论、末日论甚嚣尘上。网络小说敏感地把握住了这一现实，将笔触由时空领域转向塑造新的文明形态，故事情节和人物行为超出了人类社会的思维模式，人类往往只是其中的一部分而不再是主宰者。在这一点上，网络玄幻小说和仙侠小说与西方现代神话故事似有不谋而合之处，比如《哈利波特》《指环王》，乃至于《阿凡达》，这些作品的中国化版本在网络上比比皆是，它们无不闪耀着鲜明的东方特色。随着中国经济社会历经30年高速发展，民间智慧释放出巨大能量，在网络作家笔下转化成了文学丰富的想象力。网络玄幻小说和仙侠小说多数还杂糅了科幻、穿越、言情、重生等表现手法，但不应该将它们划入上述类型，它们的核心是神话叙事。

网络玄幻、仙侠小说火爆

近年来，网络玄幻小说和仙侠小说依然是网络在线阅读最火爆的类型。我吃西红柿、天蚕土豆、血红、猫腻在起点中文网最新发布的长篇小说《吞噬星空》《斗破苍穹》《偷天》和《将夜》，烟雨江南在17K文学网发布的长篇小说《罪恶之城》，无罪在纵横中文网发布的长篇小说《罗浮》，点击率均超过千万，它们同样是无线阅读平台(手机阅读)最热门的作品，移动阅读高达5亿次的日浏览量，差不多有一半是在点击这些作品。年收入过百万的网络作家，90%属于这个人群，因此，可以说他们对网络文学的产业化发展做出了贡献。由于多种原因，影视尚无力改编、拍摄这个类型的作品，但它们在影视领域埋下的伏笔早晚会引发一波网络文学最大的浪潮。就文学创作和阅读而言，这一类型的作品如此大规模地出现在网络，并被广泛阅读和传播，的确是中国文学史上的一大奇观，但遗憾的是，它被学界重视的程度恐怕不及它被阅读的万分之一。

再来说说现实题材的网络文学。其实，网络文学受到读者关注，一开始正是源于它和现实生活的短兵相接。从痞子蔡的《第一次的亲密接触》、安妮宝贝的《告别薇安》，到慕容雪村的《成都，今夜请将我遗忘》、孙睿的《草样年华》等作品，同我们熟知的那些传统名家的作品最大的差异，就是介入生活的方式发生了变化，感受生活的视角出现了位移。这何尝不是看不见的时代之手对文学的一种引领和改变呢？在这一点上，网络文学天然性地遵循了生活是文学源泉的法则，并且从多角度、多渠道、多层面展现了社会大变革中新旧观念的冲突、情感方式的转换以及心灵的震荡和波澜。网络文学的最大特点在这类作品的创作过程中得到了淋漓尽致的体现，即在线写作与在线阅读形成密切互动。同时，流行与时尚元素作为网络独特的话语方式，在这类作品中有效转化为接地气的人物形象和故事情节，因此而备受出版业和影视业的青睐。

现实题材作品进入主流消费人群视野

网络文学的阅读人群自然也是构成网络文学大潮的重要组成部分。受众的心理需求，很快通过读写互动模式在创作中得到了呼应。由于工作、生活压力不断增大，生活在大都市里的青年男女——尤其是漂一族和打工族——单身或晚婚现象已经非常普遍，但他们并非"异类"，其中相当一部分人仍然渴望改变现状，但苦于能力有限，而不得不接受现实。然而他们并没有放弃追求与幻想，他们寄希望于情景"突变"，从而实现"自我"价值的重新塑造。某种意义上，网络"架空小说""玄幻小说""职场小说"和"言情小说"正好吻合了这个庞大人群的心理症候。因此不难看出，网络中流行的各种类型小说，不管你是否接受，其实都是时代变革所附带产生的"痕迹"，而这恰恰又是文学作品之所以产生必须具备的最基本的元素，尽管它不能作为评判一部作品优劣的依据。当然，主流社会的关注和专业部门的介入，必然会在一定程度上影响到网络文学的走向。在茅盾文学奖、鲁迅文学奖宣布对网络文学敞开大门的同时，中国作家协会已经连续三年对网络文学实施重点作品扶持，鲁迅文学院网络作家班已举办了六期。类似上述情况的出现，至少能够说明，网络文学对现实领域的不断开掘，在大方向上与主流文化诉求相一致，这既是其自身发展的需求，也符合受众对它的热切期盼。事实上，个人、民众和国家三流合一，才是网络文学长远发展的动力保证，当下急需解决的已经不是网络文学的身份指证和价值认同问题，而是如何在愉悦读者的同时追求艺术创造的广度和深度，进而产生精品力作。

现实题材的网络文学自《蜗居》《杜拉拉升职记》《和空姐一起的日子》等作品畅销和改编以来，终于实现了破"网"而出的梦想，进入主流消费人群的视野，其后，《失恋33天》《搜索》《裸婚时代》《金太郎的幸福生活》《前妻来了》《小儿难养》等一批作品乘势而上，更细致、深入地诠释了当下生活与人的精神世界的关系。今年，重要文学网站推出的一批现实题材作品内容和形式更趋广泛、多元，如新浪读书的《对手》、搜狐原创的《我本多情》、17K文学网的《挽婚》、榕树下文学网的《生死浮沉：急诊科的那些事》《别对爱说谎》、红袖添香文学网的《盛夏晚晴天》《新式8090婚约》、腾讯读书的《晋升》、大佳网的《命门》《王南瓜的打工生活》等作品，在反映时代特色风貌、表现复杂社会生态方面均有新的建树。神话的中国与现实的中国，一个来自于想象，一个来自于生活，缺少了其中任何一面，都是不完整的、不准确的。

发表于《人民日报海外版》2012年12月25日

网络文学接续古典"文脉"

随着国学热的兴起,网络文学作家在中国传统文化的海洋里寻找着属于自己的宝藏,逐渐与中国古典文学建立了特殊关系,从《后宫甄嬛传》《悟空传》《英雄志》《诛仙》等网络文学作品中都可以看到中国古典文学的影响。

网络文学的文化基因

世纪之交的中国文化现场出现了三股大的文化潮流:一是"国学热"。在经济持续发展、国力不断增强的同时,人们的精神需求相应而生,社会大众了解传统历史和文化的热情被重新点燃。以央视《百家讲坛》为代表的"国学"节目风靡全国,阎崇年讲述清史,刘心武解读红楼,易中天品味三国,于丹漫谈《论语》,王立群解说《史记》等,令万众瞩目。二是关注现实的影视作品受到大众追捧。以方方、池莉、刘震云、刘恒等为代表的一批作家被冠以"新写实小说"的作品在文坛崛起,随即与影视联姻并取得巨大成功。三是网络游戏悄然诞生。以《热血传奇》为代表的"大型多人在线角色扮演游戏"在广大青少年中产生迅速而持久的影响。上述三者以"国学热"覆盖面最广、影响力最大,但如果从大众消费文化的角度来看,后者才是最大的赢家,它经过10多年发展,时至今日仍然处于上升趋势。网络文学正是在这样的文化背景下诞生和成长起来的。

网络文学年轻的作者们刚刚走出校门,甚至仍然在读,他们涉世未深,缺乏社会阅历,几乎未接受过写作训练,对文学的理解和认知亦处在懵懂阶段。然而,他们热情好学,对新生事物充满好奇,熟悉网络虚拟环境;他们思想活跃,在线编写故事毫无心理羁绊。他们占据的时空优势和读者优势是传统作家所缺乏的,读者喜欢是他们写作的动力和唯一目的。由于作者读者是同代人,人生经历与感受容易产生共鸣,网络文学的读写现场迅速形成并日渐扩大,新的文化标识和偶像"忽如一夜春风来"。"国学热"和"在线游戏"成为网络文学两个重要的文化基因或许是一种偶然,但其导致一代人文化消费范式的形成实是一种必然。

网络作家与中国古典文学的联系首先是在审美上的高度认同,其次是在形式、内容上的直接借鉴和翻写、延伸,再次是打破时空限制赋予历史以现代想象。在男性向写作和女性向写作中,这一关系又显示出不同的特点,男性向写作多取其意蕴,女性向写作则取其形态。

审美上的高度认同

中国进入现代化社会之后,一股崇尚古典之美的文化潮流逐渐兴起,弹古筝、学古琴、练书法已成为人们的日常生活。这一点在网络文学,特别是古代言情小说和架空历史小说中得到了集中和形象的体现，并且形成了巨大的传播力。

流潋紫的古代言情小说《后宫甄嬛传》中的人物设置与情节铺陈，都有几分《红楼梦》的影子，甚至有人列出了人物对照表。这部网络小说的创作受《红楼梦》的影响是不言而喻的，尤其文中颇见文采的古典诗词等，可以看出作者的文化心态。另一位具有影响力的网络作家匪我思存在讲述《寂寞空庭春欲晚》的创作过程时说："有大量的史实资料做参考，细节处基本与史实保持一致，比如太监与御医的名字，皇帝得病的时间，祈雨以及地震的时间，包括保定行围的时间都是按史实来的。参考的史料主要是《康熙皇帝的一家》及《清史稿》等。"因为小说描述了纳兰性德家族的故事，这位出色的清代词人一夜间在网络上获得了巨大人气。网络作家天下尘埃的《浣紫袂》以古代官妓故事为原型，发出了"我要用自己的生命，为天下官妓谋一个将来"的呐喊。由此，现代女性的美学观、价值观通过古代叙事与古代文明形成了完整的链条。

以民族文化心理为依据，与古典文学在审美上取得高度认同，在客观上为网络文学提供了一条通向大众阅读的便捷之路。梦入神机的《佛本是道》汲取了《封神演义》《西游记》等中国古典神话体系的价值理念，开拓了佛道同源，皆通向天地，所谓"大道三千，皆可证道"之理。萧鼎的《诛仙》以道家文化"天地不仁，以万物为刍狗"为源头，用仙界照拂人间，探求"何为正道"的旷世天理。辰东的《神墓》、猫腻的《择天记》、阿菩的《山海经密码》、烟雨江南的《尘缘》、徐公子胜治的"天地人神鬼灵七部曲"等一系列网络文学作品，都有着中国古典文学的美学根系。

形式与内容上的借鉴和创新

网络文学极少有效仿现代文学之作，取法古人的却比比皆是。中国古代流传至今的文学经典往往都曾流行于民间大众当中，书场、茶舍是其生根发芽的场所。网络文学通过网络辽阔的虚拟空间，实现了与大众的心灵契合与对接，在这一点上网络文学与古典文学的存续有相通之处。

当年明月的《明朝那些事儿》夹叙夹议，对历史人物心理活动的大胆推测，其借古论今的演绎技法继承了古代话本小说的叙事传统。南派三叔的《盗墓笔记》、孙晓的《英雄志》、打眼的《黄金瞳》等，无不承袭古人智慧，而又具有现代视野。树下野狐的《云海仙踪》则直接脱胎于《白蛇传》。

而网络架空历史小说同样由此获取大量拥趸，尽管它的叙事构架更为庞大、故事情节更加复杂、表现手法有所变异，但核心依然是对历史文化的有效传承。月关的《回到明朝当王爷》并不因表述的天马行空而削弱了对历史的思考，作者在书中夹杂着冷静客观的历史分析，又在复杂而真实的历史背景下加以诡异离奇的编排，这种在写作中体现出的个人化经验的传达，对重新架构历史具有探索和实践的意义。酒徒的《家园》胸襟开阔，思考民族国家以及皇权和人民的关系。阿越的《新宋》、张小花的《史上第一混乱》、孑与2的《唐砖》等作品，在处理历史和现实的关系上也都有自己鲜明的特色。

有必要提出的是，网络文学对中国古典文学的继承与发扬，到目前为止仍然是零散而浅显的，表象化的成分居多，真正吸取精髓、发扬光大如《悟空传》《英雄志》式的作品只是凤毛麟角。

但进步往往是由点滴积累所致,在庞大而混杂的资源库里,网络文学如何"取材有道",在中国古典"文脉"断裂和变异的历史长河中望星追月、忧近思远,创造新的文化奇迹,实现东方文化的复兴和繁荣,需要时间更需要勇气。这个看起来十分浩大的工程,或许正是网络作家的使命所然,也是他们生存发展的历史机遇。

发表于《人民日报海外版》2016 年 6 月 23 日

网络文学如何"升级"

网络文学的现状已经成为一个社会话题，其和民众的相关度高于任何文化载体。相对于数百万作者的创作队伍，年产十万部长篇小说的惊人数字，涌现出年收入超千万的作者在今天的网络文学现场已经不是"新闻"。2013 年，标志性事件集中出现，首先是政府高度重视网络文学，本年度中国作协吸收了 16 位网络作家入会，第七次全国青年作家创作会议，共有 19 位网络作家代表出席，中国首家网络文学大学近日成立，目前网络作家协会正在筹备成立；其次是网络文学内部出现结构重组，起点中文网主要团队出走，与腾讯合作新建"创世中文网"，不久，"腾讯文学"高调亮相，宣告网络文学成为腾讯核心业务；第三是具有行业优势的网站看好网络文学，除了前面提到的腾讯，新浪将其读书板块独立，成立了新浪阅读公司，百度和凤凰网也先后创建了自己的文学网站和频道，百度在建立百度多酷之后，还计划并购纵横中文网，大举进军原创网络文学领域。

而我们更应该关注的是网络文学如何"升级"的问题。网络文学走到今天，果真是像某些人讲的那样"去精英化"吗？我以为不是，起码不能做简单的一刀切。

网络文学已进入一个新的发展阶段

事实上,网络文学的海量作品实现了文学发展的多样化,其中的翘楚逐渐被不同身份的读者所接纳,读者的分层分级、各取所需,随之应运而生,这样的文学生态应该说是积极、健康的。网络上既有如唐家三少、我吃西红柿、天蚕土豆这样的大众型作家,也有如江南(《龙族》系列)、猫腻(《将夜》《间客》)和燕垒生(《天行健》)等一批致力于将网络类型文学向精英化方向转换的作家。后者突出的表征是,已跨越娱乐性写作,进入文化反思阶段,形成了独立的文学"品格"和写作"人格"。因此我个人认为,类似上述作品作为一股新生力量,在成功拥有大量读者之后,并未止步,坚持在剧烈震荡中前行,很好地解释了中国当代文学的某种嬗变。正如任何文学形式无法脱离社会现实一样,网络文学从来不回避,也没有必要回避它的商业化功能。

目前,网络文学通过自身努力赢得了资本市场、机构与政府的多重关注,新格局将由此而产生。也就是说,网络文学已进入一个新的发展阶段,这个阶段有可能持续 10 年或者更久,并将与其他艺术种类并驾齐驱,开创中国现代都市文化的新天地。

近年来,市场变化风云突起,网络文学的内部和外部均充满了变数。自 2010 年中国移动阅读基地建立以来,手机成功介入数字阅读,成为全球最大客户端,产品供应链条急剧膨胀,网络文学凭借无线互联网平台再次实现飞跃式增长,一年一个台阶,今年的收入总额预计将超 100 亿元人民币。2011 年出现影视改编高潮,数十部网络文学作品被成功搬上银幕、荧屏和话剧舞台,网络文学在民众中影响力急剧攀升。

创作队伍生机勃发

从网络文学内部来看，创作队伍生机勃发。"80后"是主力军，"85后"是后备军，"90后"则跃跃欲试，这说明网络文学已成为培育中国文学继承者的重要基地。这是其一。其二，网络写作者分布广泛、遍及全国，其主体(约80%)生活在二三线城市，这和其他领域人才的分布状况显然很不一样，它将是中国文学在未来保持旺盛发展的动力和基础。其三，年轻一代海外华文作者多数活跃在网络而非传统媒体，他们的作品具有明显的跨文化写作特征，很有可能开辟中国文学走向世界新的路径。其四，网络写作中的佼佼者，80%为具有大学以上学历的非文科专业人士，作者结构的多元化将为文学产生新的造血功能。更重要的是，网络文学的主流创作人群是国家体制改革走向纵深的产物，是思想多元化的产物，是文学回归民间的产物，他们以经济独立、人格独立、思想独立，展现了新一代写作群体的形象。

网络文学的阅读人群自然也是构成网络文学大潮的重要组成部分。受众的心理需求，很快通过读写互动模式在创作中得到了呼应。由于工作、生活压力不断增大，生活在大都市里的青年男女——尤其是漂一族和打工族——单身或晚婚现象已经非常普遍，但他们并非"异类"，其中相当一部分人仍然渴望改变现状，但苦于能力有限，而不得不接受现实。然而他们并没有放弃追求与幻想，他们寄希望于情景"突变"，从而实现"自我"价值的重新塑造。某种意义上，网络"架空小说""玄幻小说"和"穿越小说"正好吻合了这个庞大人群的心理症候。因此不难看出，网络中流行的各种类型小说，不管你是否接受，其实都是时代变革所附带产生的"痕迹",而这恰恰又是文学作品之所以产生必须具备的最基本的元素,尽管它不能作为评判一部作品优劣的依据。反观传统文学,即纸媒文学作品,虽然在结构、语言、思想性等诸多方面明显优于网络文学,却难以吸引读者,导致当代文学面临尴尬局面。当然,这里面还包含更复杂的社会因素,比如媒体技术革命所引发的阅读方式的改变,比如信息时代经验的贬值,再比如大众审美趣味的转换等等。

如何应对网络文学新格局?

网络文学之所以能够轰轰烈烈,蓬勃发展,却又泥沙俱下,引来颇多争议,在于其具有历史的合理性和不可逾越性。它既和国家的经济文化发展战略血肉相连,又与广大民众的情感诉求、表达方式休戚相关。媒体革命的好处人人都在享受,但它的副作用同样难以规避。进入成熟期之后,新媒体必然要向主流价值体系回归,逐渐成为推动社会进步的力量。正如鲁迅先生关于"孩子和洗澡水"的比方一样,我们乐见网络上的文学经过跋涉和探求,日渐成熟,既勇于创新不落俗套,又持重大方有所承担,给读者创造一个充满朝气、富有时代精神的阅读环境。

但现实与想象之间仍然迢迢,我们必须加倍警惕。从理论上说,数字化时代,人有可能变身为阅读机器的零部件,一些网络小说里的人物升级模式,以及在不同章节里刻意而无谓地重复人物的行为和动作,极大地损伤了艺术审美趣味,与文学叙事所追求的表现人物的复杂性、精神高度等旨趣背道而驰。人人取而用之的手法,受众耳熟能详的语言与结构,无法产生具有独特性的作品，更罔论风格的形成。碎片化阅读模式容忍了浅阅读的滋生和存在，势必构成对新一代读者审美趣味的损伤。那么，我们应当如何应对网络文学新格局？新世纪以来，文学处在不断扩容的动态之中，理论批评却相对处于静态，并未产生相对应的变化，客观上与创作之间产生了一定的落差。因此，建构网络文学理论批评体系，帮助读者草中识珠，提醒作家任重道远，不仅仅是学术上的与时俱进，实际上也是应对新世纪文化战略课题的必然选择。

发表于《人民日报海外版》2013年11月29日

网络文学的成长及其时代意义

网络文学的发展经历了十年，这十年恰恰是传统文学遭遇困境比较严重的时期。这的确是个很有意思的现象，值得做一些研究。用一个词语来形容就是：此消彼长。这也说明，我们这个社会，尽管商业化的速度非常迅速，还是需要文学的；人，离不开心灵的慰藉。至于文学表现方式的变化，就像我们无法预测社会生活的变化一样，谁也不能给出确切的答案。我们所应该知道的是，它的流变不再单单是文学自身的事情，而是更为广泛的社会现象的有机部分，从长远看，归根结底还是民族文化心理变迁的某种折射。因此，网络文学的发展，也可以说是新世纪民族文化形态的一个标志。

网上为什么会出现无厘头小说？为什么会出现架空小说？为什么会出现盗墓小说？为什么会出现穿越小说？这是和大众的消费心理有关的，已经超出了所谓的"文学现象"。所以，我们应该以更开放的眼光去阅读网络文学，以平民文化消费心态去面对它的存在。当然，对网络文学做现象研究和文本分析并不矛盾，它好比一枚硬币的正反两面，互为关系，缺一不可。

我最近刚刚写了一篇短文《对新世纪文学可能性的遐想》，

这篇文章也算是我的新书《读屏时代的写作》的写作侧记。但是，我忽然发现，这本书才出版三个月，我已经对其中的某些表述不满意了。为什么呢？原因很简单，网络文学的发展速度实在太快了。那么，在新世纪文学的谱系中，网络写作究竟处在怎样的位置？在未来岁月里它能否有更多的作为？如果拓开视野讨论这个话题的话，我们还可以提出这样的问题：包括网络写作在内的体制外写作，将对当代中国文学产生多大的影响？

以我个人的分析和研究来看，虽然时间不长，网络文学的发展已经经历了三个阶段。这三个阶段出现的写作人群和作品产生的方式各有其特点。

第一个阶段：写作者与网络的平行、交叉

网络文学刚形成的时候，仅仅是一种写作阵地的转移，吸引了众多文学青年加入。这一批写作者大部分是从传统文学现场走过来的，在传统媒体上发表过一些作品，只是进入网络前还没有影响力。他们经过比较严格的写作训练，基本功比较扎实，对传统文学有独立的认识和思考。因此，在网上颇受读者欢迎。与传统文学相比较，他们的作品主要特点是价值观念发生了变化，以都市青年生活为主要表现对象，具有鲜明的时代精神。总体来说，他们的作品仍然可以纳入传统文学理论的框架进行研究和批评。如安妮宝贝、宁肯、宁财神、李寻欢、邢育森、慕容雪村、雷立刚、今何在、石康、狗子、燕垒生等，他们凭借实力在网上声誉鹊起，然后纷纷透过屏幕，在传统文学领域占有一席之地，进入知名作家行列。

这批作家目前已经基本脱离网络写作，李寻欢的《粉墨谢场》

大致代表了他们的心声。

第二个阶段：写作者在网络中成长

这一批写作者上网前基本没有在传统媒体上发表过作品，虽然对传统文学有过阅读，但审美趣味已经发生明显变化。他们不知道朦胧诗，不了解先锋小说，已经不是传统意义上的文学青年，对所谓的文学使命感没有兴趣。他们写作之初是为了追求自我娱乐和消遣，因此天马行空、不拘形式，作品的个人化趋势十分突出，这在某种程度上正好符合了文学的自由精神。比如架空小说《诛仙》就是对一种新的文学样式的尝试。如果说人类世界是第一世界的话，"架空"就是对"第二世界"的创造。"第二世界"这个中文概念，是由《魔戒》翻译者朱学恒首先提出来的，它类似于《魔戒》中的"中土世界"，是一个虚构的存在。与历史上产生的神话、传说及科幻文学所不同的是，第二世界建立在一个相对完整的体系上，它和人类世界的对应更加全面，对人类价值观的审视更加彻底。也就是说，第二世界并不是完全架空或者凌驾于人类世界之上的存在，而只是与人类世界"平行"甚至"交叉""扭转"与"颠覆"的存在。第二世界发源于英国作家托尔金，是作家通过对人类世界的抽象认识，以及提炼人类思想发展流变所形成的种子，在洪荒世界得到的繁衍。严格意义上说，"架空"是对人类文明反思的艺术再现，我们应该以发展的眼光去看待这一新的艺术样式。

这批写作者的代表人物是萧鼎、当年明月、天下霸唱、小雨康桥、包括台湾的王文华（《蛋白质女孩》的作者）等。网络是他们成长的地方，虽然他们也看到外面的世界。他们的作品进入了图书市场，但在文学期刊仍是空白。他们的特点是作品表现形式的多样化，传统的文学理论已经无法准确解释他们的作品。这是理论工作者应该研究和解决的问题。目前他们仍然是网络上最有活力和影响力的写作者。

第三个阶段：写作者与网络共生

这批写作者的主体是"80后"，特别是80年代中后期出生的一代人。他们的特点是在生活观念上发生了重大变化，世界观、人生观与上一代人出现了明显的断裂。由于他们和网络是同步成长的，是共生的，因此在他们心目中，网络就是主流媒体，他们很少关注传统媒体，也很少关心文学的社会价值。但他们也具有自己的优势，就是他们完全摆脱了意识形态的束缚，进入了文学的自由天空。从根本上说，文学不仅要表现民族精神和时代精神的高度，而且要与世界其他文明进行横向联系，这一批网络写作者这方面的特点和优势得到了发挥。但要写出真正有价值的作品，光靠自由精神是不够的。青春小说和新近流行的穿越小说，代表了他们目前的写作状况。

值得关注的是，网络写作与以往的体制外写作，在书写方式和人群结构上发生了重大变化。在北京、上海、广州等大都市，"网络写作"不再业余，涌现出一大批以写作谋生的人，业界称其为"网络写手"。他们的写作速度和数量都是惊人的，他们依靠文学网站的运作，获得的收入也是传统写作难以想象的。但他们也有自己的苦恼，比如说，这个写作群体被完全纳入商业文化的范畴，成为理论研究与批评的盲区。

如果说网络文学是对作者发表、出版权的解放，实现了"每个人都是艺术家"的平民梦想，那么关于表现形式方面的各种实验，就可以说是写手们超越现实与自我愿望的一种发泄和表达。随着创作活动的持续和深入，写手们所观察与构思的题材不断扩大，思维更加活跃，手法更加娴熟，所要表达的内容也日益丰富。在这群人当中，将来能否产生重量级的作家？能否出现重要作品？现在下结论远不是时候。如果把这个命题放在"国家的发展"和"一代人的成长"的背景之中去考察，我觉得是很有价值，也是很有意义的一件事情。

类型文学的几个特点

一、类型文学发展的要素

类型文学同样有自身的艺术规律，它的产生和发展需要一定的社会环境和文化氛围：一是社会生活丰富多彩，人的精神诉求多向度，审美趣味多元化，受众有想象力渴求；二是参与创作的人群广泛（这还暗含一个特征，就是文学的去精英化现象，即大众写作的反复尝试催生新的类型产生，比如最初的鬼故事最终推出《鬼吹灯》和《盗墓笔记》，大量的后宫文催生《甄嬛传》）；三是写作的高度开放性。尤其是网络文学，写作过程几乎完全透明化，每天更新，现场互动，当场拍砖。类型文学一般具有较大的构架，需要较长的创作跨度，无论是报章连载还是在线写作，如果缺少粉丝的追捧，作者难以在没有人呼应的状态下写出几百万字，写作的开放性不仅给作者带来了信心，也为作者的生存与发展提供了土壤；四是类型文学往往在文化更新、整合期相对繁荣，优秀作者具备完整的知识谱系或文化传承意识，读者有充分的阅读期待；五是商业文化相对发达。除了阅读价值外，作为文化产业链的开端，类型文学具有深度开发的商业价值。

　　类型文学发展到一定阶段，会出现明显的裂变，集大成者往往会背离原有的类型原则成为新类型的开创者，或跨越类型融入纯艺术创作领域，用脱胎换骨来形容这种裂变并不为过，从有形中来到无形中去，从商业中来到精神中去，是类型文学经典化的必然之路。

二、网络类型文学的创新与发展

　　我个人认为，网络类型文学的迅速发展极大丰富了当代文学谱系，为中国文学开创新的空间提供了可能性，由于其创作门槛相对较低，给广大写作爱好者提供了话语舞台，经过大浪淘沙，一批有实力的作者脱颖而出，为创作队伍提供了新生力量。作家队伍的产生机制发生了深刻变化，从网络类型文学入手开始进入写作的作者已经成为"80后""90后"作者的主体，据我的了解，目前的类型文学80%以上发端于网络，网络上现在差不多有20多个大的类型，细分有四五十种。大致分为玄幻奇幻类、架空历史类、穿越类、科幻类、武侠仙侠类、都市言情类、灵异惊悚类、军事战争类、游戏竞技类、婚恋家庭类、职场官场类、校园青春类、宫斗类、异能类、同人漫画类等等。网络文学的出现为类型文学迅速提速，并使类型文学进入了全新的发展阶段，在网络上类型之间的相互借鉴和混用已成为常态，也就是说类型文学的小江湖已经在网络上形成，它的内在流动十分迅捷，但也存在同质化的问题，大量跟风是网络类型文学的一大弊端。

总体来说，目前我国的类型文学创作还处在粗放型阶段，理论研究也相对滞后，没有形成完整的理论体系，特别是对网络类型文学缺少深入研究。

文本

网开一面看文学

《芈月传》：网络文本与传统文本的同构

近十年来，古代言情小说在网络文学类型变换起伏中不仅没有衰弱，而且大放异彩，其创作手法推陈出新，表现形式不断拓展，无论是在纸质出版、影视IP，还是在社会影响力、公众口碑诸方面，均呈现巾帼不让须眉之势，形成了女性网络文学的特殊场域。古代言情小说种类繁多，计有历史文、宫斗文、宅斗文、仙侠文、武侠文、穿越文、玄幻文、种田文等。如果以2010年为中轴，之前有桐华的《步步惊心》、金子的《梦回大清》、流潋紫的《后宫甄嬛传》、随波逐流的《随波逐流之一代军师》、海晏的《琅琊榜》、寐语者的《帝王业》、犬犬的《第一皇妃》等；之后有天下归元的《扶摇皇后》、天下尘埃的《浣紫袂》、寂月皎皎的《君临天下》、唐七公子的《华胥引》、果果的《花千骨》、阿彩的《凤凰错替嫁弃妃》等。上述作品被泛泛纳入女性历史题材范畴，但由于其历史背景的虚拟性（网络称之为架空），又与传统的历史小说存在很大差异。

这就引发了一个文学概念上的议题：网络时代，历史小说是否有重新界定的必要和可能？换句话说，包括架空、穿越等形式在内的网络历史文，能否划入历史小说范畴？这关涉研究者的方法论，及其对作品的身份认定。本文虽无意对上述问题进行专门论述，但仍然觉得有必要提出来，立此存照。

然而，特例总在某个时刻出现。曾经长期活跃于网络文学领域的女作家蒋胜男，其新作《芈月传》（浙江文艺出版社2015年7月版）对这一难题给出了她的答案。这部小说既具有古代言情小说的重要特征，如历史脉络、后宫争斗、情感纠葛、主角登顶、后世影响等等，也具备了历史小说的基本要素，如历史人物、重大事件、史料依据、合理虚构等等。也就是说《芈月传》的出现，打通了古代言情小说和历史小说并行不悖的路径，弥合了网络与传统对历史小说认同的巨大裂痕。

当代史学研究的进程，或许可以帮助我们重构网络时代的"历史小说"概念。二战后形成的后现代主义史学倡导"从史料到文本的转移"，认为历史事件的意义往往并不在于所发生的事件的本身，而在于同时代人对它的感知和后来时代人的理解。那么，依据后现代主义史学理论的观点，历史研究者可以在不违反学科规范的前提下，对历史事实进行不同的联结和组合。而这些不同的联结和组合，会形成不同的人物、事件或者过程的历史面貌。因此，对历史进行描述可基于以下要素进行：

A. 历史并不等同于事实；

B. 可以有虚构成分；

C. 可以有不同的版本；

D. 其中的事实是不确定的。

将《芈月传》与其他网络小说进行比较，我们会发现，显然可将其划入古代言情小说类别，而采用后现代主义史学观对其身份定位，则基本可以认定《芈月传》属于历史小说范畴，这是它明显区别于其他网文的重要标志。

　　塑造和刻画人物是小说的主要功能之一，历史小说则是在尊重历史原貌的基础上塑造和刻画人物，展现作家的叙事能力和想象力。在网络文学的古代言情小说谱系里，"宫斗"是极其重要的叙事动力，它既是故事情节，也是人物活动的轨迹，既是内容，也逐渐成为独立的形式，乃至于形成了专门的类型。相对于历史文的浩繁，宫斗文的形式较为单一，历史背景弱化、虚化，从属于故事发展的需要，作者的目标直奔故事而去，其方法是尽量放大小说中人物关系的复杂性，简化铺陈和枝节的描述。历史文则是依照特定历史环境讲述故事，故事从属于历史真实，尽可能实现两位一体。

　　从《芈月传》的叙事策略中，我们可以看见，古代后宫里的女性，虽无衣食之忧，但她们的生存空间十分有限，一旦遭遇险情，其生存境遇甚至不如寻常百姓。因此，后宫里的人情冷暖、地位之争和权力博弈，自然而然成为合理的叙事逻辑。但《芈月传》里的"宫斗"并非叙事目的，而是大历史中的"小历史"，是故事情节和人物命运的必要铺陈。

　　从小说层层推进的细节上看，作者对战国时期的历史背景、重要历史人物活动轨迹、各国错综复杂的渊源关系，以及当时的人文思想等等，均做了认真仔细的研究和分析。文本基本达到了"历史学家可以当小说读，普通读者可以当历史读"的效果。应该说，这样的写作具有相当的难度。

　　《芈月传》全书共分六卷。前两卷主要是写芈月少女时代在楚国的生活状态，描述形成她独特个性的诸多因素。芈月不是嫡出的公主，她的生母是随养母嫁到楚国的妾。在后宫里芈月的身份虽然较低，但是她从小个性活泼，深受楚王喜爱，因此争取到了接受良好教育的机会。楚王去世以后，皇后开始对她养母这个分支进行打压。生存环境的恶化，练就了她独立生活的能力、坚忍不拔的意志，养成了她自尊自爱自强的个性。只要条件一旦具备，这个芈月注定能够成就一番事业。

《芈月传》的三四两卷侧重于恶劣环境中的人格塑造，并记述她在一系列感情纠葛和后宫权力纷争中独立思想的形成。芈月和她的姐姐同父异母，两人同时嫁到秦国，她的出生决定了她只能以妾的身份作为姐姐的陪嫁。到了秦国以后，由于她独特的个性，秦皇对她另眼相看，由此她和姐姐之间也产生了矛盾。在生子之后，身为人母的芈月终于认清了"皇权"的面目，也看清了自己的价值，她痛恨后宫里代代相传的地位之争，决定跳出樊笼，改变自己"陪侍"的命运。芈月的大胆尝试，可以说是中国古代女性面对"自由"发出的一声振聋发聩的呐喊，尽管在外界看来她身份高贵，甚至高不可攀。

在《芈月传》五六两卷中，我们看到的是一个完全掌握自己命运的芈月，这在古代女性中是很少见的，更重要的是，她超越了那个时代，超越了她的养母与生母在楚国后宫的处境，她也超越了自己在秦国后宫里的遭遇和经历。她不再是附属品，实现了真正意义上的人格独立。尽管她的姐姐贵为正宫皇后，影响秦国历史进程的却是芈月，而不是她的姐姐。芈月身上有一种特殊的魅力，有一股神奇的力量，她大胆而执着，善良而真诚，机智而敏锐，因此注定能够改变自己的命运、改变国家的命运。这些都是《芈月传》在塑造芈月时，通过若干细节逐渐传递给读者的重要信息。

网络文学有自身的一些特点，比如说，在情节设置上要求高潮迭起，每个章节（3000字左右）都必须有抓人眼球的细节。通过故事情节吸引读者，打动读者，这一点很多作者都能做到。但是，在故事生动曲折的基础上，对作品所塑造的人物、所讲述的历史有自己独特的理解和思考，并形成个性化的叙事语境，这一点，大部分网络历史文都难以做到。由于网络文学每日更新，强调读写互动的即时性，忽略反复推敲仔细打磨的文本修订，停留在故事层面的文学书写，也就成为网络文学的一种常态。长此以往，网络作家们已经习惯了"编故事"的写法，不去深究文本的价值沉淀，这就给网络文学按照传统文学模式的经典化之路造成了难以逾越的障碍。

对于小说的真实性和历史真实之间的关系，网络文学从来就无从顾及。一般来讲，只要在读者的可接受的范围内，不被按上"狗血剧情"的帽子，真实性是不在讨论范围的。那么，作品的虚构建立在何种基础上就显得十分重要。网络文学由于重视天马行空的想象力，缺乏严肃性和实证精神，而经常遭到社会舆论的诟病，但所谓恶搞、颠覆也未免言过其实。一部小说，最重要的真实还是其内在逻辑的合理性，这其中当然包括史学的考证和美学的思辨与想象。《三国演义》的读者为什么永远会多于《三国志》的读者，这是个毋庸解释的问题。

《芈月传》的文本价值在这里获得意外的收获。它似乎是有意要打破网络文学与传统文学相隔两望这一僵局。这部作品以网络文学的基本格调进行创作，采用的是草根笔法，略写大事件大人物，详写日常生活中的小事件；在结构上，也是按照网络文学的线性结构布局，以稳健的叙事方式，层层递进，环环相扣，前后呼应。在讲述古代女性之间关系、君王与妃子之间关系的时候，充分考虑到读者的接受心理，将现代女性的观察尺度巧妙糅合其中，非常自然，没有痕迹。在锁定阅读人群方面，《芈月传》做得非常好，作品非常明确地指向了她的读者群体，而这正是传统文学最薄弱的环节。在文学作品汗牛充栋，文学阅读庞杂无序的今天，对阅读人群的关注显得格外重要。

同时，小说文风典雅、节奏均衡，人物关系处置有序，这些传统文学的基本要素《芈月传》也悉数安排得当，尤其是，作者对战国时期宫廷与民间的礼仪、家居、装束、出行，生活习俗等各方面都做了很仔细的研究，落笔沉稳，娓娓道来。在文本的宏观把握与微观构造中，显示出作者在网络文学写作中超群的优势。

当然，这部小说也存在一些遗憾，其中男性人物形象比较模糊。屈原的形象几乎是一笔带过，没有给人留下印象；另一个重要人物张仪的刻画，也是概念大于形象。在处理芈月和秦王，芈姝和黄歇（芈月少女时代的情人）的关系上，有点游离，流于表象化。由于考虑到影视改编拍摄的需要，在写作过程当中，有意无意强化戏剧效果，因此文本难掩 IP 化的痕迹。

发表于《南方文坛》2016 年第 3 期

天下归元的匠心与痴心
——以《扶摇皇后》《女帝本色》为例

《扶摇皇后》和《女帝本色》是天下归元 10 年网络创作早期和近期的代表性作品，这两部作品都属于架空历史的大女主类型，整个故事和人物没有历史原型，完全由作者虚构而成。当然，架空历史并非没有文化来源，《扶摇皇后》女主孟扶摇穿越到五洲大陆，与七国皇室发生了不同程度的关联，它的文化来源指向的是春秋五霸和战国七雄。故事讲述了孟扶摇在五洲大陆和七国君王、王室之间的哀怨恩仇，特别是感情上的各种纠葛与冲突，从而塑造了孟扶摇这个具有网络小说典型特征的人物形象。孟扶摇跟七国的关系都很微妙，作为一个当代人穿越到上古，她和七国的皇室之间建立了一系列关系，导致了战争之间的因缘际会、王权争霸之间的历史必然。

这部作品具有以下几点显著的特点：

第一，与当代女性形成情感同盟。可以说《扶摇皇后》是一部具有传奇性的女性奋斗史，女主的心理成长过程和当下的都市女青年形成了紧密的关系，给女性读者找到了释放自我能量的机会。从孟扶摇的个人经历来看，她青少年时代家境贫寒，母亲得了重病，血透，但她并未因此自甘平庸，少女心贯穿人物成长的始终，这十分符合当代普通女性的心理诉求。从情节上看，孟扶摇学的是考古学，然后她为了母亲治病，就走上盗墓这条道路，这个里面好多细节，与当代青年的价值取向比较贴切，比如盗墓的时候，好东西能拿走都拿走，但是她要求手下，不能拿走的东西一定要保护好，绝不能破坏。孟扶摇的道德标准是，在取我所需这个前提之下，不做其他有害别人的事情。

第二，多元色彩和女性意识强烈。因为情感线路发展的必要，孟扶摇似乎和男性之间，没有更多的明确的表白，可能她也会喜欢其中某一个人，但她始终摇摆，做不出选择。因此，我认为这个视角跟当代女性意识也有对接，她可能处在一个不确定的人生状态当中。需要爱，但又不能放弃自我。在这一点上，孟扶摇个性具有鲜明的当代性，体现的是所谓碎片化的人文价值。当代女性的生活丰富而多元，导致选择的多样性，没有哪一种方式是唯一正确的选择。诗和远方很重要，房和车也必不可少，单车上的笑和宝马里的哭，各有所求，有好多种方式构成她们的人生。

第三，叙事的夸张和语言的幽默俏皮，以及情绪化的表达，是天下归元作品最显著的特征，也是读者反应最强烈、讨论最集中的话题。当爱情与抉择狭路相逢，谁胜？孟扶摇的纯粹、坚强、率性、大气和智慧，映照出一个内心深处渴望纯真爱情，却不得不在刀光剑影之下欢笑与流泪的女性精神世界。

第四，塑造人物的不拘一格，里面的人物有十几号，个性都是很鲜明的。另外一个，这个里面的人物，我认为是矛盾的，一方面价值判断不是很明确，但是又显示出一种包容的、豁达的，现代性的东西在里面，就是这个人物可能不能给他完全的定性，她的身上的优点和缺点都通过她的行为自身流露出来。

第五，细节上的真实性与整体上的颠覆。在叙事上，与传统文学所走的道路是不一样的，通过虚拟世界、用人文自然抒写当代人的思想理念，建立了庞大空间的构架。比如五洲大陆是她完全虚拟的场景，使作家得以充分地描写人物的个性特征，表达男性与女性之间、男性与男性之间，处在一种危机的状态，小说始终处于危机状态。这也是网络连载小说重要的特征，一万字之内，必然要出现新的危机，每一到两章都要出现危机，作者故意地、有目的地去设置悬念，会引导读者不断地看下去，这样的写法在传统文学当中是少见的。

这部作品也存在一些问题，我认为是网络小说尤其是架空历史和穿越小说普遍存在的问题。

其一，人物性格的发展与变化缺少必要的过渡。孟扶摇穿越到五洲大陆，经历了若干事件以后，应该说人到中年了，但性格缺少应有的变化与发展，少女心或许能赢得年轻读者的喜爱，却失去了作品的深度。另外在人物关系上，总体处理比较表象，爱与恨的产生没有足够的精神因素支撑。众所周知，网文侧重于给当下读者消遣而非对历史的沉重记述，但若没有一定的厚度和高度，则难以实现向精品化方向的迈进。

其二，地缘概念强大，文化概念薄弱。地缘概念可以帮助读者辨识人物的发展轨迹，这当然是很重要的，五洲大陆和七国争雄形成了立体化的空间纵深，为七个国家争霸奠定了基础。但是，由地缘推而广之的七国文化概念没有形成，这不能不说是一个遗憾。

从《燕倾天下》《扶摇皇后》《凰权》《帝凰》，以及"天定风华""天定风流"系列，天下归元在近十年时间里共发表了1000多万字的作品，这在网络女作家中也算是高产，关键是保证了质量，而且一直在求变，不重复自己。《女帝本色》是她的第七部作品，280万字的篇幅，在女频古言中代表了一种发展趋势。这个趋势可以归纳为网络文学女频文本试验的三种可能：

第一，文体构成的丰富性和多元化：表现为多文本形态的融合，口语文学、书面文学、印刷文学和新媒体文学的交汇，大量的口语进入文本，古今中外打通了使用，怎么愉悦就怎么表达。

第二，内在精神的兼容性和娱乐化：表现为传统与网络的杂糅，其中既有抒情性、悬疑性、悲剧性——这是传统文学的重要元素，也有谐趣恶搞、美貌腹黑、妖孽斗智、玛丽苏爆发等网络文学的重要元素，也不乏传统与网络共有的元素如复仇、寻夫、落难、亲人重聚、家族争斗、以假乱真等。

第三，表现手法反转与多向度：表现为不同艺术种类表现形式的借鉴与挪用，穿越如同电影的蒙太奇，卖萌装傻采则采用动漫游戏的卡通画效果，而电视剧的故弄玄虚、狗血桥段在文本里转换成了令人捧腹的夸张、搞笑，这一切都是为了塑造人物，同时也是为了吸引读者，如果这两个目的并行不悖，甚至相得益彰，那就是符合时代特征的新的审美方式。因此可以说，《女帝本色》打破了女频只往影视方向发展的单一向度，她的难度在于更接近多文本写作，具备了改编成多种文本的可能，这也是网络文学在今天的主流发展方向。

《女帝本色》的故事框架与人物设定，在女频文范畴里应该说是有了较大的突破。

首先是大背景虚实结合，即幻想与现实有机结合，既有故事的支撑点，也有神思和脑洞的空间。

作品所描述的大荒泽国是一个完全虚构的国度，那里拥有奇特的政体和光怪陆离的现实。疆土之内，六国八部各自为政，表面上对首都帝歌效忠，实际拥有相对独立的主权，大荒泽国名义上的女王，只能代代转世继承，名为君主，实为傀儡，掌握帝歌实权的，是各掌势力的左右国师。故事发端于大荒泽女王暴毙，右国师宫胤卜卦指出转世女王所在，命护卫千里寻女王。这个叙事方式更像一个神话传说，但景横波穿越而至，落下时砸碎女王祭坛，被指认为女王转世，这就把我们代入到了那个匪夷所思的环境之中。

这个框架完全不同于天下归元以往作品的架构，更符合网络文学2.0的发展趋势，为动漫、网游的女性题材作品开辟了新的渠道。有人问，女孩子也玩网游吗？当然玩！而且玩得更精致，更讲究细节生动，更要求情感桥段的奇妙感和真实感。

其次是人设突破了简单的大女主思维模式，力求塑造更为复杂人物性格，描绘更为绵密的内心世界。

景横波原以为可享一世富贵，随即发现女王看似尊贵，实则为傀儡，受礼教束缚，终生不得婚嫁，行动言语皆身不由己。景横波生性爱自由，不愿被拘禁于大荒宫廷，因此使计逃离。于是，大荒泽掌握大权的左右国师，为了各自的政治目的，一路追索女王，而大荒泽国内的权贵们，也因为各自立场和站队不同，对女王纷纷进行拉拢或刺杀，景横波因此无意中卷入了大荒泽国错综复杂的政局之中。受左国师耶律祁暗害，景横波和右国师宫胤落难山林，一路同行，情愫暗生，为了日后不再被控制和欺凌，景横波发誓要做大荒泽的真正女王，这就意味着要统一六国八部。如果一路升级，这便是典型的大女主模式，但作者笔锋一转，写景横波的苦难远未结束，她的世界依然是鬼魅丛生、荆棘遍野。

宫胤这个人物的设定很有戏剧性，他的身份和行为包藏了很多秘密，为这部作品的整个构架起到了扛鼎的作用。这正是天下归元编织故事的匠心之处，到作品结束，宫胤的身上仍然有让人猜不透的东西，如果说这样的处理改变了网文的套路，我也只能说，套路是能够被高手超越的。当然，景横波和宫胤这对奇特的恋人历经多次聚散离合，百般磨难、万般生死，假的背叛、真的离别，终于成了患难夫妻。

天下归元的作品有一个最显著的特征：情感线的布局是作品中最吸引人的部分，在人物塑造上有七分匠心还有三分痴心，可谓无痴不成文。《女帝本色》虽然是一部超长篇小说，但这一点依然做得很出色，整个过程荡气回肠，不拖沓、不腻歪，充分展示了她驾驭宏大文本的能力。

发表于《网络文学评论》2018年第1期

从叙事之思到阅读之诱

——读十四夜长篇小说《醉玲珑》《归离》

网络言情小说是网络作品的主要类型之一,而言情类作品也一直在中国通俗文学史上占据重要位置。它们暗合着人类对爱情世界的美好向往,传达着作者对人生和命运的理解。而言情作品常常不脱社会风俗,甚至人物关系与感情波澜也直接与社会政治和阶层有关,由此,言情作品也是社会生活的写照,其文学和社会价值不言而喻。十四夜的两部作品《醉玲珑》和《归离》,都在网络言情小说的辉煌史中占有一席之地。作者是一位"80后",两部气势磅礴、架构完整的长篇作品显现了她在创作上的才华。

从书名,我们不难看出,作者是一位倾心于中国文化传统的写作者。在新一代作家群体中,这是一个值得研究的现象,他们在生活方式和行为方式上承袭了五四新文化传统,而在价值体系、文化脉系上却接续了中国传统文化。架空历史小说、穿越小说等类型文学有机地糅合了古代文明与现代文明,令中国传统文化借助互联网等现代传播手段获得重生,闪耀出新的光芒。

也许《醉玲珑》的故事情节,不免落于通俗。所谓通俗,指它的故事是才子佳人、帝王将相的老套路子。远的不说——琼瑶的《还珠格格》《烟雨蒙蒙》之类作品，已是这种题材的顶峰之作，在传统的通俗文学上创新已然很难。但是，将《醉玲珑》置于网络文学这一通俗文学新的形式的大序列中，就会有很多话说；而从网络文学的特征上来说，《醉玲珑》也更有可圈点之处，它甚至体现着网络文学应该有的所有特征。

很难把《醉玲珑》归结为某一种类型——言情，固然不错，但这又似乎不能完全体现作者的创作期许。所以，它只能是一部综合类型小说——综合类型并非无类型，而是各种类型的叠加。开头就是穿越，现代女子宁文清穿越为天朝左相的女儿凤卿尘，当然这个身份是随着故事的进展而逐渐揭开的。在这场穿越中作者又动用了异能的手法，宁文清的九串玲珑石偶尔摆成了九转玲珑阵，借了月光的能量，才实现了穿越；而附会于她躯体内的"凤卿尘"更是连同记忆也给了她，她由此而拥有琴乐医茶之类的能为。穿越之后，架空、言情、后宫、战争、边疆等类型均出现。作者强大的把控能力让故事在这些类型中展开，做得圆润婉转，丝毫不显生硬。

在综合类型的背后，体现的是作者对叙事的精到。通俗小说，首先是故事，核心还是故事。假如没有一个好看的故事，则未出先败。故事要靠人来支撑，所以对人物命运的设计，体现着一个网络作家基本的创作能力。《醉玲珑》拥有完整的人物关系框架，天朝帝王十二子和诸妃后体系明晰，凤、卫、夜几大家族人物各自成一谱又互有勾连，众多的人物关系纵横交错，宏阔的格局，在皇、臣之间营造了多种故事发展的可能性和人物命运走向的可能性。凤卿尘由一个现代女子穿越为臣女，之后又成为皇后；皇四子夜天凌命运曲折，实是先皇之子，却已成当今四皇子，与凤卿尘婚后用计夺回皇位，后又让位于皇七子夜天湛，而与凤卿尘远走海外安居，命途多舛，大起大落。而皇七子夜天湛深爱凤卿尘，却终不能得，遗憾一生。

  对叙事的精到，还体现在人物形象的塑造上。如此大量的人物出现，丝毫没有套路之感，每个人物都站得起来、立得住。特别是几位殿下的性格分明，"凌王之冷、清王之稳，湛王之雅，九王之魅，十一之俊，十二之狂"的设计为读者对每个人物的个性区分提供了多种可做例证的情节安排，在对待权力、对待战争、对待欲望方面，都有不同的表现。而他们之间也不全是钩心斗角，同样有兄弟亲情在，比如为搬救兵，四哥夜天凌和十一哥夜天澈互相谦让，都想把危险留给自己。而在漠北征伐突厥的战斗中，更显示出了兄弟同心的场面。可见作者对每个人物深谋远虑，为每个人物设计了符合他们性格的故事，勾画了命运脉络走向。

  《醉玲珑》结构上的大开大合与人物的典型化，是一种回归中国通俗文学传统的取向。我们看到中国古代四大名著和《说岳》《说唐》等作品中出现的虚幻结合以及对人物性格的重视，这是通俗文学在文学价值上的重要体现。十四夜属意于此，提升了作品的文学品质。故事纵然有些外来的影子，但是人物却十分鲜明。读者从这类人物和故事中寄托日常的理想或者梦想，读者的喜怒哀乐与人物的喜怒哀乐伴生，从而也使作品获得潜在的阅读推动力。为了实现这个效果，作者也为读者营造了独特的审美趣味。比如对架空历史的选择，在这部作品中糅合着不同的朝代和不同的典章制度，小说不是历史，读者也不拿其当历史看，也不必依据史书去厘定故事的发生和人物的行为是否合理，作者的写作在这样一个"混沌"的背景中展开，就有了更大的余地，从客观上说，这反倒是让读者轻松的重要方法。

《醉玲珑》的审美追求雅和幽的韵致，讲究中国传统意境，这是网络文学不容易做到的。作者的语言雅美，充满古典美的风韵，遣词造句讲求细致，很难想象这样一种文章气韵是如何在以速度制胜的网络文学创作中实现的，这再一次显示了作者的功力。显然，作者熟悉中国传统文化，在作品中大量运用了中国传统元素，琴棋书画、诗词歌赋、歌舞艺乐、刀剑武侠、服饰衣着，构成一幅古典中国的通俗画卷。除却故事和人物，文化元素也成为该部作品的重要看点。网络文学被那些庸俗的、注水的，以靠刺激读者感官感觉的网络作品坏了名声，只有凭借《醉玲珑》这样的作品正名，才能真正让网络文学走上正道。

相对于《醉玲珑》而言，《归离》更注重故事的营造，勤于精雕细琢，文字显得华丽精致，书卷气息甚浓，但难免有刻意之嫌。当然，《归离》不仅仅是一部言情小说，它还寄托了作者对家国的情怀。作品主要人物子夐具有超拔的精神境界、"虽千万人吾往矣"的坚持。夜玄殇对待世事显示出极致的洒脱和他的源于强大内心的清醒与豁达。皇非的精于算计，并未抹杀他的男儿抱负、凌云壮志。小夜是典型的痴情男配，为子娆赴汤蹈火，任劳任怨。子娆情之所钟，生死不弃。白姝儿虽然机关算尽，却也显得坦坦荡荡。乃至含夕、召玉、离司、凤后、婠夫人……每一个人以至整个乱世背景中风云变幻的悲欢、人物命运的跌宕、世间的沧桑冷暖，均在作者的笔下得以展现。

"这人世间，其实谁也没有资格随便品评别人的选择，只因为无论如何，你不会是那个人，不会知道他担负着什么，经历着什么，爱着什么，又恨着什么。谁也不是谁，谁也别说谁，谁也莫笑谁。"《归离》的粉丝把这句话从作品中扒出来，贴在博客上，我以为，这差不多是他们所理解的《归离》，以及其中的人情冷暖。

十四夜的这两部长篇小说均有繁复的故事架构与惊心动魄的人物命运变幻。我认为这是作者充分考虑读者的缘故，没有好故事，就不可能吸引读者，获得人气，这是网络文学的铁律。所谓叙事之思与阅读之诱，其目的正在于此。翻看一些读者对超人气网络作品的点赞与评价，经常出现类似这样的话：多亏他（她）不是一位职业作家，没有那么多的条条框框。这句话让我诧异，也令我深思。

毫无疑问，网络文学为大众读者群提供着精神食粮。通过《醉玲珑》《归离》以及其他优秀的文学作品，我们或许有这样的思索：阅读文学作品，不是某种突发性的生活事件，而应该是日常生活的必然环节，或许只有网络文学才能给人如此经常性的内驱力。

一座现代文明的森林

——从《护花高手在都市》看都市网络小说走向

网络都市文的前两次高潮

在世纪交错之际的三四年中，中国网络文学从萌芽到初发，最初的网络作家主力阵容由留学生和都市青年组成，其作品当然多以都市生活为背景，多以当代青年的生存境遇为对象。安妮宝贝的中短篇小说以描绘都市女青年"小资"生活而著称，在她的《告别薇安》等系列作品中，那些有着海藻般长发的女子，喜欢穿纯白色棉布裙子，喜欢光脚穿球鞋，她们习惯了动荡不安的生活，沉湎于物欲，渴望被爱情击碎。与上一代女性不一样的是，她们的身上具有现代诗性，即孤独与开放并存。宁财神、路金波、邢育森等人的中短篇小说也都在不同侧面聚焦都市青年的生存状态。稍后，慕容雪村的《成都，今夜请将我遗忘》以全然冷酷的态度看待生活、爱情和友情，甚至认为，所有感情都是被利益驱动的，人生的一切都必须在利益的刀刃上滚过。这虽然未免有些过激，却值得人深思。而江南以校园生活为背景的《此间的少年》则是另一个向度的都市生存经验。现在看来，以上应该算是网络都市文的第一次高潮，此后的十多年，作为网络文学的主干之一，网络都市文虽然经历风雨、步履蹒跚却未曾停止，一直在变革和发展中延续至今。

2003年之后，网络文学逐步进入商业化阶段，网络都市文一度被边缘化，尤其男频，都市文在各大文学网站始终不温不火，门户网站读书频道成为其主要平台，且多为官场文。但仔细分析就会发现，都市文虽然不再以清晰的面目出现，却杂糅在其他类型当中，大量奇幻文、架空历史文和穿越文，实际上都有都市文的背景，如《缥缈之旅》《极品公子》《医道官途》等。相对而言，女频都市文依然活跃，如顾漫的《何以笙箫默》（2003年），李可的《杜拉拉升职记》（2006年），辛夷坞的《致我们终将逝去的青春》（2007年），桐华的《被时光掩埋的秘密》（2008年），以及明晓溪的《泡沫之夏》，唐欣恬的《裸婚》，鲍晶晶的《失恋33天》等大量作品，保留了更多的"都市"元素。同时女频都市文也不乏创新力，如晴川的《韦帅望的江湖》（2006年），施定柔的《结爱·异客逢欢》（2009年）等，开始开拓都市文的叙事空间。

男频都市文的第二次高潮很快就出现了。三十的《与空姐同居的日子》（2006年）、张小花的《史上第一混乱》（2008年）和小桥老树的《侯卫东官场笔记》（2008年）是这个阶段网络都市文具有开创性的作品，拓展了都市文作为独立类型的表现视野，对后来的男频都市文影响极大。《与空姐同居的日子》采用的是最简单而有效的手法，全文强调一个"纯"字，以情动人恐怕是文学千年不变的法则，关键看你是否能够把握住时代的脉搏。《史上第一混乱》所用手法包括修真、穿越等，搞笑气氛浓烈，是一部混搭小说,但核心是现代都市生活。《侯卫东官场笔记》一改以往官场小说的做法,逐层讲透村、镇、县、市、省官场现状,细腻而准确、有趣地描绘了中国当代的社会生态。这三部风格迥异的作品饱受追捧,说明只要敢于求新求变,网络都市文一定能够找到它新的成长之路。

《护花高手在都市》与都市文的第三次高潮

2010年5月,移动阅读基地正式商用,这是网络文学发展史上的一个标志性事件,由此引发包括网络都市文第三次高潮在内的一系列变革。在短短几年时间里,网络都市文承前启后,汇聚了由都市言情、都市修真、都市异能、都市职场、都市青春、都市热血、都市风云等不同形态组成的大合唱。移动阅读为读者提供的平台更加便捷,让《很纯很暧昧》《涩女日记》《护花高手在都市》等一批都市文迅速浮出水面,成为移动阅读的热点。

《护花高手在都市》(以下简称《护花》)是网络作家"心在流浪"在"塔读文学"首发的超长篇小说,这部都市异能小说共有1475章,全文长达400余万字。我认为,《护花》与都市文的第三次高潮有着密切的关系,从中我们可以看到移动阅读与在线阅读存在的差异,进而可以分析网文变化发展的内在逻辑和趋势。

与早年的都市文相比,《护花》所讲述的故事更加直白,核心更加紧凑,人物行为更趋简约化,让读者在现代文明的森林里找到一片栖身之处。江海市是一座现代文明城市,主角夏天走进这里,犹如进入了世外桃源,这正好和我们的日常生活是反向的,一般来说，读者对都市生活了如指掌，却不知道"山上"的生活是怎么一回事。那么这个自幼儿时代起至今一直生活在"山上"的人，其行为与我们不一样，就具有了合理性。而在"山上"的可能性是多种的，夏天在那里恰恰有三个非同寻常的师傅传授给他超凡的秘诀，那么，下山之后他的行为如果和我们一样，倒反而是不正常的了。这在中国传统的奇侠小说中，是最常见的一种叙事逻辑，如同戏剧表演中的"掀门帘"动作一样，中国读者完全可以心领神会。

看上去身体瘦弱的少年夏天，有着奇葩的性格、独特的行为习惯和话语方式，他所做的一切让作品里的其他人物匪夷所思、哭笑不得，也让读者大开眼界。他和每一个女人从认识到结缘，看似不合理，却又水到渠成。为什么？因为奇葩的夏天真诚、质朴，且具有绝对实力，而在绝对实力面前，任何阴谋诡计都是徒劳的，他的成功是必然的。由于读者时常忘掉他奇特的身世，总被他瘦弱的外表所迷惑，难免为他看似乖张的行为担心，当他取胜时，又会"醒来"，觉得他取胜是情理之中的事情。于是，夏天在不知不觉中帮助读者完成了自己的"白日梦"。

尽管"票房"成绩很好，网上还是有不少读者对《护花高手在都市》持有疑义，我归纳了一下，主要观点是，这部小说充斥着一个男人围绕着几个女人的情节，很多事端都是因某位女主而起，因而显得男主自主行为缺失，形象单薄、不够丰富。我觉得这个说法是有一定道理的，它实际上是同类小说共同存在的技术问题，另外在小说语言上，与其说类似《护花》的作品有"白话"倾向，不如说我们长期书面阅读形成的阅读习惯所导致的"不适应"反应。这类网文，如《极品护花邪王》《超级护花巫王》《护花状元在现代》《美女军团的贴身保镖》《姐妹花的贴身保镖》《校花的贴身高手》《美女的超级保镖》《贴身高手》《大小姐的全职保镖》《贴身保安》《贴身美女军团》等也有其独特性，在娱乐读者的同时，它们表达的是现代社会对侠义的呼唤，但又和传统的"英雄救美"有所区别，它是实用型的，施救者有正当的目的和心理需求，进而推动小说人物关系的发展，因此整个叙事更接近平民化。

"护花"为何能够成为都市文的热门题材？对此我有几点看法，我认为它直接指向四个层面：一、情感层面，注重对现代人复杂（暧昧）情感的表现，"爱情"退为其次；二、阅读层面，努力改变世俗力量对人造成的压迫，缓解读者的精神，释放读者的情绪；三、创新层面，以往的网络都市文重点在屌丝逆袭，《护花》一文表现出鲜明的无敌流，而异能只是塑造人物的手段，人物关系的重要性上升；四、文学层面，与传统文学形成明显差异，突出网络特征和消费性，追求在全景虚构下的情感细节的真实性与趣味性。显然，《护花》在这几点上具有一定的代表性。

宏观看故事　微观看文学

——从《杀梦》解读网络类型小说

从《杀梦》的意旨我们可以看到，无意归的作品融合了东西方悬念惊悚小说的多重理念，既包含鬼怪传说、灵异空间、自然异象等中国化想象，也糅合了心理探寻、梦幻重叠、逻辑推理等西方手法。如果说这还不能算是无意归作品长处的话，那么，在网络悬疑小说作者当中，他的语言能力和细节处理则当为佼佼者。首先是语言的灵动性和创新性，比如在描写惊恐的主人公如何应对别人的讲话，他写到"我飞快地眨了一下眼睛，仿佛那是鼠标在对大脑进行思维刷新"，简短的20多个字，包含了很多信息在里面。在叙事过程中，《杀梦》的悬疑性、故事内在的复杂性，通过精致的细节描写得以呈现。比如凶宅里有两户人家儿女失踪，孩子的母亲精神出现问题，搬走后又回来找自己的孩子。那两段描述十分逼真，人物的神态、动作、语言活灵活现。

《杀梦》的故事总体来讲是综合性的，这个综合性是指作者可能在故事写作过程当中有多种诉求，因此给读者留下了比较大的阅读空间。这可以看作是无意归在主观上不满足于吸引读者或者在商业化上取得成绩，而是试图努力在文学上有所追求。

《杀梦》的另一个特点是故事的架空，即文本具有鲜明的网络特征。故事完全是作者凭借想象力创造的一个独特的、非现实感的、灵异的空间。那个空间在我们现实生活当中是不存在的，但是它又让人感觉到，故事中人物的心理状态在我们的现实生活当中时不时会闪现出来。虽然我们现实当中没有整体性的和这个故事相同的地方，但是却有一星半点的东西存在于我们的记忆之中。作者充分运用虚拟空间的假定性，表现了现代社会人与人之间既有相互猜疑的部分，也有相互安慰、需求的部分，人精神上的软弱与意志上的坚强相互依存。

如果把《杀梦》放在当代文学的大环境中去解读，作为类型文学它并没有偏离文学的本质。尽管采用了虚拟手法，它关注的仍然是人的精神境遇和对生存真相的探求。换句话说，只要是文学，不管是不是类型化写作，最终都必须面对一个实际问题，就是境界的问题、文学的灵魂问题。一个作者能否站在一定高度对眼中的世相进行"提纯"，对自己的经验进行"扬弃"，对受众的喜好进行"辨析"，直接关乎作品境界的高低，说苛刻一点，文学灵魂的苍白必将导致作品生命的速朽。通过大量阅读可以得出结论，网络写作在这方面普遍存在缺失，除了综合能力尚欠火候之外，网络文学在主观上"迎合"读者和追赶更新速度，是丧失这一立场的直接因素。

今天的网络文学为大众写作赋予了崭新的意义，它的重要价值在于实现了大众文学与大众写作这两个概念的重合。网络上的文学是大众写作的产物，并被大众广泛传播和阅读。试想，由亿万读者与百万作者共同构成的"网络文学"，是何等壮观的历史场景！无论是在中国、在世界其他国家的历史上，还是在当今拥有高度文明、高度发达的国家，这一浩浩荡荡的现状均无法复制。

21世纪的今天，世界已经发生深刻变化，它到底改变了人身上的哪些东西？是永久性的、不可逆转的改变，还是暂时性的影响？哪些东西是这个时代作为现象投射在我们身上的？哪些东西已经融入我们的身体和灵魂？作为世界变化过程中的一种文化实验，网络文学以其真实的面貌呈现在世人面前。面对这个形式大于内容的全新世界，所有人都悄然蜕变为"未成年"，作家也不例外。在这样的境遇中，启蒙将成为伟大的使命，这个使命之所以伟大，是因为它近乎不可能完成，却有人在不断努力。这就是我们的生活现场，"精神"供需产生尖锐矛盾使得每一个创造者无所适从，却又无比兴奋。当你不能教授规则的时候，就应该允许别人去寻找新的规则。可以说，网络文学正是这样的环境下派生出来的一种脱离规则的写作。

《杀梦》体现了网络类型小说的基本特征：在宏观上看到的是故事，而在微观上才能看到文学。好的类型小说应该达到这样的效果：如果你把它当故事读的时候，你会发现它里面有文学性；如果你把它当文学读的时候，你发现它里面是有故事的。《杀梦》当然存在很多不足的地方，比如说，灵异被过度强化了，小说陷入了一个狭窄的通道，虚与实之间的互动不够，虚拟的场景与现实场景之间缺少应有的交叉，人物之间的紧张关系也缺乏一定的逻辑性。网络类型文学如何对接虚拟与现实的关系？作者必须有这样的思考，然后进行文本试验。如果这种思考成为写作习惯，就会在创作上形成积淀，反之，长期凭自己的所谓感觉去写，很容易走入死胡同。很多读者为什么会有"网络小说读不下去"的感受？就是因为文本里没有积淀，没有加入本人的思考，仅仅停留在想象力华美上，这显然是不够的。类型化作家还有一个建立自己知识谱系的问题，功课要做扎实、做严谨，自然就会产生大格局、大事业，唯有如此才有可能超越类型的束缚，达到更高的艺术境界。

发表于《文艺报》2013 年 6 月 7 日

历史叙事与当代社会的共振
——关于网络历史军事小说的几点看法

一

类型化是网络文学的一个鲜明特征，在读者分众化、粉丝化的基础上，这个特征在网络文学的读写互动过程中被进一步放大，并逐步形成了具有互联网特色、体现时代诉求的文化范式。可以这样说，一部网络文学作品获得成功，必须具备两个基本条件：一是满足了读者的心理需求，二是切合了读者的认知水平。所谓类型化，即是在特定范围之内取得创作与阅读最大公约数的某种文本契约。因此，什么样的作品能够占据类型化的风口，也成为我们认识时代、观察社会的一个窗口。历史军事小说作为网络文学的重要一支，在整体上，对我们考察网络文学的发展，研究阅读生态的变化，乃至分析当代文学的美学变革及其趋势走向，都具有重要价值。

一般来讲，网络历史军事小说，重在阐释历史，以描述、评价历史人物在历史事件中的行为举止为主要目的，军事更多的是在故事层面承载历史的手段和方式。网络文学的历史叙事，又与传统的历史小说有很大差异，几乎违背了"历史小说"的核心要素：将基于考证而得出的历史事件和历史人物的真实性，作为叙事基础。因此，有部分网络历史军事小说的史观出现了偏差，重塑史观当然是值得引起重视的事情，起码说明了作者对"历史定论"置疑，作为对历史的一种讨论，我们还是应该抱有宽阔的胸怀予以接纳。

　　如果按照严格的标准，像酒徒的《家园》、灰熊猫的《窃明》、阿越的《新宋》、随波逐流的《随波逐流之一代军师》、阿菩的《边戎》、天使奥斯卡的《篡清》等一批在网络产生重要影响的作品是不能被列入历史小说范畴的，其他的"历史文"则更不在此列。我更愿意称其为"历史叙事"，就是借助历史故事表达作者的情感认知和文化认同。然而，网络读者并不把"真实性"当作判断历史小说优劣的标准，这说明网络文学的民间性导致读者认可小说对历史的适当"改写"。因此，历史小说的范畴在网络被扩大，历史与当代社会的连接点成为网络历史小说的叙事动力。当然，维护历史的严肃性毋庸置疑，事实上恶搞历史的作品，在网络上也难以立足，更不可能获得认可和张扬。但我们也必须看到，不同时代对历史的重新发现与重新解读，从来未曾停止过。网络历史小说则是作家在不同层面，借助历史思考现实的一种表达。显然，网络文学突破了五四新文学以来对历史小说形成的规约，回归到中国传统文学"演义历史"的基本模式中，并进而由网络的虚拟特性衍生出"架空"和"穿越"等新的叙事方式，为历史寻找"假设性"和"可能性"。

二

海宴的《琅琊榜》是在网络历史军事小说高峰期2006—2007年出现的一部作品。在我看来，这部小说文字功底扎实，笔法细腻，故事情节曲折迂回，是难得的女性网络文学佳作。可是，尽管在网上评价很高，《琅琊榜》人气却一直是不温不火，说不上走红，尤其订阅状况与作品质量存在一定落差，网络有时候真的很无情。作者海宴是一位女性，为人十分低调，这让我想起《随波逐流之一代军师》的作者随波逐流，两人似乎有许多相似之处。这两部作品均属于女性历史小说的异峰，是极少数在网络与纸质两种阅读方式中均有建树的作品。

《琅琊榜》是一部架空的大历史文本，这本身就对创作与阅读提出了双重挑战。首先，读者无法对照历史进行解读，而文本必须在虚拟的历史环境中自圆其说；其次，一个女性作者，几乎弃言情不写，侧重男人之间的争斗与角逐，可见其自信与充足的写作准备；第三，文言文与现代汉语的夹杂使用，虽使得文本产生古朴的意境，但难免令读者"存象忘意"。好在《琅琊榜》通过严密的故事逻辑确立了叙事的合理性，让读者置身其中无旁骛。宫廷内外，尔虞我诈，并未淹没"麒麟才子"梅长苏的真情大义，他以病弱之躯拨开重重迷雾、智博奸佞，为昭雪多年冤案、扶持新君展现出非凡的才智与勇气。在并非重墨的情感描述中，作者将林殊和霓凰游走在爱情和亲情之间的微妙感情写得入木三分。得法于古典文学，善于埋伏笔，也是这部作品的精彩之处。另外，人物之间的性格差异十分鲜明，黑与白之间的界限一目了然，这为后期影视改编提供了很好的元素，作为网络文学在线阅读，这样的设置或许能够成立，但作为纸质读物，留给读者的想象空间则显得拥堵，同时也有落入传统历史小说窠臼之嫌。

雪夜冰河的《狗日的战争》是网络小说《无家》的"重写版"，在重构和全面修改之后，这部"反战小说"已经与当初的网络小说相去甚远，成为一部很有特色的军事战争小说，出版后获得广泛认同，为网络文学的经典化书写开创了新路。小说以河南板子村农民老旦历经抗日战争、国共内战和抗美援朝，以及新中国成立后的世事变迁为故事主线，刻画了这个在历史漩涡中迫不得已、无可奈何不断转换身份，最终不明身份的人物形象。从时间节点上看，将这部作品划入历史军事范畴似乎为时过早，应留待后人去评述。

近来质量较高的一部历史文《芈月传》是以战国时代为大背景的女性书写，其主角是被后世称为大秦宣太后的芈月。小说透过芈月一生的传奇经历，以近距离的感性的叙事方式，讲述了女性应该如何对待强权、对待爱情、对待友情和亲情的人生道理。历史在作者的笔下未见得金戈铁马，未见得鲜血淋漓，却有一种切肤之痛，一种欲罢不能，一种心怀悠远。这类作品不以重大历史事件为叙事动力，更注重对大历史中个体生命细节的描述，以此缩短作者与读者对历史的认知。这也是网络文学与传统文学在处理"怎么写"问题上的天然差别。

那么，网络历史小说在获得读者认同的基础上，如何进行自我提升，如何引导读者获得娱乐之上的精神养分，则是网络作家必须面对的一个问题，也是网络历史小说得以长期发展的重要前提。网络历史小说的作者多数对"历史小说"这一文学样态缺乏深刻的认识，社会责任对他们来讲，只是从粉丝的追捧程度上有所感受，这显然是不够完整的评价体系。从根本上说，作家拓展视野、提高修养、厚积薄发，应该成为一种理念，而在具体做法上，始终保有敏锐的观察和独立的思考，不跟风、不趋从，恐怕是网络作家不可忽视的一道门槛。这或许并非是一条用"创新"就能走得通的写作路径，但若不创新，这将是一条死路。在十多年的网文发展过程中，网络历史小说走得很艰辛，很多作家的探索值得重视和研究，因为本文的针对性而没有提及的，比如月关、猫腻、孙晓等，都可以做专题性的研究，他们在媒介变革中的写作尝试，对中国当代文学的意义，会慢慢地凸显出来。应该提及的是，网络历史小说创作中存在的问题，仅仅靠网络作家自身是无法彻底解决的，理论研究的缺失，隔靴搔痒式的介入，正是当前网络文学生态的最大危机。

三

自 2010 年下半年网络文学进入移动阅读时代以来，网络历史军事小说的创作随之出现了一些变化。蓝云舒的《大唐明月》、酒徒的《烽烟尽处》、美味罗宋汤的《金鳞开》、孑与2《唐砖》和 cuslaa（哥斯拉）的《宰执天下》是这一时期具有不同特点并产生一定影响的历史小说，他们的篇幅一部比一部长，《大唐明月》一百多万字，《烽烟尽处》和《金鳞开》均为两百多万字，《唐砖》四百五十万字，《宰执天下》则写到了六百多万字，仍未完结。《大唐明月》是女频作品，一百多万字已经算大长篇，酒徒则明确表示，他写小说完全服从作品自身发展的需要，不追求篇幅，该收尾时就收尾。相对而言，《唐砖》和《宰执天下》更具有这一时期网络文学的特性。

酒徒是历史军事小说的重要作者之一，《烽烟尽处》是其第八部长篇小说。"传奇性"往往是历史军事小说的一个重要标识，酒徒以往的小说也按照这个套路去写作，因此遭到"历史教科书"的诟病。《烽烟尽处》在对历史的表达上实现了一次转身，基本放弃了"传奇性"，而是在整体性上，对民国历史和全民抗战历史进行了思考。小说的主角张鹤龄是一个名不见经传的小人物，通过他从一名害羞懵懂的学生、一位富商家庭的少爷投身于滚滚的抗战洪流中，并最终成为一名优秀的抗日战士的故事，描绘出整个民族经历的坎坷岁月。正如其被评为"2013年中国网络文学年度好评作品"时的颁奖词所言，"该作品从一个写实的历史框架来展开人物的命运，将个人命运与宏大历史事件紧密交织，人物形象真实可感，气度开阔。"一个作家当他找到了自己的写作路径，作品就成功了一半，酒徒差不多用十年时间走到了这一步。

历史军事小说在传统文学领域属于"硬派"文学，加之传承革命历史文学传统，作品的观点必须旗帜鲜明，塑造的人物自然就"高大上"，这和消费性阅读的网络文学形成了较大落差。网络文学以贴近生活，通俗易懂见长，不讲究思想性，乃全脱离意识形态领域，这无疑导致网络历史军事小说创作的两难。应该说，《烽烟尽处》在这方面处理得十分巧妙，作者用一个无名者的成长经历吸引住了读者，同时也揭示了抗战历史的伟大。即便有读者评价《烽烟尽处》中战争场面描述得过于轻松，有悖于抗战的严肃性，但在我看来，真正的刻骨铭心乃在于对这段历史的反思，而非战争场面的残酷。

传统文学语境下的历史小说，作者基本处在理性、冷静的叙事状态，尽可能客观地还原历史，而网络历史小说的显著特征是作者情感的深度介入，"设身处地"与历史人物进行情感置换，是网络文学的惯用手法，也是读写互动期盼的最佳效果。2013年，一部书名为《唐砖》的小说在起点中文网异军突起，这是一部较为典型的通俗演义类穿越小说。作者孑与2在动笔创作前曾经花费大量时间和精力研究历史资料，结果发现唐太宗李世民的一生光辉而痛苦，几乎尝遍了人生中所有的悲剧。作者直抒自己的第一感觉时说，我要帮助他摆脱"痛苦"。于是一个叫玄烨（作者的化身）的人通过一次偶然的机遇进入到那个时代，来到大唐君主身边，辅佐帝王大业，其间闪现许多智慧，也闹出不少笑话，经过许多波折，终于一次次帮助唐太宗解惑释难，成就伟业。其实，作者如此写作的目的只有一个，就是和读者一道经历和感悟波澜壮阔的贞观之治。那么，这样的《唐砖》还能否算是历史小说？或许，所谓架空历史本身，就应该是一种独特的文学类别，其更靠近幻想类文学而非历史小说。

在写作手法上，《大唐明月》与《琅琊榜》类似，同样是比较接近传统文学的网络历史小说，所不同的是，《大唐明月》是在严谨的史实考据和历史细节考证的基础上进行的虚构，以史称"儒将之雄"的名将兼名臣裴行俭及其夫人库狄氏为主要人物线索，将那个特殊的时代波澜壮阔地展现在读者面前。按理说，男主如此之光芒，极易掩盖女主以及配角的色彩。可是在《大唐明月》中，我们看到了不同于大多数的穿越小说的讲述方式。《大唐明月》的吸引力在于有个与众不同的穿越女，库狄琉璃，而整个故事的历史背景与武则天这个特殊人物紧密相关。作者对盛唐历史事件的沿革、历史人物错综复杂的关系梳理得脉络清晰，把以裴行俭和武后为核心的官僚及其后宅的人物间的政治斗争描述得细腻生动。言情永远是女性写作的特长,《大唐明月》也不例外,故事中人物之间的感情发展是一大亮点,不见矫揉造作。当故事的主角因一个最初的诺言而终于走到了一起,面临的却又是一场高门大族间的斗争。男主"天煞孤星"的命格,以及十多年沉寂的官场生涯似乎都与家族脱不了干系。当女主选择了男主的同时,那些暗箭明枪也就接踵而至。但是他们之间的感情从来都不会因着外界的力量而生波折,反而有了更多的心疼,那颗想要守护对方的心也更坚定了。《大唐明月》在历史的幽暗处将刚与柔、爱与恨的错落、感叹有机结合在一起,触摸到了人类亘古不变的共同的心理需求。

一般来说,网络历史小说往往选择叱咤风云的历史人物作为描述对象,《金鳞开》偏偏是以一个成熟的职业经理人,重生为明末代太子朱慈烺展开故事。在大势已去的明末,男主网罗人才、训练军队、制造火药、设立情报系统,试图改变明朝灭亡的局面。但由于作者对那段历史缺乏深刻的把握,在叙事过程中,总显得顾此失彼,未能从李自成破京、吴三桂哗变、清兵入关等多重历史事件中探求出历史发展的真相,反而是小白文的笔法清新、脱俗,赢得一批年轻读者的青睐。我以为,创作实践难能可贵,作为一种尝试性的写作,作者已经达到了目的。正如作者自己在后记感言中真诚道白:小汤坚持完成《金鳞开》的灵魂指引,希望在意淫故事之余,对历史偶然进行一定的思考,乃至于推演。

《宰执天下》是一部以北宋社会变革为背景的历史小说,这部作品最大的特点是具有了历史发展观,没有把所描述的宋代从古代历史演变中割裂出来,而是把握住了它在历史发展过程中的个性特色和独特地位。文中表述的王安石变法后期的宋代政体出现了君主立宪的雏形，工商业经济的发展在隐约呼唤工业革命的到来。这或许只是一种历史想象，但在这样的视野下，历史叙事与当代社会变革形成了对应关系，产生了共振，无疑是值得嘉许的。我想，这也是网络历史军事小说在未来的发展中值得研究的一个重要命题。

对话

网开一面看文学

网络时代的文学话语变革

——在"通俗文学与大众文化和中国现代文学史关系"
学术研讨会上的发言与对话

网络文学的发展与现状已成为大众关注的社会现象,我们在讨论网络文学时,实际上已经不只是对文学的关注,而是讨论一些由此产生的更加广泛的社会现象。尤其是新闻媒体,他们往往关注网络作家的收入,关注网络作家过劳死,关注网络文学的影视改编,关注由网络写作所延伸出来的诸多问题。但专业部门,比如作家协会,还是应当对网络文学文本做一些具体深入的研究,对新的创作现象进行分析,对网络文学的类型化、网络文学的审美特征等问题,开展有计划的理论探讨和梳理,进而建立起完备的理论评论体系。

至今,网络文学仍未进入学术体系,基本上处于自然研究状态,还没有专门的学术机构来统领,仍是各说各话。但这也未必不是件好事,因为网络文学还在高速发展、变化之中,现在时机还不成熟,所以没有必要对其下结论,也难以将其体系化。回顾20年发展历程我们可以发现,从1994年互联网进入中国以来的

24年时间里，网络文学经历了几个阶段：1995年开始就有网络BBS论坛，当时主要发表一些网络短小作品。1996年网易开办个人主页，开始彰显个人创作实力，直到1998年"网络文学"才获得正式命名，这本身就是一个自然发展的过程。对"网络文学"这一概念，虽然约定俗成，但还是有争论，很多人认为，把"纸媒出版的文学叫传统文学，互联网传播的文学叫网络文学"的定义不准确，但是目前尚未找到更合适的定义方法。其实，网络上传播的文学也分好几种，总体上分为两大类：一类是只通过互联网传播但是其创作的方法还是和传统的一样，读写互动性较少；另一类是网生作品，就是通过VIP收费阅读模式建立起来的商业化的网络文学。1998年首次对网络文学形成了比较明确的概念，主要强调它的网络原创性，即直接在网络上进行创作和阅读，从而产生新的读写关系模式。当时还没有商业化的文学网站，1997年底"榕树下"在网上创建了文学主页，推出大量原创网络文学作品，主要是中短篇小说、杂文散文和诗歌等短篇作品。1998年台湾"痞子蔡"的作品传到大陆以后引发了网络原创热潮，此后网络上开始出现一些长篇小说连载，并引起新闻媒体和社会关注。这也是我认为中国网络文学元年应当确定在1998年的主要依据。

早期的网络文学，实际上是纸媒文学在网络上的延伸，在网络上发表作品的一些作者都可以说是我们传统意义上的文学青年，如安妮宝贝、宁财神、李寻欢等。他们也曾通过纸媒发表作品，但是认可度不高，但却在网上迅速走红，然后被出版社发现，产生一定影响。他们的作品其实和传统文学差别也不是很大，从作家对文学的理解认识，包括作品所呈现出来的形态都和传统的文学作品一致，唯一区别就是带有明显的个人化、私人化特征。

最大差异是他们在都市领域里开辟了一条文学新路。我们现在讨论的网络文学是 2003 年以后才出现的，到了 2005 年，起点中文网出现了年收入过百万的网络作家，网络文学商业模式宣告正式确立。此前，网络作家获得经济收益的唯一出路是纸质出版，而很多具有鲜明网络特征的作品，由于不符合出版标准，无法获得经济收益，网络作家只能从事业余创作。同时，以前曾经活跃于网络的作者，像安妮宝贝、宁财神和慕容雪村等则逐渐淡出网络，转向纸质出版写作和影视编剧行业，有一小部分作者虽然还间断在网络发表作品，但并不和网站签订合约。2005 年以后，网络作者和文学网站签约所形成的关系模式，成为网络文学至今仍在沿用的存续方式，这种模式可以使得一大批网络作家从事职业创作，并以此为生计。网络文学在找到自己的商业模式之后，很快形成了网生代作家群体，如天蚕土豆、我吃西红柿、叶非夜、苏小暖等，他们脱离了纸媒出版，成为网络原创文学的主流作家。

有数据显示，在 2008 年网络文学达到第二个高峰时，已有超过 150 万签约作家，到 2012 年时达到了 250 万，目前签约作家超过了 600 万。2014 年以来，政府加大了对网络文学的引导和扶持力度，自浙江省作协率先建立网络作家协会以来，目前全国已有 26 个省市、自治区以不同形式建立了网络文学组织机构，网络作家的培训、网络文学作品的重点扶持已在各级作协、文联机构全面开花，网络文学的发展由此进入了黄金时期。

网络文学作为一种大众文化形态，之所以蓬勃兴盛，资本是其重要的隐形推手。我们应该看到，商业化的背后，是网络作家拥有大量的粉丝。比如，一个好的网络作家每次在线更新时，可能会有上百万的人同时在线阅读他的作品，并且与之产生即时互动，这是任何时代的文学没有出现的现象。因此说网络作家是在"生存中写作"，他们可以把自己的生活通过一种方式直接转换到写作中去，而传统精英化的作家却是在外部观察生活，他们在"写作中生存"。鲁迅文学院办的网络作家班，给网络作家安排了社会实践课，我发现，第二天他们的实践感悟就已经出现在其在线更新的作品中，这说明网络作家的写作与他们的生活息息相关，与生活联系非常紧密，是一种新型的关系。网络作家迅速地消化了他们的生活，这其实也是信息时代的重要特征。

网络男性作家的作品以幻想类为主，女性作家作品比较贴近现实生活，比如都市情感类、婚恋类等，即便是现实题材作品，像《杜拉拉升职记》《裸婚时代》《失恋33天》《欢乐颂》这样的文本，在当代文学传统写作中也是少见的。网络作家善于迅速地切入生活，把生活中"沉重"的东西转化为娱乐化的"轻松"的描述，并能够产生社会反响，这一点值得深入研究。另外值得一提的是，网络文学改变了已有的文学生态：第一，它导致作家产生机制发生了变化。青年作家无须通过高门槛的文学期刊、出版一点一滴地成长，他们通过无门槛的网络，直接与读者沟通互动，找到自己的创作路径，其成长速度相当快，在一两年内可以成为一个较有影响力的作者，而精英化的作家至少要用3—5年甚至8—10年的时间才能达到这种影响。第二，网络作家的来源结构很庞杂，学养基础千差万别、丰富多彩。据调查，网络作家70%是非文科生，例如桐华在北大学的是金融专业；江南毕业于北大化学系，后又在华盛顿大学获得分析化学硕士学位；酒徒从事电力设备调试工作多年；阿越一开始是修火车头的，后来才去四川大学历史系读书；烟雨江南和徐公子胜治，长期在证交所工作；石章鱼一直在一家医院当医生；我吃西红柿是苏州大学数学系的学生；天下归元和藤萍长期从事公安工作；唐欣恬是芝加哥大学的金融学硕士；海晏供职于一家房地产公司；阿耐是一家著名民营企业的高管；随波逐流是一位女工科硕士。可以说，大量非文科专业的没有接受过文学训练的原生的作者，通过现代流通量巨大的信息化时代所获得的信息，进入了文学创作领域，因此改变了已有的文学生态。第三，网络写作重视娱乐性，较少承担社会责任。网络文学没有传统精英化文学的严格规范，几乎是一种野路子，他们的写作是靠跟读者的不断磨合、互动、沟通所形成的规范，"读者为王"是网络写作的基本原则。

从审美上讲，网络文学反映了新生代作家群体对生活的理解和认知，与上代人的观念存在一定差异。从文化脉承上看，网络文学与传统的通俗文学有着极深的渊源。可以说，成功的网络作家都曾经大量阅读中国古典文学，甚至研究程度要比传统作家更细致。网络作家的思想资源来源于青少年时代、读书期间所阅读的一些经典作品，有中国古典文学，比如《红楼梦》《封神榜》《七侠五义》《西游记》"三言两拍"《聊斋志异》，乃至金庸、古龙等的作品。也有很多西方大众文学，比如《哈利·波特》《指环王》《冰与火之歌》等。更加宽泛的东西方文化交融，是中国社会不断改革开放的必然产物，网络时代的文学话语变革为网络写作提供了新的空间，也为中国当代文学向海外进军提供了可能性。

孔庆东（北京大学中文系教授）：但是这些文学现象在纸质文学中大量出现，并不是新的东西。你刚才所讲的这些，为什么不直接说网络文学创作模式是对传统文学的模仿和衍生呢？

马季（本文作者）：我不认为是模仿，或者说不只是模仿，应该是传承与创新并重。网络作家当然会受到其成长环境母语环境的影响，他们的阅读不可能与传统作家出现彻底断裂，但他们的成长环境和文化心理的确发生了变化。我认为，研究网络文学更加有意义的是找出它和传统文学相异的地方，而不是专注两者之间共同的部分。差异性更加宝贵，也更有价值。当代文学发展到90年代末，遇到了一些问题，网络文学的出现，带来一定的冲击和新生的力量。网络文学不仅吸收了中国古典文学元素，同时也杂糅了西方的一些人文理念，因此其创作现场丰富、凌乱而具有生命力。我觉得应该把视野放开，考察网络文学是否能为当代文学的发展带来新的元素，比如说其大众化、民间性等特质是否可以给当代文学带来新的动能。

刘小源（复旦大学中文系）：孔老师刚刚提到了网络文学的互动，你提到现在的网络文学是在电脑上写完再贴到网络上。你认为互动性不是即时的。但就我多年研究的情况看，根据网站的不同，有的互动是即时的。就我所在的"晋江文学网"而言，读者评论是极其活跃的，发上一章，大概两分钟就会有读者的回复，关于内容，关于形式，以及读者和作者的互动，等等。而像"起点中文网"，由于它的商业化比较突出，读者评论区都是打赏票的回复。但其实作者与读者也是即时联系的。他们可以通过QQ群、作者群以及作者粉丝群等实现无间隙的互动，一两分钟就可以得到反馈。

孔庆东：这就是网络文学的特点，它利用现代信息技术，快速交流双方的看法。下一步就是读者的意见在多大程度上能够左右作者的继续创作。

刘小源：其实在很大程度上会左右，但还要取决于作者的写作水平。若作者的写作水平比较高，而读者水平比较低，那么读者可能只能在喜好上影响作者的创作类型。但有的读者水平高于作者，会给作者一些专业性的建议。比如一部清朝的历史小说，包括礼仪制度、称呼等，读者都会提供给作者，作者也会虚心地接受，写进小说中，并且修改以前的错误。有些甚至是剧情的影响。这是一种互相影响的模式。但是对传统作家来说，一般写作素养较高的作者几乎不会受读者的左右。

孔庆东：刚才你描述的这种情况，恰好是研究网络文学所要关注的一个非常重要的现象。"文革"中有一种创作模式叫"三结合"："领导出主题，群众出生活，作家出技巧。"这在当时说得挺好，未必能够做到。今天的网络文学就可以做到。就是一部作品，多位作者同时创作。

刘小源：甚至也有多位作者同时创作的接龙小说。

孔庆东：接龙小说有鸳蝴派的特点。

刘小源：鸳蝴派的接龙是一个接一个的，但网络上的接龙是链接性的，是多向发展的，有网络的特性在里面。

马季：读写关系和写作模式发生变化以后，就导致了作家产生方式的变化，在传统媒体里面，互动的紧密性是达不到这种程度的。这样作家的成长模式就悄悄改变了。一位作家，在读者的帮助下，在一两年之间迅速成长起来，到三五年后这位作家成熟起来的时候，成长模式已经改变了。

孔庆东：从叙事学角度可以称为叙事者身份的复杂化和暧昧化。

石娟（苏州市职业大学学报编辑部）：以前没有网络的时候，报纸是作者与读者沟通得最快的媒介，读者的意见可以很快反映到作家的创作文本中，于是创作报刊连载小说的作家在当时的背景下就非常容易在读者中产生影响。而网络出现以后，网络写作沟通的速度要快于报纸，但其实质和报纸还是非常相似的，只是载体的表现形式不同。从曹雪芹的"十年磨一剑"到张恨水在"快活林"上八个月连载完成《啼笑因缘》再到现在的网络小说，这条线索是一脉相承的。这里就有一个很重要的问题：这种文本是如何形成的？作家在文本形成过程中到底发挥了多少作用？如何发挥作用？个人认为作家在文本形成过程中的主体性在逐步削弱。以张恨水的创作和网络小说创作比较，这条线索就很明显。

陈建华：听上去仿佛越是和读者互动越是没有反抗。

孔庆东：它的这个权力关系不像以往那么明晰了。以前的作者是代表国家话语的。20世纪五六十年代作者的文化水平不高，出版社要找水平高的编辑修改，不只是修改文学技巧，甚至是改写，它表达了一种国家声音。

宋剑华：《林海雪原》初稿18万，出版时发表了40多万，这都是编辑用二个月的时间写的。

吴福辉：高玉宝就是一个典型的例子。

徐斯年：现代的网络文学写作，除了刚刚各位所讲的，还有就是出版和发表的自由度高。书稿出版需要经过传统的严格的和长时间的审查，网络上相对自由。网络为更多的作者提供了发表的空间。这种自由是以前没有的。

孔庆东：网络为很多文学爱好者提供了平台和空间，比如写旧体诗词的那些人，以前没有多少刊物，现在有了网站，就聚集在了一起。

徐斯年：而且不是一个人看，是一群人看的。

关纪新：一个人就是一个媒体，一个人就是一个杂志社，自己就是主编。

李今：对，这就是20世纪40年代予且的理想，他说"应该没有作家这个行业，各行各业大家都可以写"。

马季：徐老师讲的非商业化的一部分基本没什么人研究，研究基本都集中在商业化这一部分。

孔庆东：比如网络上爱好朗诵的，喜欢写剧本的，都聚集成一个团体。现在正式拍电视剧、电影的，编剧常常被边缘化，导演甚至也被边缘化，制片最重要。但也有一批喜欢写剧本的，不是为了拍摄，而是当成一种文本和体裁来写，他们也聚集在一起。

李今：原来的创作活动就变成了一种娱乐方式。写作本身对于这些写手来说就是一种娱乐。

孔庆东：这种娱乐带有一种高雅的色彩，它不是为了赚钱。

李今：对大众文化核心的定义主要有两方面，一个是实用的，一个是娱乐的。像于丹的讲座，她对《论语》的解说如此受欢迎，就是因为她是实用的。她把《论语》解说成处理人际关系的准则。大众把它看成一种指导，具有实用的功能，它不是以一种做学问的方式。

马季：另外，网络上还有一些社团非常活跃。"榕树下"下面有几十个社团，都是一些兴趣爱好一致的人，有专门写散文、诗歌的，甚至还有残疾人的、癌症病人的社团。它的社会意义还是很宽泛的。

网络时代的文学与网络文学

——在北京文联"网络与文艺研讨会"上的发言

2001年,我在吉林省作协作家杂志社工作,由于工作需要我经常到网上浏览、选稿,开始介入网络文学。从2002年开始,我有意识地和一些网络作家建立了联系,同时收集了大量资料,对网络文学进行分析研究,并计划写作《读屏时代的写作》一书(该书于2007年被列入中国作协重点作品扶持项目,2008年1月由中国工人出版社出版)。2005年我到了北京,在中国作协《长篇小说选刊》杂志工作,业余时间几乎都放在网络文学研究上,2008年推动《长篇小说选刊》杂志社和中文在线联合举办了"网络文学的十年盘点",这个活动邀请了《人民文学》《收获》《当代》《十月》《山花》等20多家文学期刊的资深编辑,共同研讨网络文学,是最早对网络文学进行大规模评价的重要活动,对网络文学的特征、存在的问题做了一次总体评述。2009年3月,我调入中国作家网工作,正式从一个文学期刊编辑,进入了网络领域,专门从事网络文学理论研究和组织联络工作。

关于网络文学的历史地位以及它和传统文学之间的关系,我写过一篇文章，认为20世纪70年代末实施改革开放以后是中国当代文学的第一次起航，90年代末网络文学的兴起是第二次起航，因为媒体革命性变化以后文学创作出现了一些新的特征，也出现了新的问题。因此，我在不同场合多次表述这样的观点，如果说网络文学有它的优势，那是当代文学的优势；如果说它有缺陷，也是当代文学的缺陷。总之，我们不能把网络文学从当代文学里面择出来，说这里面有什么什么问题，它如何如何，网络文学的问题就是当代文学的问题，当代文学研究领域当然无法回避，必须正视。我想从三个方面谈谈对网络文学的一些认识：

第一，网络文学造成了当代文学生态的多样性，首先是从作者和受众的层面来说的，目前根据我的统计，全国各家网站签约作家达到了250万人，网络文学的受众达到了2.5亿人，长期保持在整个网民的42%左右，几乎没有落到40%以下，现在大约整个有6亿多网民。但这也造成了一些误解，就认为这么庞大的创作群体可能质量和作品各方面都不能得到保证，其实网络文学创作的现场的淘汰率是很快的，平均八千人才能留下一个网络作家，其实250万人真正能排上号的也就三四百人，就是按照我们传统文学讲的精英化的那部分，因为它的现场太混杂了，所以没法辨认，不跟着网站走几乎不了解这个情况，这是它的一个现状。

第二，网络文学最大的特色是大众性和平民化，这对丰富当代文学生态发挥了积极作用。网络文学几乎没有一个作家是通过关系发稿的，你的关系没用，网民不接受你，那你就是不行，完全就是靠网民的筛选，当然这并不是唯一的标准，但总体来讲是比较公正的，创造了很多有利于作者成长的机会。

再有就是发表平台的跨界性和复合性，比如传统的文学期刊和出版单位当中的工作人员的知识结构、文化修养、审美趣味各方面大致是差不多的，不会相差太大，但假如我们到盛大、搜狐、新浪去，你就会发现这里面的人拥有各种各样的素养，但这也是经过严格筛选的，就是说发布的平台是跨界性、复合性的，比如选稿编辑、策划编辑、推广编辑分得很细，而且这里面从事这些工作的人员知识结构、社会角色相对于我们传统文学来讲是跨界复合性的。更具体来讲，比如盛大文学目前是份额最高的网络文学企业集团，它旗下有8个网站，它原来是以游戏为主，跨界了。完美时空是以游戏和影视为主，收购了纵横中文网，跨界了。百度也是如此，后来的腾讯也一样。

第三，文学网站出现了媒体化和娱乐化的倾向，这对网络文学的发展也产生了一定的影响。比如新浪，它是以媒体为主的网站，包括搜狐、凤凰、腾讯等，都是以传播新闻为主的网站，尽管他们读书频道是以文学为主，但各频道之间难免有相互的影响，甚至工作会议都是跨界的。读书频道只是网站的一部分，他们的会议会有其他部门的人来参与，网站要考虑文学产品的延伸性、延展性，可不可以改编为游戏、影视？对网站的整体发展能够发挥哪些作用？这样就会起到一个引导作用，会改变文学编辑的思路，所以，平台的跨界性、复合性和传统文学期刊以及文学出版社是不一样的，这其中利弊都有。

第四，网络文学18年经历了4个阶段，这和新时期文学的发展变化不大一样，由于资本的介入，它更遵从行业发展规则。从1998年到2003年，网络文学基本上是传统文学的延伸，虽然有些变化，但基本上是一个延续。2004年文学网站开始运作商业收费模式，2005年出现了第一个年收入超过百万的作家，然后迅速成长,到了2009年这一阶段基本上是文学类型化发展的高峰期。这是第二个阶段。2010年5月,移动互联网阅读基地建立并正式投入商用,网络文学进入第三阶段,手机平台使得网络文学阅读获得迅猛增长,短短3年多时间,网络文学收益增长了差不多20倍,移动互联网自然增长的红利在2014年达到了一个峰值,政府部门开始加强对网络文学的管控,有史以来最大规模的"净网行动",让人们看到了网络文学与国家政策导向之间存在的距离,因此,粗放型的网络写作和传播方式面临严峻挑战。2015年,网络文学进入第四个阶段:IP时代。

除了以上几点,我再谈点感受。网络文学与传统文学不同之处,一个就是作家身份的多元化,它又恢复到20世纪70年代末的情景,既有职业写作者,也有农民、工人、学生、解放军、公务员等等大量的人在写作,他们遍布全国各个地区,而不像传统领域,优秀作家基本是专业作家,主要生活在一线城市。再有就是作家产生机制发生变化,网络作家的成长几乎脱离了纸媒,脱离了体制,网络作家里面有好多非文科学生,我统计70%以上是理工科的。再有就是网络文学精英化的门槛正在逐步提高,研究他们是很有价值的。当然,网络文学也存在一些负面问题,比如专业化程度不够,商业化特征比较明显,因此,必须得开展专业研究,才能确保网络文学的创作能在较高的水准,沿着正确的方向往前发展。

网络文学，随着历史的潮流前进

——在"中国网络文学 20 年发展研讨会"上的发言

参加"中国网络文学 20 年发展研讨会"，我的感触很深。我接触网络文学较早，一路过来经历了几次身份的转变。最初我是以文学期刊编辑的身份在网络里寻找和发现作品，带着这个目的走进了网络文学。进去之后我发现，这里是另外的一片天空，各种创作群体十分活跃，创作交流也更加便利与有效。从此一发不可收拾，我完全进入了网络文学的海洋中，时刻关注它的发展动态。早期的网络文学和现在差别很大，主要以 BBS 论坛为主，小说不是唯一的体裁，有大量的散文随笔和诗歌，小说既不分男女频，也没有那么多的类型。网文在发展过程中遇到过各种难题，最主要的是缺少资金，当时的网站都是小作坊，几个人凑点钱就开工了，时常难以为继。或许谁都没有想到，网络文学会有今天，哪怕是在十年前。

我记得非常清楚，十年前，2008 年 10 月，在中国作协的支持下，《长篇小说选刊》杂志社和中文在线 17K 小说网联合主办了"网络文学十年盘点"，作为活动的主持人，我从网络文学的阅读者、研究者，转变成了网络文学的工作者和服务者。在网络文学20年的发展中，我跟着网络文学一起成长，一直在不断地学习、思考，也写了不少文章。其中我发现几个节点，从国家对网络文学的发展规划中，可以很清晰地看到网络文学成长的路线，有民间自然的增长，也有国家层面的宏观调控，看似无"意识"但实际上是"阶梯式"的发展。

网络文学经历了几个比较大的变革期，从2003年行业内部"VIP"付费阅读制度的确立，到2008年国家人力资源和社会保障部制定的职业大典中增加了"网络编辑"的条目，从事网络文学行业算是得到了国家的认可。包括网络文学编辑在内，还有其他的互联网相关的编辑都有了国家层面上的定位，很明显国家为网络文学确定的是"双向"发展，既是文学事业，也是文化产业，从事这项工作的人当然就有了相应的职业岗位。既然网络文学作为一个产业，网络编辑作为一个职业，那就必然有一定的标准。现在，我们正处在制定各种标准的时候，行业的发展速度很快，出现的问题也很多，需要根据实际情况慢慢消化，落实到位。

"中国网络文学20年发展研讨会"的重要意义在于，分析了这个行业发展过程中遇到的一些问题。因为文学网站在探讨自身发展的过程中，不大可能分析行业发展与文学发展之间的相互关系，只有作家协会或者相关国家机构介入的时候，才会考虑这些问题。文学网站主要考虑作品和读者的关系问题，但是作家协会不一样，他要考虑行业发展的规划问题、引导问题，还要考虑作家的成长和文学的发展等问题。这就自然把网络文学纳入到了中国当代文学的框架中来了，网络文学的主流化与经典化，这些问题也随之浮现出来。

我个人觉得，网络文学和中国改革开放40年的紧密关系，以及与百年中国现当代文学的关系，都是值得深入研究的重要课题。

另外，我们也可以从网络文学这20年看到中国当代文学的变革和发展。网络文学始终随着社会的发展在变革，这个变革过程是客观的，是不可阻挡的，是随着历史的潮流前进的，它的每一点进步，都是中国社会发展留下的烙印。毋庸讳言，网络文学在发展过程中遇到了各种各样的问题，比如在2010年以后，随着移动阅读的风起云涌，网络文学出现了部分长篇小说注水现象，出现了抄袭、雷同、跟风等现象。另外，一些不规范网站的出现，也令网络文学的发展受到了社会各界的质疑。好在经过适当整改之后，网络文学并没有一蹶不振，而是开始了自我更新的新的征程。到目前为止，我认为网络文学将有相当长的一段时间会处在上升期，特别是在2015年网络文学IP浪潮出现以来，行业发展逐步规范化，网络文学的发展前景逐渐清晰起来。

我个人认为，网络文学的出现是中国当代文学的第二次腾飞。1978年改革开放实现了中国当代文学的第一次腾飞，到1998年以互联网为传播方式的网络文学实现当代文学的第二次腾飞。这是二次腾飞，两次腾飞之间是一个整体。我是这样理解第二次腾飞的意义和价值的，自改革开放以来，中国社会经历了翻天覆地的变化，在经济高速发展和快速融入世界格局的过程中，中国人需要更大的、更宏阔的想象力来表达、表现我们的状态和心态。如果一个国家经济、科技高速发展，却没有想象力上的支撑，这个高速发展会不会显得有点苍白？当全民族的想象力到达一定高度，文化创造力一定会呈倍数增长，这才能与高速发展的社会经济相匹配。从某种程度上讲，改革开放40年的经济成果，若干社会进步的成果，今天的网络文学与之是相匹配的，他们之间是一个整体。二次腾飞，还涉及中国文化走出去的题旨，这个问题正在得到越来越多有识之士的重视，这也是网络文学所必须承担的一项伟大的历史使命。

中国网络文学经过20年发展，成果显著，但存在的问题也很多。文学网站自身也意识到了这一点，比如行业的发展问题，虽然已经有好几家主体上市公司，还有一部分属于上市公司的子公司，总体态势肯定是好的。但是内部的竞争，有良性竞争，也有不太良性的竞争。资本介入产生的一些负面影响是客观存在的，甚至妨碍了网络文学行业的整体发展。相对于传统文学来说，网络文学的问题是如何建立一套符合中国特色社会主义精神内涵、符合自身发展规律的评价体系和价值标准。

更具体地说，网络文学现在面临的问题是创作超前，理论研究能力不足，以及编辑水平相对滞后的矛盾现象，这个现象在相当长的时间里可能难以彻底解决。靠文学网站自身恐怕解决不了这个问题。文学网站看的是产能比，不可能花很大的代价让文学编辑接受更多的有效培训，只能内部循环，师傅带徒弟。我们的大学教育这一块也是短板，没有网络文学编辑这个专业，专门的研究机构也少得可怜，所以网络文学编辑得不到系统的教育，基本是靠经验维持。大学课堂里的新媒体文学教育，新媒体艺术教育，较多停留在技术和技能层面，而非创新和创意层面。对于网络文学研究领域而言，作家协会系统应该是最具有发言权的，事实上也是如此。研讨中国网络文学20年发展，展望网络文学的未来，自然是作家协会系统的职责与使命。

中国综合国力不断增长，党和政府高度重视网络文艺的发展，网络文学有这么好的发展基础，没有道理不往高处攀越，没有理由不产生精品力作，尽管现在面临一些问题，我觉得大家应该充满信心。

期待网络文学出现大师级作品

——在"第二届中国现当代通俗文学暨武侠文学研究学术研讨会"上的发言

我这次发言是想谈一谈网络文学以及武侠小说在网络传播中的基本状况。

互联网于20世纪90年代进入中国,网络文学是从1998年开始正式在大陆传播,2003年进入商业化阶段,因此,2003年基本可以确认当代通俗文学在互联网出现大爆发,当然这是与商业紧密结合在一起的。通俗文学作品有很多特征,娱乐性是其中之一,这一点在网络小说中体现得最为充分,没有娱乐性的小说,即使作者名气再大,在网上也没人买单,读者不买账。所以,我特别要强调一点:互联网改变了原有的读写关系模式,读者的能量得到了极大释放,在文学发展过程中发挥的作用越来越重要,所占比重越来越大。原来我们说读者和作家之间是有距离的,而现在,互联网把读者和作家之间的距离基本消除了,作者发表文章之后,可能只要几分钟就会有评论出来,褒贬不一。知名作家的作品在传统框架里享有较高的声誉,但有可能不符合大众读者的阅读口味,就是说娱乐性不够,或者说与时代趣味不投,网络用语叫没有"燃点",因此点击率上不去。这种情况以前也出现过。2012年11月,黄易在中文网发布了小说新作《日月当空》,当时我在北京参加了这本书的上线发布仪式。黄易是大众文化层面影响力很大的作家,但这本书在互联网上并不畅销,甚至不如很多年轻的历史小说作家的作品,这是我们没想到的。所以说不管作家的名气多大,或者上一部书的影响有多大,一部作品在互联网上发布之前,没有人敢说这是一部畅销作品,只有读者给出最终答案。

20世纪80年代,很多作家有一个自然的成长环境,很多优秀作家都来自边远的农村、乡镇,但是当代文坛中,边远地区的作家很难走到舞台中心来,我做文学期刊编辑20多年,明白这一点。但互联网不是这样,在互联网上,名气再大,作品不吸引人,不能打动读者,订阅就会下滑,非常残酷。互联网对有志于文学创作、有文学理想的那批边缘省份的普通作者保留着广阔的天空,给所谓小镇青年提供了梦想的空间。甘肃白银其实是一个很偏远的地区,那里有一位网络历史小说作家孑与2,原本默默无闻,这几年风生水起,在互联网上的影响力很大。这样的例子还有很多,网络上几乎每年都会出现几颗文学新星,可谓人才济济,盛况不衰。

我个人认为,当代通俗文学研究不可缺少对读者的研究,我写过一篇文章——《做优秀文学的优秀读者》,实际上读者是非常重要的,尤其是传播方式发生变化以后,我觉得这是值得加强研究的课题,目前对于互联网的读者研究,这一块基本上是空缺的,没有人讨论这个问题,我们都是关注写作与互联网的互动关系和基本存在方式。

说到武侠小说，这个类型在互联网上变形了，大量的网络小说里有武侠的元素，由于网络小说商业操作的规律性，导致了原来金庸、古龙这种创作模式在互联网上比较小众化，而且不能产生大众读者的流行反应。为什么呢？因为互联网读者年龄比较小，大多数都是"90后"，他们受到的主要影响是西方奇幻小说，他们幼年时主要受到哈利·波特的影响，也受到日本动漫的影响。这代人沉迷互联网，他们对想象力的要求很高，对虚拟世界充满了热情与兴趣，他们的内心世界已经产生了深刻变化。这也是大众文化研究必须面对的新课题。

网络上有与武侠小说相关的写作形态，但都不是原来意义上真正的武侠小说，它只有武侠元素，我们称之为"玄幻武侠"，或者叫"仙侠"。现在有一种"异人小说"，它的表现方式与金庸、古龙的作品模式完全不一样，它多半是走捷径，如开金手指，或者是外挂，指的就是特殊的能量进入他的身体，他不需要什么苦心修炼，甚至是一个很简单的人、没有深厚积淀的人，由于一种特殊的能量进入身体，他能够迅速变强大，或者能够借助外力取得巨大成功。这个逻辑系统和我们原来武侠的逻辑系统不同，二者发生了变化，但它符合读者的阅读心理需求，读起来很爽很过瘾。网络文学非常强调特有的细节描写，称其为"爽点"，或者说"YY"，这个是商业模式在网络小说里发挥的作用。一本书不断制造的"爽点"，如果既符合读者的心理需求，又具有一定的逻辑性和合理性，那么这个作品以及这样的作家，就可以进入网络文学研究范畴了。在网文范畴里，首先要有阅读价值，要有强大的故事结构和人物设定，才具有研究价值。我们研究它为什么赢得读者，研究它的商业开发价值，这当然和研究一部传统小说采用的方式不一样，因为网络小说在某种意义上已经超出了我们对文学的界定，它的娱乐功能上升到一个很高的程度，比如说一部小说可能就是为游戏而写的，而不是一部注重文本的作品，游戏的规律就是升级，那么我们对这种作品文本的价值就会有一个较低的判断，比如说你的这部小说是一部逻辑系统不够强大的、非常简单的作品，只有升级、打怪，那基本上就没有什么文学价值可言。因此说，文学只有一种，不分网络与传统，这个说法是不准确的，因为在网络文学的评价标准中，商业化程度的高低是一项十分重要的指标，而传统文学则可以忽略这个指标。

我们通过每年网络小说排行榜的推荐，可以看到网络文学的变化，目前来看，玄幻小说在网络小说中读者面是最广的。武侠虽然是读者最关注的小说类型之一，但是到目前为止，典型的网络武侠小说成功作品似乎只有孙晓的《英雄志》，它是现在唯一大家一致认可的超长篇网络武侠小说。从整体上判断，方方面面都认定它是一部武侠小说，而且是超长篇，读者流量巨大，网络传播各种元素都具备，所以我们对其给予很高的评价。另外，萧鼎的《诛仙》，猫腻的《间客》《择天记》，烽火戏诸侯的《雪中悍刀行》也都有大量的武侠小说元素。我们非常期待网络文学中出现对金庸、古龙那一代大师们有所传承的作品，有新的面貌出现，但是目前好像没有出现。不过大量的武侠元素传承了下来，在网络作品中有所继承和发扬，同时也有所变化。希望研究者在纸媒文学之外，能够对互联网文学中的玄幻文学里面所涉及的武侠元素进行研究，有助于武侠小说在网络文学的园地里健康蓬勃地发展。

网络文学现状之我见
——答《人民日报》文艺部记者问

记者：（网络文学的发端。）当下网络文学的发展现状，现在处于一个怎样的发展阶段，与前几年相比有何不同？

马季：20世纪90年代初，一群在海外留学的中国学生开始运用新媒体平台发布自己创作的文学作品，他们的创作动力来源于爱国思乡的愁绪、身处他乡的压力和烦闷，同时对不同文化有所感受。互联网传播的便利，让他们的作品迅速在宝岛台湾掀起第一波浪潮，并很快波及祖国大陆。到1998年，这一创作形式约定俗成被命名为"网络文学"。当下网络文学处在"春秋战国"时期，竞争激烈，淘汰迅速，新人辈出，商业模式基本稳定，类型化样式大致形成。总的来说，"80后"已经取代"70后"成为网络创作主体，"90后"作者大量出现；网络女性创作十分活跃，除了传统的都市言情、青春校园、穿越、职场等，武侠、玄幻、历史等样式也有涉猎。

网络文学始于网民，兴于网民，娱于网民，它以网民的数量激增为繁荣基础。而对于这个群体，严格意义上的文学概念已经不复存在，它的变化——泛化或称其为边缘化已经不可逆转。与前几年相比，网络创作以长篇小说为主，内容和形式更加丰富多彩，自由开放，但也相对杂乱，盗版现象肆虐，抄袭、剽窃也很严重。

记者：（网络小说的写作队伍。）据您了解，网络小说的写作群体人数是多少？人员构成，专门作者和业余作者的比例，业余作者中都有哪些职业，他们的生存状况如何，收入怎么样。您有没有做过这方面的统计、分析及数据？

马季：目前我国网民总人数达到6亿人，其中文学网民人数达3.3亿人，约占网民总人数的45%；以不同形式在网络上发表过作品的人数高达1400万人，签约网络作家68万人，通过网络写作（在线收费、下线出版和影视、游戏改编等）获得经济收入的人数已达10万人，职业或半职业写作人群超过3万人。在网络作家队伍中，男女作者比例基本持平，18—40岁的作者占75%，在读学生约占10%。网络作家分布相当广泛，边远落后地区占有一定的比重，这对提高全民文化素质具有重大意义，但优秀网络作家仍集聚在北京、江苏、广东等发达地区。海外留学生创作群体人数虽然不多，但整体作品质量明显处于领先位置，很多网络作家曾有国外留学经历。其中最突出的特点是，70%以上的网络作家是理工科出身，而非传统的文科出身。业余作者从事的职业非常广泛，有公务员、教师、军人、工人、农民等。由于创作任务繁重，职业作者必须每天更新3000字到10000字不等，虽然解决了生计问题，但长此以往，健康状况堪忧，原因在于他们始终存在危机感，担心一旦放慢速度或暂时搁笔，有可能被新人取代。

记者：网络小说的写作内容，类型化写作模式（言情、穿越、玄幻……），赢得了大量市场，原因何在？

马季：网络小说的类型化是一个必然趋势，因为它符合大众阅读的基本规律。在高度开放的今天，自主性、多元化的阅读符合中国社会的发展方向。网络类型小说主要分为：玄幻奇幻类、架空历史类、穿越类、科幻类、武侠仙侠类、都市言情类、灵异惊悚类、军事战争类、游戏竞技类、婚恋家庭类、职场官场类、校园青春类、宫斗类、异能类等。其优势在于它与时代保持着紧密关系，并且大量借鉴了中国传统文学和其他民族的元素。网络文学直接经受市场的考验，适者生存是其第一法则。就文学本身而言，类型化写作是中国当代文学的一条短腿，以往，传统的文学写作多为启蒙式的，认为类型化是不入流的写作。但事物总有两面性，如果类型化不够丰富，整个文学生态就会出现问题，这在发达国家已经得到证明，因此，我们应该鼓励多种形态的创作。真正的百花齐放，才能迎来中国文学的高峰。

记者：近来网络小说的出版、影视剧改编齐头并进，在书市和荧屏上都很红火，特别是影视剧改编方面。您对这个现象怎么看？

马季：中国的社会转型已经基本完成，但文学创作的转型才刚刚开始，路还很长。文学作品的出版、影视剧改编当然是根据读者和观众的需求，而不是想象出来的。因此可以说，一大批网络小说具备了大众喜闻乐见的特质。影视相对图书则更加敏感，对作品的时代性、娱乐性、故事性要求更高；从消费主体来看，影视剧与年轻化、网络化紧密结合，这就给网络小说提供了广泛的机遇，但真正创作出精品还需要一个成长过程。

记者：网络小说的发展未来问题。当下作者队伍良莠不齐，有的坚持精品化写作，也有重量不重质的现象。网络小说怎么出精品？这一领域如何健康发展？谈谈你的看法。

马季：谈网络小说的发展，不能脱离整个中国当代文学发展的背景，它现在已经是其中的一部分，它存在的问题将来就是中国当代文学的问题。文学创作的基本规律是大浪淘沙，在不到20年时间里，网络作家已经出现了四代人，流变之快是惊人的。网络小说能不能出精品？一定能。但要假以时日，不能着急，不能催生，要给它一个良好的生长和发展环境。从长远看，网络小说不是出精品的问题，而是如何与世界文学对话、产生世界级作家的问题。当然，目前并不乐观，尤其是网络文学产业发展存在危机，网络创作环境对作家的成长存在大量不利因素。

记者：网络作者的人才培养方面，有哪些举措？（比如推荐进入鲁迅文学院学习，作家、评论家与网络小说作者结对等，实际效果如何？）

马季：网络作者的人才培养是一项长期的工作，首先是对网络创作的尊重，其次是国家政策法规加强对网络作品的权益保护，还有保护他们的创作自由，理解他们为生存而出现的商业化写作倾向，着重于引导创作而不是采取简单的行政行为。这一切都需要社会形成共识。中国作协利用鲁迅文学院举办网络作家培训班、作家结对子、创作研讨、重点扶持项目，以及茅盾文学奖、鲁迅文学奖对网络作品实行准入等，已经初步开创了这一局面。根据调查，介入上述活动的网络作家普遍认为，他们获得了很大收益，解决了在创作中遇到的一些困惑，在一定程度上帮助他们坚定了自己所走的创作之路。

中国的幻想大师何时出现?
——答《文汇报》记者问

《文汇报》记者:近年来,中国本土的奇幻小说数量呈井喷式爆发,背后的原因是什么?在您看来,中国奇幻小说的发展历史和特点是什么?

马季:西方的奇幻小说这一概念,放到本土,大家称之为玄幻小说。在中国,最初的玄幻文出现于2003年左右,多是受到西方《魔戒》《哈利·波特》等经典名著的影响。在创作方面,《魔戒》提供了一个比较好的范本,就是"创世":除了现实的世界以外,托尔金创造了一个中土世界。因此,起步期的玄幻小说,包括《缥缈之旅》《小兵传奇》《诛仙》《骑士的沙丘》等,主要都是受西方奇幻小说的影响。

但是,中国的创作者很快发现,仅靠模仿是不能持久的。因此,到了2006年左右,出现了本土玄幻,作品中出现了大量东方的元素。这个时期的代表作《佛本是道》,就展现了一个典型的东方幻想世界,它把中国古代的传说和幻想杂糅起来了,延续了《封神榜》《七侠五义》包括《西游记》这种幻想文学的脉络。

到了2008年以后，资本进入了玄幻小说的创作领域。那一年，盛大文学宣布成立，占据了中国原创文学市场的半壁江山。盛大文学致力于打造玄幻创作的产业链，希望网络文学能够为游戏和电影的改编提供脚本。于是，玄幻文学的产业链开始延伸，同时进入了高速发展的快车道。到了2010年，市场上的作品总量和需求翻了好几番。

2010年5月，移动阅读的出现，使玄幻小说迎来了又一个井喷期。玄幻小说《斗破苍穹》成为第一部收入破千万的网络小说，即使在运营商和网站分成后，作者天蚕土豆的收入也非常可观。不过，移动阅读也带来了创作"小白化"的问题，由于手机不适合太深奥的阅读，必须一遍看懂，同时为了吸引人，作者需要不断制造冲突。因此催生了玄幻创作"主角打怪升级"的单一创作模式。

正是在这个时期，作者的收入成倍增长，身价高、粉丝多、具备深度商业价值的"网络大神"出现了。玄幻小说进入了多元化发展的阶段：既有适合移动阅读的"小白文"，也有相对传统的创作者，后者是以烟雨江南、猫腻、辰东等为代表的"85前作家"。同时，由于玄幻小说多是网络连载，因此作品体量越来越大，出现了百万甚至千万字的超长篇。粉丝积累得越多，创作者就越不能停，这个商业模式和美剧很相似。

《文汇报》记者：中国的玄幻小说作者具有哪些特点？他们的生活状态和收入水平如何？

马季：这批创作者早年几乎没有经历过文学训练，基本上靠着想象力在创作。你会发现，他们早年大多都有玩电脑游戏的经历，也是从游戏中得到了想象力的启发。

如今，这个创作群体非常庞大。所有作者加起来可能要过百万，其中十分之一处于比较稳定的创作状态：作品有始有终，每天都在更新，也多多少少有点收入。而通过网络写作获得较稳定收入、以网络文学写作为主的创作者约在 3 万到 4 万人，职业写作者 1 万人左右。

然而，即使是获得稳定收入的创作者，其中的落差也是两重天。大部分人月收入不过几千，年收入在 30 万到 100 万之间的作者约在 1000 人左右，能够跻身这一行列的作者，稿酬约在千字 100 元到 300 元之间。再往上，就是游戏、动漫和电影产业特别关注的高水平、高收入创作者，这个群体不到 500 人，他们的年收入达到 100 万以上，因为除了阅读，他们还能够通过出售改编权获得收入。而金字塔尖的几个人早已不仅仅在创作，他们还介入了投资，像唐家三少，他直接以入股的形式，全面地参与到游戏公司的商业运营中去。2015 年网络作家收入排行的统计刚刚出来，唐家三少第一名，收入是 1.1 亿。

《文汇报》记者：中国玄幻文学的作品数量很多，却一直无法孕育出像《魔戒》《哈利·波特》或是《冰与火之歌》这样的大师级作品，也很难像上述作品那样，拥有全国范围的粉丝，您认为其中的原因是什么？我们还有哪些不足？

马季：现在玄幻文学的发展处于初期阶段。创作者没有太多的知识积累，也没有进行过专门的研究，他们就是靠着自己的想象力，靠着古典文献提供的思路，去摸索、去模仿。再发展二三十年，我认为这个领域会逐步出现一些研究者，对创作者提出一些指导性的意见。现在，这方面的文学评论几乎没有，作者们也处于自己写着玩的状态。

此外，要真正地写好幻想类的作品，还得有深厚的积淀和严格的学术训练。《魔戒》的作者托尔金自己就是一名学者，而我们的玄幻作家都很年轻，知识积累不够，很难写出一个基于庞大知识谱系的文学作品。反观西方，不说《魔戒》，就以距离我们年代更近美国小说作家丹布朗为例，他的《达·芬奇密码》里，现实与幻想杂糅，但所有的情节都是非常严谨的，他在创作期间也做了大量的笔记和研究。而我们的作者基本上是坐在电脑前想象，不懂的地方查一下百度，这样的创作层次就低了。

还有就是文化传承。如果说，明清时中国还有一点幻想文学的根基，新文化运动后的百年来，这条文脉几乎是断了。文学的形式容易接续，但深层次的理解却是缺乏的。如果创作者对古代文化没有深刻的理解，就不可能去继承和发展它，作品也只能如空中楼阁。所以，我们还有很漫长的路要走。

《文汇报》记者：正如您说的，玄幻小说是相对容易商业化的题材，但文学创作本身是需要沉下心的。我们应当如何在商业化和文学性中取得平衡？

马季：我认为短期内无法解决，但是终究是会解决的。当一个作家成长到一定的程度，要追求更高的境界时，他会停下脚步，做一些积累和准备。如果有一批这样的作家出现，整个产业就会升级。

商业和文学创作并没有天然的矛盾。初期阶段，所有的作者要养活自己，要挣钱，创作需求本来就是在商业的环境中被催生的。但是走到一定高度以后，就是产生精品的时机。就好比，没有《金瓶梅》这样一批才子佳人的小说，就不会有《红楼梦》的诞生。因此，我们先要建立生态，环境丰富了，土壤肥沃了，自然会有好的东西出来，不要指望贫瘠的土地上长出大树来。大师一定会出现的，但是要有耐心，因为大师不是催生出来的，而是自然成长出来的。

网络写作：意义超越任何一次文学革命
——答《中国社会科学报》记者问

近日，本报记者在中国作协采访了马季老师。跟随网络文学一路走来，他感受颇深。马季将当前称作网络写作的"春秋战国"，放眼网络写作的未来，他充满期待——"尽管现在很艰难，但是总有一批人会熬过来，网络写作今后10年一定会出'高手'"。

网络写作回归文学本真

《中国社会科学报》：网络写作的出现是一种偶然吗？

马季：改革开放以来，中国当代文学伴随社会进步经历了几次大的成长期。至20世纪90年代，社会迎来了新发展，需要有全新的、更强大的文学来支撑。那时的文学现场比较杂乱，五花八门。"山雨欲来风满楼"，时代呼吁一种新的文学样式出现。恰好，20世纪末，互联网进入中国。10年发展下来，网络写作已经不单单是一种文化现象，已成为一种社会形态。

《中国社会科学报》：能否把它看作一次文学革命？

马季：网络写作的意义超过了以往任何一次文学革命。中国当代文学发展30年最重要的变化，就是网络文学的出现。网络写作极大地丰富了文学写作现场。现在每年新出版的两三千部纸质长篇小说中，大约一半是在网络首发的。

中国当代文学的第一次起航是改革开放之后，国门打开，开始接受西方思想，思考生存现状，那时候更多的是在模仿。网络文学的出现是第二次起航，它最大的意义在于，这是一次国际航行。网络本来就是跨国界的传播方式，借助它来传播中国的声音，传播中国文化，是一种历史的必然。从这一点来说，网络文学前程远大。

国家应大力扶持和推介网络文学，至少要足够关注。网络写作已具备进入世界主流文化的潜质。其写作是自然状态的流露，它恰好回归到了文学的本真。文学里有些娱乐的状态是很正常的，并不是要剥离传统文化。

学界尚未深入研究

《中国社会科学报》：网络写作是否冲击了文学传统？

马季：网络文学出现后，出现了文学断裂。这种断裂不是刻意的，两个群体被彻底分开，不存在对与错的问题。一些精英群体在排斥网络文学，他们不了解、不接触、不关心，甚至瞧不起。从整个文学格局来看，目前网络文学处于弱势。

《中国社会科学报》：学界对网络写作的关注度如何？

马季：现在基本没有学界人士深入研究。网络文学研讨会开得很多，但没有关注实质。专家学者大部分是从新媒体角度来研究网络文学，而不是当作新的文学增长点来关注。中国网络文学会有独特的历史地位，现在到了应该对网络写作细致化、深度化研究的时候，需要关注作家成长、文本本身。这方面需要研究者个人投入精力，也需要国家大力扶持相关学术研究。

网络写作者达千万

《中国社会科学报》：网络写作和传统写作差异仅在于发表平台不同吗？

马季：中国面临急速转型期，有极大能量要释放。在这种情形下产生的网络写作和传统写作有很大差异，不仅是发表形式上的差异。从写作方式到审美趣味都发生了变化，参与网络写作的这一代人往往不在主流话语现场，他们表述世界的方式是多样化的。网络这个渠道，打破了固有文化壁垒，边缘的声音同样可以发出来。

《中国社会科学报》：这个群体有多大，您计算过吗？

马季：根据我调查研究，全国约有网络写手千万以上，经常写作、有签约的作者大概有100万，其中3万人从中能获得经济收益，5000人从事专职写作。专职写作的这部分人收入稳定，月收入少则两三千，多则10万以上。网络写作者分布极其广泛，很多在县城，甚至边远山区。这对提升全民族的文化素质发挥了积极作用。

"春秋战国"是好事情

《中国社会科学报》：对于网络写作催生出的新文学形式，玄幻、穿越等，您怎么看？

马季：玄幻、穿越等类型写作与市场化有关，之前我国的类型写作发展严重滞后，几乎是空白，网络写作催生了它，将来还可能催生类型写作的大师级人物。我国的类型写作处于初级阶段，可能还不成熟、商业化痕迹比较重，这些不重要，重要的是中国文学借此成长，继续文学上的"春秋战国"，完成文学资源的重新整合。

《中国社会科学报》：网络写作有没有亟待解决的问题？

马季：网络写作者中，百分之六七十处于娱乐状态，但是，有一部分人有文学理想。他们就是网络写作者中的精英，他们有潜力、有理想，但是没有规范的模式供他们借鉴，没有人帮助他们把能量释放出来。他们有引领作用。把这批人引导好了，事情就好解决了。

商业竞争涌现大众写作精英

《中国社会科学报》：网络写作发展到今天，已 10 年有余，当中应有些变化吧？

马季：网络改变了作家的产生方式，早期的网络写手，比如安妮宝贝、慕容雪村，尽管现在已经脱离网络，但他们是真正从网络成名的一批人。2003 年以后，网络开始尝试付费阅读的商业模式，出现了诸如《诛仙》《鬼吹灯》《盗墓笔记》等火爆作品，网络收费模式养活了他们。起点中文网培育了一批年收入过百万的作者，这些作者完全不按纸媒的游戏规则走，他们的成长方式已经完全发生了变化。

从2005年到现在，传统出版业与网络文学的紧密性得到发展。网络上涌现出良好的出版资源，出现了《杜拉拉升职记》等职场写作，它们与传统写作不一样，更注重实用性，有明确的阅读人群，这也是网络催生的，就是我们所说的另一种类型写作。传统纸媒一直崇尚文学阅读的普遍性，没有划分受众群体的传统。现在类型写作已经基本成型，并开始细分。

《中国社会科学报》：您怎么看网络收费模式？

马季：2005年以后，网络收费模式逐渐成熟。起点中文网、17K文学网、晋江原创网等专业文学网站针对不同的作者和读者开设了很多频道，这对写作有一定的引领作用，也是网络写作的必然走向。不经过商业化，很难出现高端的类型化写作精英。我希望，在千万写作人群中，能出一二十个优秀的作家。现在这个过程从总体来讲是一个孕育期。我是乐观的，尽管现在还很艰难，但是总有一批人会熬过来，网络写作今后10年内肯定会出行业"高手"。